魅丽文化 飞言情工作室

瞄准她的心

时念 著

江苏凤凰文艺出版社
JIANGSU PHOENIX LITERATURE AND ART PUBLISHING

图书在版编目（CIP）数据

瞄准她的心 / 时念著 . -- 南京 : 江苏凤凰文艺出
版社 , 2021.2
ISBN 978-7-5594-5581-9

Ⅰ . ①瞄… Ⅱ . ①时… Ⅲ . ①长篇小说 – 中国 – 当代
Ⅳ . ① I247.5

中国版本图书馆 CIP 数据核字 (2020) 第 259738 号

瞄准她的心

时念 著

责任编辑　张　倩
特约编辑　何　进
装帧设计　殷　舍
出版发行　江苏凤凰文艺出版社
　　　　　南京市中央路 165 号，邮编：210009
网　　址　http://www.jswenyi.con
印　　刷　长沙金鹰印务有限公司
开　　本　880mm × 1230mm 1/32
印　　张　9
字　　数　243 千字
版　　次　2021 年 2 月第 1 版，2021 年 2 月第 1 次印刷
书　　号　ISBN 978-7-5594-5581-9
定　　价　42.80 元

目录 Contents

001/ **第一章** 机场偶遇

017/ **第二章** 加个微信吗

035/ **第三章** 不是麻烦，是荣幸

055/ **第四章** 最喜欢你了

071/ **第五章** 只想和姐姐一起

087/ **第六章** 忙着想你

100/ **第七章** 第一次心动

117/ **第八章** 初次恋爱

135/ **第九章** 偷亲

目录　Contents

152/ **第十章**　女朋友要哄

167/ **第十一章**　这是我的小男朋友

181/ **第十二章**　冠军和你，我都要

202/ **第十三章**　你送的我都喜欢

222/ **第十四章**　我帮你欺负回来

240/ **第十五章**　还有一辈子

255/ **番外一**　退役

262/ **番外二**　恋爱综艺

275/ **番外三**　小包子

第一章

机场偶遇

机场里人来人往，熙熙攘攘的人群神色各异，行色匆匆。

初橙戴着一顶鸭舌帽，架着一副几乎遮住半张脸的墨镜，从机场通道出来。她一眼便望见了前方聚集在一起的一大批粉丝，人头攒动，黑压压的一片。

她想，是自己的粉丝？念头又一转，她这次是私人行程，今天的航班信息应该不会被泄露。

初橙用手挡着脸又往人群中多看了几眼，这才确认不是自己的粉丝。人家举的压根儿不是自己的应援牌，是她想多了。

如果这个小乌龙被夏瑜她们知道了，一定会嘲笑她自作多情。

不过初橙会有这样的误会也不无道理。

作为如今大热的女团——月光少女的成员之一，初橙今年二十三岁，出道三年，在微博上个人粉丝已达八百万。虽然比不上家喻户晓的一线女星和流量小花，但也有了一定的知名度，经常会有粉丝前来接机。

这群粉丝男女人数参半，这还挺少见的。

初橙的视线忍不住又投向他们举着的手幅，仔细瞧了瞧上面的名字，在脑海中搜索娱乐圈是不是有这几号人。她边想边往门口走，身后突然响起一阵骚动，回头一看，只见一群穿着统一队服的年轻人从通道里走出来，尤其是走在最后的那个男生，身形修长，面容俊秀，气质透露着清冷，很难不吸引人的注意。

“长得这么好看呀，怪不得这么多粉丝。”初橙喃喃道。

KPV在不久之前刚拿下《绝地求生》分量最重的世界级冠军，领队董凌想到今天会有比较狂热的粉丝来接机，但没想到会有这么多。他不得不感叹，KPV在电竞圈的影响力一年比一年大，吸引的粉丝也一年比一年多。

众所周知，FPS游戏一向都是欧美队伍的天下，近年韩国发展迅速，想要和欧美战队分一杯羹，而中国战队已经很久没有在这个赛事上取得好成绩了，直到KPV出现。

KPV虽然成立不到五年，但已经连续两年拿下了世界赛的四排冠军，连续四年拿下单排冠军，替国内的电竞粉狠狠争了一口气。更重要的是，KPV在这个领域，为国家拿下了一个又一个至高无上的荣耀。

国外的强队提起KPV，也不得不承认他们很强。

从当初没有赞助商，没有知名度的青涩战队，靠几个毛头小子的满腔热情坚持下来，一跃成为实力战队，其中有多辛苦，只有他们自己清楚。

这些年来，KPV的成员用实力吸引了无数粉丝，除了技术，还有颜值。

陈靳，二十一岁，长得斯文白净，性格沉稳，可以和每一个队友完美配合。顾全大局、头脑冷静的他，是队内侦察兵的不二人选。

何科，二十四岁，平日里除了比赛训练，最爱健身，被戏称为“电竞圈肌肉担当”，也是队内的突击手。

薄晨远，十八岁，外号“小菠萝”，长着一张娃娃脸，性格活泼，定位突击手，最崇拜的人是队长易然。

而KPV的队长易然当年一战成名，也是他，在参赛的四年里包揽了世界赛单排的四连冠。

如今二十岁的易然被称为“绝地制霸”“上帝之手”。连欧美国家不少职业选手提起他，都不得不服气地感叹：“易然似乎就是为这个游戏而生，他是这个游戏的王者。”

董凌回忆起曾经，心里感触颇多。他赶紧安抚粉丝们的情绪，让大家注意安全，不要扰乱机场秩序。

此时的初橙已经低调地坐上助理小芦一早就停在机场外的商务车。

“终于接到你了，可把我给担心死了。你赶了一路的飞机肯定累了，先在车上睡一会儿吧，五个小时后还有个通告。”

“嗯。”初橙摘下帽子，转了转脖子，找了个合适的位子准备闭眼小憩一会儿。

初橙从小就喜欢音乐，学了很多年的舞蹈和乐器，高考也顺利考上了国内知名的音乐学院。凭着良好的天赋、功底，以及后天的努力，在大一那会儿被璨星公司的星探发现，当了一段时间的练习生之后，在二十岁那年，与夏瑜、崔悦、杨子涵以组合“月光少女”正式出道。

一开始璨星公司的高层对她们的定位以可爱或者性感为主，简单来说，就是靠脸。但高层们没想到，正式出道后，这四个女孩的风格与这两个词相差颇远。

队长夏瑜性子矜傲，家里背景又深厚，不是好惹的主。

崔悦是才女，会作词、作曲，经常不按常理出牌，不是一个会乖乖做提线木偶的人。

杨子涵的性格倒是活泼开朗，一开始还是挺接近可爱风格的，可后来上了一档真人秀就彻底暴露本性，干脆放飞自我，被粉丝戏称为“搞笑担当”。

而初橙唱跳兼具，笑起来有两个酒窝，甜甜的。她不喜欢交际，接个人通告也不积极，这两点可是娱乐圈的大忌，经纪人一见她没什么野心的模样就头疼。

公司之前还打算采取威逼利诱的措施，但计划赶不上变化。四个女孩的颜值、实力都非常出众，又极具个性，久而久之，这个组合形成了自己独特的风格。也正因为这份特别，她们吸引了很多女性粉丝，这是在女团里比较少见的。

粉丝效益好，又打开了行业市场，公司自然喜闻乐见，也就对她们放任为之。

初橙赶到后台，夏瑜、崔悦、杨子涵三个人围上来，几个人七嘴八舌的，休息室里一下子热闹了不少。

作为组合，不可避免的会有比较偏激的粉丝存在，但四个人的关系是真的很好。

这是一场月光少女代言的糖果品牌的见面会，在网络上实时直播。

在主持人的介绍下，伴随着在场粉丝的欢呼声，月光少女正式出场，热情地和大家打招呼。

为了配合糖果的主题，四个人都穿了糖果色的裙子，显得十分青春靓丽。

刚回到战队基地的KPV今天难得不用训练，队里年纪最小的小菠萝嚷嚷着要去外面吃顿好的，犒劳一下自己这些天在国外没吃几顿中国菜的肚子，陈靳和何科也表示赞同。

坐在电脑桌前的易然却开口："我不去，你们去吧。"

"为什么？"

薄晨远是队里最小的成员，平时最喜欢撒娇，也最喜欢黏着队长。然而，只有小菠萝这种小孩子才会揪着问为什么。像陈靳和何科这样的老狐狸，直接凑近看易然的电脑屏幕，不多问便了然——那个粉丝口中高冷不近女色的"易神"正在看偶像女团月光少女的网络直播。

其实粉丝也没说错，这些年来有无数女粉丝或者女主播妄想与他发生些什么，都惨被拒绝。这样看来，易然确实不近女色。

但凡事都有例外，易然这些年来都在关注一个叫初橙的女团成员。

只要月光少女出专辑、代言产品，出周边，他必定会买，还是几大箱几大箱地买。当然，这些事只有自家成员清楚。

KPV的成员一开始发现他们家队长有这种爱好的时候，差点惊掉下巴。后来众人一想，他们队长再帅，再厉害，再高冷，再怎么被粉丝吹捧，说到底还是个只会打游戏的网瘾少年，喜欢长得好看的女团小姐姐好像也是有道理的。

易然知道他们这种想法后，用看智障的眼神盯了他们几秒。而这三个“智障”却误解为他们的队长这是不好意思了。

此刻直播的观看人数已达两百万，弹幕也一直没间断。

导播刚好切到初橙的特写，对镜头异常敏锐的初橙立即露出了笑容，摆了摆手，算是对屏幕外的观众打招呼。

初橙一笑，露出两个小酒窝，让人觉得甜甜的，现场也是惊呼一片。

易然“啧”了一声，拿起手机点开某宝的糖果官方旗舰店，下单买了初橙她们代言的糖果。

目睹一切的小菠萝忍不住说道：“队长，买这么多箱，咱们基地可没地方放了啊。”

易然皱了皱眉：“要是有地方放，我能只买这么点儿？”心里开始考虑要不要换一个更大的基地。

陈靳无奈，道：“你不能因为我们刚拿了奖金就挥霍无度，请理性消费。”

易然直接无视这几个人，又转回头看屏幕，他想，初橙笑起来怎么能这么可爱呢。从他十七岁在全国赛后台初次遇见还未出道的初橙，到现在，她都一样令他心动。

初橙这两个星期被安排上了不少通告，经纪人王璐总算良心发现，答应给她们放三天假。她白天在家睡了一天，到了晚上人清醒了，特别想念小区外一家甜品店里的蛋糕和烧仙草。

这家店的老板叫慕甜，比初橙大两三岁。刚出道那会儿，压力大，初橙喜欢吃甜食排解压力，几乎天天光顾，两个人便成了朋友。

初橙随意收拾一下便出了门，等赶到甜品店的时候，发现门关着，里面还有重新翻修的痕迹。她这才想到，两个月前慕甜跟她聊天时提起这里的房租到期了，已经找了新的店面。最近太忙了，她倒是把这件事给忘了。

她搜了搜聊天记录，找到慕甜说的地址。

新店面在市中心那块，开车过去不堵车也要半个多小时。半个多小时的路程，很有可能会遇见粉丝……可一想到再过两天就要开始新的工作，到时候饮食又会被严格控制，初橙咬了咬牙，不管了，吃好吃的最重要。

她拿起随身带着的口罩戴上，打了一辆车。

司机是个健谈的中年大叔，他说："小姑娘啊，大晚上的以后尽量别一个人打车，不安全。现在坏人可多了，尤其是你长得还这么水灵，更加要多注意。但是你放心啊，我不是坏人。"

初橙笑笑："我知道的，谢谢叔叔。"

她下了车，在周围转了几圈才找到慕甜的新店，走近发现门上挂着"暂停营业"的牌子，透过玻璃门看见慕甜忙碌的身影。确认店里没有其他客人之后，她推开门，走了进去。

"哈喽，慕甜。"她打了声招呼。

正在专心做蛋糕的慕甜抬起头："咦？橙橙，好久不见啊，怎么突然一声不吭就来了，你也不怕路上有人认出你来。"

初橙靠在吧台上，一副懒懒散散的模样："最近忙到飞起，好不容易休息几天。放心，我戴着口罩呢，没那么好认。对了，今天怎么这么早就关门了？"

慕甜做完一个红丝绒蛋糕，包装好，这才抬起头看着初橙，回答她的问题："刚刚店里来了个客人，点了五份蛋糕，等会儿来拿。小颜今天请假，雯雯身体不舒服，提前走了，这个点店里就我一个人。我怕等会儿来客人忙不过来，就暂时先关个门。你等我会儿啊，我做完这些再来招待你。"

慕甜店里的甜品为了保持最好的口感，一般都是现点现做。说完这些话后，她又自顾自地钻进后厨忙活去了。

初橙丝毫不介意，趁着店里没人，一个人在店里瞎转悠起来，欣赏慕甜新店的装修。

几分钟后，店里的大门响起了"欢迎光临"的感应声。

初橙转过身，对刚来的客人张口便道："不好意思，本店已经……"

话说到一半，初橙看见那张过分好看的脸，顿了一下，这不是前几天在机场看见的那个人吗？

她又接着道："本店已经关门了。"

易然的脸色微不可察地变了，尽管眼前的人戴了口罩，他还是一眼就认出来了。他极力控制住自己之后，才用正常的语气道："我刚刚已经预订了五个蛋糕。"

"哦，这样吗？那不好意思啊，我以为你是刚过来的客人。"

"没事。"

两个人面对面站着，谁也没开口，安静得有些过分。

初橙为了缓和一下尴尬的气氛，说："你前几天是不是在机场呀？我好像看见你了，有很多粉丝来接机，所以注意到了。"

易然精致的脸上闪过一丝惊喜之色，快到对方没有任何察觉，点头道："嗯，那天刚刚回国。"

这会儿慕甜正好出来："正好刚做完，先生，这是您的蛋糕。"她把包装好的蛋糕递给易然。

易然垂眼，掩盖了失望之色。他其实还想和初橙多说几句话呢，哪怕是几个字也好。不过他还是接过蛋糕，礼貌地道了声"谢谢"。

“不客气。”慕甜把门口的牌子又翻回“正在营业”。

易然问：“不介意我在这儿坐会儿吧？”

慕甜笑道：“当然不介意。”

易然找了个最靠角落的位子坐下。

慕甜倒了一杯柠檬水过来，他接过玻璃杯，又说了声“谢谢”，接着便看着窗外深思。

他想到刚刚初橙说前几天在机场见到过他，应该是打完OGC全球赛回国的那一次，他在不知不觉中又和初橙见了一面，甚至给初橙留下了印象，这样想也不算太糟糕。

要是自己那天也能看见她就好了，他懊恼地想道。

易然的手机响了一下，是小菠萝在战队的微信群里发了一条消息：“队长，你怎么还没回来？蛋糕还没做好吗？呜呜呜，我好想吃，我快要饿晕了。”

他偷偷瞅了一眼另一边角落里坐着的初橙，毫不心虚地回复：“嗯，还没做好，你再忍忍。”

慕甜做完慕斯蛋糕和烧仙草后，给初橙端了过去。她坐在初橙对面：“你好歹也是个明星了，还敢这么出来瞎晃悠。”

初橙尝了一口蛋糕，十分满足：“安心了，没那么多人认识我。”

她的粉丝范围小，要说走在大街上，真没多少人能认出来。

慕甜点点头：“就像刚刚那个客人，看见你好淡定，估计也不知道你是明星。不过他长得真是好看啊，就是看起来好像年纪还挺小的。”

初橙表示赞同：“他可能也是明星吧，上次我在机场见过他，有粉丝来着。不过应该不是娱乐圈的明星。”

两个人又偷偷看了几眼坐在角落的易然。他的侧脸如精雕细琢的艺术品，低垂着眼，气质冷清。

两人又默默转过头，对视一眼，不由得感叹他的美貌。

易然也不方便在店里待太久，能这么远远地看着初橙，他已经很满足了。

等他回到战队基地，小菠萝冲了上来，接过蛋糕盒：“呜呜呜，队长你可回来了，快把我馋死了。”

易然自顾自地在电脑前坐下，开口：“陈靳，来练习。”

“好的。”

很快，他就发现今天的队长格外反常。

在一旁观看的何科问：“臭小子，今天心情很好？”

何科在队里年纪最大，且与易然认识多年，私底下习惯这么叫他。

易然“嗯”了一声，扯了扯嘴角，笑道：“今天遇见女神了！”

“什么情况？给我们说说。”

易然却闭口不谈，笑得肆意而张扬，在其他人的问号脸下，淡定又轻松地用 98K 狙击枪淘汰了两个人。

大魔王不管心情好不好，都喜欢在游戏里“虐”人。

王璐拿着一沓资料走进来，看着躺在沙发上毫无形象的四个人，头疼得直揉太阳穴——这几个人，就不能有点作为偶像的自觉吗？

她拿着纸在这四人身上轻敲了几下：“你看看你们像什么样子，都给我坐好了。”

四个人这才起身坐直，杨子涵先开口：“璐姐，怎么了，是有新活动吗？”

王璐娓娓道来：“前段时间和 FCTV 签的代言合约记得吧？今天 FCTV 的官微会正式官宣这个代言消息。”

FCTV 在现今的直播平台中算得上是顶尖级别，不仅如此，老板余昭还让公司旗下签约的明星偶尔来直播平台露个脸，吸引了无数流量和粉丝。

前段时间，FCTV 来找王璐谈代言的事，无论是代言费还是福利，都很可观。更何况，月光少女本来就主打年轻人市场，代言这样一个一线平台，是再好不过了。

王璐把手上的资料递给她们："FCTV 准备搞个活动，让你们这四个代言人和一支职业战队直播一下游戏，涨涨流量和人气，主要是宣传平台。这是几天后要和你们同台的那个战队的资料，你们先了解一下。"

崔悦最先翻开资料，十分惊讶。

夏瑜看了她一眼，问："怎么了，认识？"

崔悦点点头，脸上满是欣喜："KPV 啊，神级战队！我的偶像！"

她平时喜欢把自己关在房间里，不是写词、作曲，就是打游戏，也算是半个"网瘾少女"。

资料上清清楚楚地介绍了 KPV 战队的四个人及让人看得眼花缭乱的奖项。

初橙翻开资料，第一个映入眼帘的便是易然的照片。她暗自感叹两人好像有点缘分："原来是职业选手呀，怪不得有这么多粉丝。"

等看完全部资料，初橙又被他所拿过的荣誉震惊了，佩服道："真厉害啊！"

杨子涵在一旁咋呼道："哎呀，这个脸，完全可以在娱乐圈出道了，这真的是打游戏的吗？不是什么新人偶像吗？"

王璐恨铁不成钢地看着杨子涵："你知道他们四个人直播签约费是多少吗？最低也得八位数起步。"

她一眼就相中了这个叫易然的队长的颜值，她知道电竞职业选手在役时间都比较短，想着等人家退役后也就二十几岁，在娱乐圈还算得上是小鲜肉，要是转战娱乐圈说不定也能爆红一把，于是特意多打听了些消息。

夏瑜面无表情地说："哦，比我们的代言费还高呢。"

"是，"王璐又指着易然的照片，"这个是队长，听说去年有个平台出了九位数的价格想单独挖他过去，但没成功。"

“这么多？”初橙掰了掰手指，确认了一下。在娱乐圈里，这个价格也算是天价了。

“厉害吧，看谁还敢说打游戏是没有用的，还能为国争光啊。”崔悦一副“迷妹脸”。

“总之你们最近找时间练练手，那个游戏叫什么来着？是《绝地求生》吧，不求你们打得好，至少要知道怎么玩吧。”王璐操心道。

崔悦开口：“璐姐，小意思了，我们一起玩过的。”

她最近沉迷于这个游戏，和其他三个人玩过。

KPV 战队基地内，战队经理董凌清了清嗓子：“都没忘我们前个平台合约结束后，转签 FCTV 的事吧？”

“记得啊。”何科漫不经心地应和道。

小菠萝问：“凌哥，怎么突然提起来了？难道要开始直播了吗？”

“直播下个月才开始吧。”陈靳记得合同内容的时间是下个月。

“对，是下个月才开始。是 FCTV 举办了个活动，想造个势，准备让你们去现场打几场娱乐赛，开现场直播。主要是……要和别人组队。”董凌卖了个关子。

小菠萝最先沉不住气，问出了口：“和谁啊？别的战队吗？”

董凌十分嘚瑟：“不是，是 FCTV 最新签约的代言人，月光少女。”话一说完，他还瞥了眼易然。

易然眼眸微抬，表面上依旧镇定，然而手上的操作已经泄露了他的紧张。他的游戏人物此刻已经被人击杀，变成了一个盒子。

目睹易然的游戏人物被杀全过程的陈靳说：“队长，犯这种低级错误不应该啊。”

何科在一旁嘲笑道：“要和女神一起打游戏，队长激动。”

董凌在一旁不客气地大笑。

在一片笑声中，易然决定维持一下自己的高冷形象，准备再开一局游戏证明自己的实力。

他选择了去机场，这在《绝地求生》中是个物资丰富的地方，一般选择在这里降落的人很多，也非常容易被淘汰。

易然向来被称为“机场小霸王”，十次里至少有九次能带着一身富足的装备从机场里走了出来。

他和几个人同时落在C字楼，刚拿上枪，就和一个敌人撞上了。

两个人交战的时候，易然又想到董凌说要和月光少女一起直播玩游戏，这样就意味着，他要和初橙一起玩了……

一个走神，他被敌人淘汰了。

小菠萝无情嘲笑：“哈哈哈，队长‘落地成盒’了，难得难得。”

何科笑道：“女神的力量啊。”

易然面无表情地摘下耳机，对着屏幕发呆，心想：万一那天看见初橙太紧张影响发挥，表现不好怎么办？

FCTV官微准时官宣：“月光少女正式代言FCTV！快来跟着小姐姐们一起开直播、看直播吧。”

十分钟后官微又发了一条新微博：“八月十日下午两点整，世界冠军KPV战队搭档月光少女组合，不见不散。”

随后，月光少女官微和KPV战队官微转发，配文：“不见不散！”

这几条微博炸出了无数粉丝。

“什么？电竞圈颜值扛把子们要露脸了？”

“我最喜欢的小姐姐！跟这么好看的小姐姐合作，易神他们还能认真打吗？”

“楼上的，别忘了易神不近女色，他说过电子竞技不分男女。”

正刷微博的陈靳勾了勾嘴角，瞅了一眼正在看初橙个人微博的易然，心想：不近女色？那是不存在的。

月光少女虽然是一个偶像女团组合，但四个人的发展路线大相径庭。除了组合活动，每个人都有各自的行程。

这几个人中最让经纪人王璐头疼的就是初橙。她除了组合通告，几乎没有个人活动。不是说没有资源找上初橙，而是初橙本人并不热衷。

初橙进入这一行，是因为喜欢音乐。

大一刚入学那会儿，周围的同学开始陆陆续续地参加各种选秀活动，或者往唱片公司寄试样唱片，只有她没什么规划。

很偶然的一次机会，恰好被星探挖掘，迷茫的她想着走这条路好像也不错。但她性格比较慢热，不喜欢虚与委蛇，更不擅长和人打交道，这放在需要交际本领的娱乐圈就是个致命的弱点。

她本人也比较“佛系”，没学过演戏，对自己的演技也没有信心，性子放不开，也不适合综艺，对曝光度和钱没有什么太大的追求，偶尔露个面就行。比起每天赶通告的当红明星，她更喜欢当个偶尔接个活动，偶尔又能在家休息的小艺人。

不过也多亏她性子不争不抢，威胁不到太多人，这圈子中的复杂和残忍也没有太影响她。

在家休息的时候，初橙会选择练练声乐和舞蹈，弹弹乐器，睡个觉，追个剧。

王璐每每想到她放着好资源不要，在家当懒虫，都觉得太阳穴隐隐作痛。

这日，初橙躺在沙发上，拿着遥控器漫无目的地转换着频道。手机响了起来，屏幕上显示来电人是初睿，她的亲弟弟。

“姐，我看微博消息了，你要和易神直播打游戏了？”大男孩的语气中有掩藏不住的兴奋。

“嗯，是啊。”

“姐，我亲姐，我最爱的姐，帮我要 KPV 四个大神的签名行不行，尤其是易神的？”初睿在电话那头哀求道。

“我跟他们不认识啊，贸然上去要签名不太好。”

利用工作之便去向完全不熟的合作对象要签名，这就有点为难初橙了，而且她担心这种行为会让对方觉得不开心。

“求你了，姐，实在不行，你就用美人计，你长得这么好看，撒个娇什么的肯定能行。但是最好不要对易神这样。”

初睿作为 KPV 的忠实粉丝，对他们的性格还是很了解的。他记得当初有个女主播私底下跑去后台想要和易然合影，被拒绝后想直接凑上去，结果被易然冷着脸丢了出去。

“臭小子，胡说什么呢，为了个签名就要把你姐卖了？”

“哪有，我这是在开玩笑呢。”

两个人扯了一些家常后，初睿开始自顾自地给初橙科普 KPV 的事，初睿讲的与王璐搜集的资料不太一样，但明显比官方资料有趣多了，初橙很认真地听着。

初睿讲，当年易然为中国拿下第一个《绝地求生》世界赛单人冠军，身披五星红旗，拿起奖杯，带着张扬肆意的笑容，揽着队友的肩膀，对着镜头，用英文说：“保持永远的胜利。”

之后的 KPV 正如他所说的那样，在赛场上战无不胜。

初橙脑补了一下当时的画面，想到少年青涩又俊秀的脸，配着自信又略带挑衅的语气，竟然觉得有些热血澎湃。

那可是为中国带来荣誉的英雄啊！

初睿讲完一大堆之后，又开始嘟囔：“易神是我的终极目标，好想和他们一起打一局游戏啊。”

初橙无情地揶揄道：“有梦想是好事，但是请先把你的成绩提上去再说。”

两个人拌了一会儿嘴，便挂了电话。

初橙的父母都是大学教授，平日里很忙。

从小到大，很多时候都是姐弟俩互相陪伴。因此两个人关系很好，初橙也很疼爱这个弟弟，对他的要求几乎有求必应。

虽然嘴上说着不行，她心底还是认真打算了一下怎么要个签名比较合适。又想到过几天就要直播玩游戏，初橙叹了口气，决定先打开游戏练练手，到时候不至于太拖后腿。

打了几把游戏之后，初橙把最近几场战绩截了图，把游戏名称打上马赛克之后，发到了微博，并配文：“不知道直播那天会不会也打得这么烂？”还配了一个大哭的表情。

其实她的操作还可以，但有时候发挥并不稳定，能靠自己获胜，也能连续“落地成盒”。

FCTV 官微转发并评论：“初橙小姐姐这是在为直播提前做准备吗？八月十日下午两点，各位不见不散哟。”

KPV 战队官微转发并评论：“小姐姐随便打，这四个人要是保护不好你们，基地里键盘伺候。”

KPV 这条微博一转，许多电竞粉纷纷出现：“小姐姐放心，KPV 虽然‘菜’，打不‘死’人，但是能扛枪。”

这些人一个个都是段子手，每次一发评论，第一眼看很容易被误会是“黑粉”，等再看第二眼，才发现人家是 KPV“高级吹”。

初橙看见这些粉丝的“反话”，哭笑不得。

一方面是为了照顾粉丝们的热情，另一方面也是为了做宣传，她在这条微博下面评论：“那我就等着大神们带我赢了。”

几秒钟之后，易然转发并评论：“没问题。”

易然的粉丝这下是彻底炸了——万年微博数为一的易然竟然转发微博了！

之前唯一一条微博还是当年 KPV 第一次拿下世界冠军时，易然发了“感谢”两个字，两条微博时隔了好几年。

“你终于记起你的密码了吗？”

“FCTV 面子真是大，连易神都亲自出来宣传了。”

只有 KPV 战队的内部人员心里有数，FCTV 的面子对于易然来说大不大，那不清楚，反正初橙的面子是挺大的。

第二章

加个微信吗

直播这天，主办方怕来的粉丝太多太狂热，会难以维持现场秩序，特意选了一个不大的演播厅，台下只能容下几千个观众。

尽管如此，入场票还是在网上被炒到了天价。

观众席里，KPV 粉和小月亮们夹杂在一起，举着各家的应援手幅，整个过程由 FCTV 全程直播。

月光少女上午有一个通告，结束之后就匆匆往演播厅赶，等赶到后台重新整理一下造型之后，离直播开始只剩几分钟了。

现场策划小陈过来确认了一下流程，他和王璐打趣道：“本来打算开始前先让你们和 KPV 几位选手熟悉一下。现在没时间了，来不及了。”

王璐抱歉地笑了笑，道：“今天路上出了点意外，太堵了。”

初橙她们几个人想着离上场还有几分钟，便拿起手机点开了今天的直播链接，打算先瞅几眼。

这时候，主持人正在台上热场，而直播间已有五百多万人在观看，并且数字还在一直往上涨。

初橙笑了笑，说：“这么多观众啊，第一次直播游戏，想想觉得还挺紧张的。”

“是有点呢。”

“别紧张，不怕。”

几人互相鼓励着。

台上一男一女两位主持人。小凯是FCTV的知名游戏解说员，偶尔也会直播一下各种游戏。搭档徐娉婷是FCTV的新晋人气王，平时在颜值星秀区直播唱歌。作为FCTV主捧的女主播之一，今天让她主持直播也是为了给她再涨一涨人气。

在两个人的一通吹捧下，月光少女和KPV终于登场。

台下的观众中响起一片尖叫声，而直播屏幕上的弹幕已经被刷爆。不过这时在台上的几位是看不见这些的。

为了节目效果，台上的八个人还是简单地做了自我介绍。

等徐娉婷介绍完今天的活动流程，小凯有些难掩兴奋：“KPV刚拿下世界赛冠军，易神更是拿下单人的四连冠，今天可以说是世界赛后KPV第一次正式露面，真是让人激动。”

是呀，这可是世界冠军，当之无愧的第一。

为了使这次的娱乐局更有看点，策划人员特意分了组。

何科、陈靳、崔悦、杨子涵进行四人小队模式，夏瑜和小菠萝双人组队，初橙和易然双人组队。

等主持人宣布完后，KPV的几个人看了看自家队长，只见易然还是一副面无表情的样子。

小菠萝心里感叹：不愧是队长，这种时候还沉得住气，不由得更加崇拜他了。

陈靳内心吐槽：装，接着装。

最先上场的是夏瑜和小菠萝，其余几个人则坐在一旁观看。

小菠萝看见夏瑜，总能想到自己那个同样没什么表情的队长，打了个哆嗦。

不过夏瑜是长得好看的小姐姐，和他的队长还是不一样的。凭借着自来熟的性子，他很快就和夏瑜聊起天来。

夏瑜是典型的面冷心热，看见才十八岁并且长着一张娃娃脸的小菠萝，觉得自己有些“母爱泛滥”，很配合地搭着话。

“夏瑜姐姐，我会好好保护你的。”

“保护好你自己就可以了，你活着，我们才有可能赢。”夏瑜对自己的技术很有自知之明。

话虽这么说，但整个过程，只要碰见敌人，小菠萝就会冲上去，等解决完，才乖乖地喊人：“夏瑜姐姐，过来捡装备。”

看见小菠萝这么可爱的小弟弟，再加上赢了一局，夏瑜心情颇好，露出一个笑容。

洞察全局的陈靳在易然旁边打趣道：“要不是小菠萝只顾着队友，太过冲动，第二局和第三局不会这么容易输。”

向来只顾全大局，以赢为目的，该牺牲队友就牺牲队友的易然一反常态：“应该的。”

陈靳和何科对视一眼：行，女神在旁边，开始装好人了呗。

接下来是何科、陈靳、崔悦、杨子涵四人上场。

沉迷于游戏的崔悦一脸激动：“实不相瞒，我是KPV粉，我喜欢你们三年了。”

何科和陈靳很有礼貌地回道：“谢谢支持，我们也是小月亮。”小月亮是月光少女的粉丝名。

杨子涵调笑道：“都不准商业互吹了，我们要认真投入游戏中。”

崔悦的技术很好，再加上何科和陈靳两个大神在，本来赢是没什么问题的，不过他们明显小瞧了杨子涵的“捣乱”能力。

第一局，杨子涵由于手误而丢了一颗雷，不偏不倚，就在何科脚下，彻底把何科给炸死了。第二局，满怀愧疚的杨子涵为了弥补上一局的错误，提出她来开车，想证明一下自己在这个队伍里还是有用的。

崔悦记得她虽然枪法不行，但车开得不错，点点头同意了，何科和陈靳自然也没意见。

杨子涵开着车，一路都很稳，直到开进轰炸区，“天降正义”，把一车人炸了。

第三局开场没几分钟，杨子涵不慎战亡，结果少了队友的三个人终于赢了一把，非常顺利地获胜了。

崔悦思考了一下，说：“没有涵涵，就能赢。”

好好的三局比赛，因为杨子涵，硬生生把“枪战片”演成了“喜剧片”。无论是台上的几位，还是台下的观众，都忍不住大笑了起来。

解说员小凯好不容易憋住笑，恢复正经道：“接下来轮到初橙和易然双排了，这应该算是全球赛后易神的第一次亮相了。偶像在我面前，我有点激动。”

徐娉婷笑道：“凯哥淡定点，现在直播观看人数上千万呢，大家都要知道你是易神的迷弟了。”

“我尽量控制自己，加油啊，两位。”

初橙和易然在电脑前坐下，初橙笑了笑，表示准备好了，易然也点头示意。

被初睿洗脑过的初橙早就知道易然的技术，有点担心自己会拖后腿，再加上自己不是自来熟的人，打游戏的时候也不知道聊些什么，而易然看起来更不像是会主动搭话的人，这么一想，她心里更紧张了。

徐娉婷看出了她的紧张，于是缓和气氛道：“我们初橙看起来有点紧张啊。”

她笑笑，没有否认。

易然看着她，一改常态，语气温和：“没关系，随便打就可以了。”其实他自己比初橙更紧张。

听到对方这么说，初橙安心了不少，大神都说随便打了，她还担心什么？

“我可能不太会打游戏。”她不好意思道。

“没事。”

两个人都是话不多的人，小凯就在一旁讲段子活跃气氛：“我之前听说网上有不少粉丝在高价收购被易神摸过的键盘和鼠标呢。”

徐娉婷装作惊讶的样子：“咱们现场的工作人员注意了啊，等会儿直播结束后把键盘和鼠标都收好了啊，过几天拿去拍卖个好价格。”

“如果可以的话，我真想自己带回家。”

两位解说员在一旁打趣，而初橙和易然则沉浸在自己的世界里。

游戏开始前，易然问：“你是喜欢去资源多的地方，还是资源少一点的地方？”

资源多的地方，人也多，会和敌人正面遇上。选择资源比较少的地方，人也相应较少。

初橙回答：“资源少点的地方吧，我怕一落地就会被淘汰，那就尴尬了。”

易然无声地笑了笑，点点头，选了一个比较偏僻的位置。

他们途中碰见一队人，易然一枪扫过去，对方直接被淘汰。

被淘汰的两个人物资还挺多，捡完装备后，易然便开着车带着初橙往安全区走，进去之后，找了个房子停下。

初橙看见易然操作的游戏人物在自己的游戏人物面前停下，疑惑道：“怎么了？”

“穿上。”

只见易然把身上的三级头盔和三级甲都脱了下来。

“不用不用，你穿就好。”

初橙歪头偷瞄了易然一眼，只见他抿着唇，过了几秒才开口：“就想给你穿。”

她无奈，只好穿上。

易然脸上的表情才缓和了一些。

初橙学着易然，也跑到他面前，丢了一些药品，道：“给你。”

她身上的好物资不多，只有这些拿得出手。但她还是听见身旁的易然对她说“谢谢”。

介于男孩和男人之间的嗓音，通透清澈，很好听。

第一局两个人打得很顺利，途中碰见的几队人，都被易然淘汰了，这局游戏也获胜了。

一局游戏下来，初橙只能感叹和易然打游戏真是太有安全感了，什么都不用做，他就能替她解决掉所有的敌人。

第二局，初橙不紧张了，也有了手感，为了直播效果，就想玩得刺激一点。

初橙认真的时候，实力也不容小觑，淘汰了三个人。

易然淘汰了五个人。

两个人带着一身富足的装备，准备进安全区。不过比较倒霉，车库的车已经被人开走了，除了跑，没有别的选择。

离安全区只差一点距离时，对面有个人一直在打初橙，看着噌噌直掉的血量，她一边操控着游戏人物，尽量不被打到，一边向易然求救：“啊，有人在打我，我不知道他在哪里。”

此时易然刚好跑进安全区，找了个掩体，往初橙的方向丢了个烟幕弹，帮她掩护，道：“别怕。”

说完，他开了倍镜往枪声传来的方向看了看，干脆利落地放了一枪，敌人直接被淘汰。

“吓死我了，幸好有你。”初橙趴下，补充血量，心有余悸道。

今天易然和初橙的状态都很好，发挥正常，玩了三局，全部获胜。

游戏环节结束，主持人找话题和他们聊天。徐娉婷看了一眼台本，说：“有不少网友在后台留言，问易神怎么才可以成为一名职业选手，那请问易神，你有什么建议送给大家吗？”

易然淡漠又严肃地说：“想成为职业选手，需要天分和后期的刻苦训练，几千个或者几万个人里都不一定能挑出一个两者兼之的好苗子。能站在赛场上被大家所看到的，只是少数，多的是黯然收场无法拥有姓名的选手。我猜问这些问题的网友大部分还都是未成年的学生，你们可能觉得每天打游戏很有趣，比上课有意思，但事实并非如此，每天长期的训练非常枯燥单一，对身体的耗能也很大，经常有青训生半途而废。虽然有些打击你们，但还是要说，如果只是觉得好玩，趁早放弃这种想法，好好读书才是学生该做的。但如果你们是真心喜欢，把它当作梦想并且愿意承受辛苦和失败，那我支持你们，毕竟每个人都有追求梦想的权利。”

光鲜亮丽、荣誉加身的背后，是不为常人所知的艰辛付出。

初橙深有感触。

易然既不为讨好粉丝而说些好听虚无的空话，又不扼杀别人真正追求梦想的念头，初橙不免感叹这人三观很正，也怪不得初睿会喜欢。

想起初睿，她又想到了要签名的事情。

这要怎么开口？

今天的直播观看人数最多的时候，超过了五千万，平台的高层显然对这次活动很满意。

负责整个活动的策划经理小陈找到王璐和董凌，难掩兴奋道：“这次的直播效果真是太好了，顺带着我们的奖金也要涨一波呢。余总对这次活动也很满意，特意嘱咐助理订好位子，请大家吃顿饭，希望大家都赏个脸啊。”

王璐本打算让四个人早点回去休息，可这余昭的面子还是要给的，便应了下来。

虽说是吃顿饭，在饭桌上的也就 KPV 和月光少女的几位，再加上现场的几个工作人员，余昭本人没有出现。

包厢里有两张桌子，不喝酒的 KPV 和月光少女八个人，再加上解说员小凯、徐娉婷、月光少女的助理小芦一桌，王璐和董凌与其余喝酒谈应酬的工作人员一桌。

小凯和徐娉婷作为FCTV的王牌主播之一，每日都有直播时长要求。坐下没多久之后，两人就匆匆离开，先行回去开直播。

而刚打完几局游戏的几个人，加上年纪相仿，很快就熟了起来。

用杨子涵的话来说，“都是一起并肩作战过的兄弟姐妹了”。

不知道是谁先提起关注微博的事，几个人拿出手机互相关注。

作为公众人物，第一次见面，加微博比加微信这种比较私人的社交账号显然更合适些。

崔悦尤为激动，说：“我早就用小号关注你们了，没想到有生之年可以用大号和你们加上好友。”

年纪最小的小菠萝比较兴奋：“哇，所以崔悦姐姐你其实是真的一直都在关注我们吗？好开心！”

崔悦豪爽地拍拍他的肩：“是真的，你以为我是为了节目效果才那么说的吗？小朋友，你这个想法让姐姐很难过啊。”

“不是的，不是的。”小菠萝赶紧摆手否认。

大家都被他手足无措的模样逗笑了。

易然也很配合地拿出手机和她们互相关注。

只有战队的人知道他们队长是醉翁之意不在酒。

易然拿出手机的时候，崔悦还惊讶了一下：“易神，原来你还记得你的微博账号啊？你基本都不发微博，粉丝都说你是把密码给忘了。”

“没什么可发的。”易然算是解释了一下。

何科在一旁道：“他一般只看别人微博。”

别人，具体指的是谁，KPV的几个人心里门儿清。

月光少女的几个人也没多想，以为就是简单地指别人。

其间，易然的手机响了，他打了个招呼后起身去外面接电话。

初橙还想着签名的事，几分钟后也找了个借口走了出去。

其实刚刚在饭桌上聊天的时候，气氛很好，她完全可以提出来，但她又怕对方会觉得很突兀，扫了大家的兴。

她在包厢门口张望了一下，发现易然就站在走廊的尽头。对方背对着她，倚靠在窗户边，姿态慵懒。

普通的队服穿在他身上显得别有一番帅气，大概就是人好看穿什么都好看。

初橙走近几步，保持一个合适的距离，既不会让人觉得打电话被偷听了，又能让对方转身的时候一眼就看见她。

她就在一个角落里安静地等他。

易然挂了电话，一转身就看见靠在角落里的初橙，心里顿时咯噔了一下。

啧，有点紧张。

他垂下眼眸，思考着要不要上前说些什么。还没等他思考出个所以然来，初橙先上前了几步，有些拘谨地跟他打了声招呼。

初橙犹豫了几秒钟，在内心反复酝酿措辞。而易然则静静地看着她，很有耐心地在等她开口。

向第一次见面的“工作伙伴”要签名，这对于初橙来说，是有些为难。她开口：“就是那个……”

“队长，小橙姐姐，你们俩在这儿干什么呀？”初橙的话还没说完，就被刚出包厢的小菠萝打断了。

破坏了易然“好事”而不自知的小菠萝还小跑着上前了两步，走到两人面前，说：“赶紧回去吧，FCTV的陈经理说给我们拍个合照，发到官微上再宣传一下。”

初橙这下是彻底不好意思开口了，改口道：“这样啊，那我们回去拍照吧。”

易然皱了皱眉：“你刚刚是不是有什么事想和我说？”

易然和小菠萝都盯着初橙，场面一度非常尴尬。

初橙呵呵干笑了一声："没什么，就觉得你们身上这队服挺好看的，想问问在哪儿买的，我想买件送我弟弟。"

说完她就后悔了：怎么会有这么蠢的借口啊？队服还能是哪儿买的啊，当然是官方定制，独一无二的啊！

初橙羞愧得想捂住脸，问这问题真尴尬。

不过对方两个人和她一样，这会儿智商似乎也不在线。

小菠萝兴冲冲地看了一眼自己的队服，又冲着初橙说："我们的队服很好看吧！我也这么觉得！你看这个小图案，是我的创意哟！"

初橙点点头："好棒。"

KPV 的队服确实好看，设计简洁大方，随性中又带着一种无法言喻的霸气。

易然大方道："我送你一件，给你弟弟。"

初橙摇摇头："不用了，不用了。"这多不好意思啊。

小菠萝却在一旁撺掇："姐姐你不是说好看吗，为什么不要啊？"

初橙还没开口，易然就在一旁说："就这么说定了，一件队服而已。"说罢往包厢的方向看了一眼，"回去吧。"

因为不好意思要签名，结果变成了开口要队服？但面对此刻的情况，初橙只好应下。

FCTV 官微将合照发到了微博："直播很成功，吃个饭庆祝一下。"

而回了基地被粉丝叮嘱要多吃点的小菠萝，这时却在被他家队长罚跑，在基地健身房里跑得汗流浃背，仍是一头雾水。

陈靳走进来看好戏。

"哥，队长为什么罚我？"小菠萝想知道答案。

陈靳颇为同情地拍拍小菠萝的肩："队长和他女神独处的时候，你还敢上去插话，这不是上去找骂的吗？"

小菠萝回想了一下当时的场景，恍然大悟。

唉，怪他太年轻，涉世未深，一不小心就触了队长的雷区。

八月份的傍晚仍夹杂着一股热风，令人闷热又有些许烦躁。

初橙从公司练舞房回到公寓，想着许久没回家了，打算给爸妈打个电话。

电话接通后，那头人声有些嘈杂。

初橙问道："妈，你们在外面吗？好像很热闹的样子啊。"

"是呀，今天和你外婆、舅舅他们在外面聚餐呢。来，橙橙，跟你外婆打个招呼。"

傅茜把语音通话改成了视频通话，手机画面里出现了老人家慈祥的面孔。

初橙甜甜地喊了一声"外婆"。

老人家很是高兴，一个劲地应，喊着"乖孩子"，笑得合不拢嘴。

初橙还没来得及问问外婆最近身体好不好，就被她舅妈宋珍打断了对话。

俗话说，谁家没个爱挑事儿的亲戚呢？

宋珍就是这样一个角色，话多嘴碎，虚荣爱攀比。她在一旁假惺惺地摆出一副关心后辈的模样，说："初橙啊，你最近工作怎么样？怎么电视上很少看见你啊？"

她隐晦地指出初橙出镜少，名气不够大。

初橙毫不介意地回答："舅妈，我最近工作其实挺忙的，只是有些通告是不在电视上播的。"

宋珍了然地点点头："你今年二十三岁了吧，有没有男朋友啊？年纪越来越大，该物色起来了，不过你们娱乐圈的不好找对象吧。你看看你表姐，现在的男朋友是企业高管，年薪最少几百万，公司情况好一点，上千万也是有的。听说你还在你那旧公寓住着呢。唉，人家都说当明星赚钱，可我看你好像也没赚到什么大钱啊，舅妈真是替你操心。"

初橙的表姐傅楚，也就是宋珍的女儿，长得好看，学历也高，一直是她引以为傲的炫耀资本。

初励晔听到这里已经有些不开心了，无奈这是自己老婆的嫂子，也不好拉下脸真去跟她计较，略皱眉，委婉地说："橙橙工作自己喜欢就好，没必要为了多赚点钱把自己累坏了。"

初橙也懒得跟这个舅妈计较，从小到大她都习惯宋珍对别人冷嘲热讽和自我优越感爆棚了，开口："其实我今天给爸妈打电话就是想说我那房子的事，我打算在市中心买一套新公寓，差不多看好了，这套旧房子过段时间会让经纪人帮忙卖了。"

初橙现在住的公寓是她刚出道那会儿买的，有些年头了，地段也比较偏僻，主要是安保措施不够，隐私得不到很好的保证。

夏瑜她们早就劝她换个新房子了，可是换个新房子谈何容易。

不过兜兜转转下来，初橙总算找到满意且合适的新房了。虽然价格不菲，但她咬咬牙还是决定买了。至于钱的事，这些年下来也有些积蓄，再不济，大不了往后多接点通告。

初橙一说要买新房子，其余几位大人的注意力就都被带到了这上面，纷纷分享自己的购房经验和教训。她听得哭笑不得，老半天后才挂了电话。

电话一挂，就收到了她弟初睿的消息。

"姐，签名帮我要了没？"

最近太忙了，初橙这才想起来还有这茬。

签名是没开口要，不过……

她登上微博，在关注列表里一下子就找到了易然，毕竟她最近新关注的人也只有 KPV 的四位。鬼使神差地点开了易然的头像，发现对方竟然在几天前给她发了私信。

"你弟弟平时穿什么尺寸？

"寄到哪儿？你公司？"

每天微博上有无数人给初橙发私信，所以易然的消息自然也湮没在一堆头像之中。

初橙觉得不好意思极了，自己当时随口一说的话，人家却放在心上，而她却迟迟不回消息。想着再过几天初睿就开学了，马上就是大学生了，如果把他偶像易然送的外套，当作他的升学礼物，他一定会很开心。

她回复："不好意思啊，微博私信太多了，没及时看到。"

"我弟弟身高一米七八左右，有点瘦。寄到公司的话可能不太方便……"

璨星严禁粉丝寄礼物到公司，如果易然这样寄过去，或许会被误以为是粉丝送的，从而被原路退回，一来一回也多了不少麻烦。

消息一直没得到回复，毕竟易然也不可能时时盯着微博，更何况每天给他发私信的人也不会少到哪里去。

初橙心里了然，便把手机丢一旁，忙自己的正事去了。不过这次吸取了教训，她过一会儿就会拿起手机看看对方回消息了没。

几个小时后，对方回复了："没关系，那寄到哪里？"

初橙看见这条回复后回了个表情过去，还发了自己家的地址过去。她想自己马上要搬家了，旧地址告诉新认识的朋友也无妨。更何况，易然看起来还挺可靠的。

初橙本以为这次也要等很久才能收到回信，没想到对方立马发了消息过来。

易然问道："你有没有觉得我们这样聊天特别麻烦，不能及时看到消息？"

初橙在屏幕这头点点头，十分赞同，打字道："是呀。"

易然说："可以加个微信吗？"

他又追加了一条："如果有事的话，还是用微信联系比较方便。"

对方的说辞让初橙愣了一下。

可能见她没有回复，易然又发了一个委屈巴巴的表情过来："不想加也没关系。”

初橙自动脑补了一下易然极好看的脸，顶着一副可怜兮兮的表情是什么样子。

那完全就是颜值加可爱暴击，她的心立马就软了几分。

初橙也不扭捏，而且和易然打游戏时的安全感多多少少延伸到了现实世界。她挺相信自己的直觉的，觉得对方不会存什么不好的心思，况且人家还比自己小，她心肠压根儿就硬不起来，于是把自己的微信号发了过去。

那头的易然勾了勾嘴角，立马添加好友。

看到她的头像是一个卡通的橙子，易然“啧”了一声，心想真可爱啊。

易然凭借这些年对初橙的了解，知道她平时会下意识地关照比自己小的后辈，可能就是因为家里有个亲弟弟。他想，那就利用一下自己的年纪，再卖个乖好了。

他心里这么想着，手上打着字，问道：“小初姐姐现在在干什么？”

“刚刚从药店回来。”

“生病了吗？”

“有一点小感冒，没什么大问题。”

“那你要按时吃药，好好休息，早点睡，那我先不打扰你了，晚安。”易然虽然很想和对方多聊会儿，可一听她身体不舒服，只想催着她早点休息。

“好。”初橙想着易然长得好看又这么乖巧体贴，会关心人，心中的好感度一下子又上升了几分。

初橙是在刷微博的时候才知道今天是易然二十一岁生日。

两个人平时也不常聊天，不过易然偶尔会来提醒她天气转凉，小心感冒，要不就是说个早安、晚安，始终保持着一个不远不近的距离。

上次初橙收到易然寄过来的队服，包裹里还装了几盒全新的感冒药。就连队服，知道自己弟弟是他们的粉丝之后，还特意在队服上签上了四个人的名字。

要知道，有KPV四个人亲笔签名的队服，在网上不但被炒出了高价，而且就算是有钱也一件难求。

打那以后，初橙觉得易然这个人虽然话不是很多，但心思细腻。再加上字里行间的聊天语气，总让初橙觉得这是个可爱又体贴的邻家弟弟。

初橙在微信上给易然发了个“生日快乐”。

对方没回。

经过这段时间的接触，初橙对此也有些了解。一般情况下，易然有空都会立刻回消息，如果迟迟没回复，不是在训练，就是在直播。

她打开了FCTV，一眼就在首页看见了易然的直播间，果不其然是在忙着直播。其他战队与易然关系不错的选手也纷纷来直播间给易然送祝福，还特意刷了几个礼物才离开，直播间里打赏礼物的系统消息满屏飞过。

易然直播间贡献榜第一名是一个没有头像、名字叫“Yi123”的用户。

这个用户在易然的粉丝里是个传说，出手十分大气，送礼物毫不手软，但本人很神秘。每次Yi123来直播间只送礼物，从来不说话，有时候只是来送几个礼物就走，非常高冷。

初橙进了易然的直播间，由于初橙的账号是明星认证用户，进入其他人的直播间会有特殊提示。她一进去，粉丝们立马看到了系统提示。

“小姐姐也来看直播？”

“易神有排面，过个生日惊动了整个电竞圈还不够，就连我女神也来了。”

易然自然是瞅见了系统通知的。

初橙刚进来还不到一分钟，哪怕她什么都没发，对他来说，存在感也是极强的。他尽量用自然的语气开口道：“欢迎初橙来到直播间。”

“易神什么时候说过这种套话了？”

“没有。”

“易神什么时候欢迎过人了？”

“没有。”

初橙被弹幕逗笑了，不知道易然有没有看见这些，又会是什么反应。只是易然没有开摄像头，她也猜不到。

她连送了五个月光宝盒。

在电脑前的易然心情很好地扯了扯嘴角，道：“谢谢初橙送的五个月光宝盒。”

“易神语气有点温柔。”

“我也发现了……”

弹幕的画风开始被带往猜测初橙和易然两人的关系上去了，粉丝们一直在打趣两个人是不是很熟。

初橙无奈，怎么大家的注意力都放在她身上了，想了想她的举动是不是给易然带来了困扰。

恰好这时，崔悦也进了直播间，一样有系统提示。

崔悦发了个弹幕：“咦，橙橙你也在啊？”说罢，豪爽地送了礼物，“易神生日快乐啊。”

易然道：“谢谢。”

多亏崔悦也来了，这个话题才被一笔带过。

初橙白天睡了一天，现在睡不着觉，干脆找了部电视剧看。微信消息提示音响了一下，是易然的“谢谢”。

初橙回了一个表情过去。

易然有点惊讶：“这么晚还没睡？”

“是呀，今天睡了一整天，现在一点都不困。”

易然想了想，鼓起勇气提出：“那要一起玩几局游戏吗？”

“你在直播，会不会不方便？”

“我已经下播了。”

“那好，我这就开电脑，等我一下。”

两个人用的都是自己的私人游戏账号，加了好友之后，便开始了。

初橙又亲口说了一遍“生日快乐”。

易然依旧回了声“谢谢”。

初橙略微地感叹了一下：“二十一岁呀，年轻真好。”

易然打字时似有笑意：“你也很年轻，看起来也很小。”

初橙二十三岁，不久后马上要过二十四岁生日。

在易然看来，初橙不管几岁，在他眼里，都是最好的年龄，也都是最可爱的模样。更何况，初橙长得嫩，哪怕说二十岁也是有人信的。

初橙心里美滋滋的，听到这种好话，谁不开心呢？她突然想到什么，问：“我今天突然去你直播间，会不会给你带来什么困扰啊？”

“不会。”

“我进来后你不少粉丝都在问我们熟不熟，我怕他们误会。”

虽然易然是一名电竞选手，但粉丝中有不少是“颜粉”。

易然抿抿唇，缓缓地轻声说：“我喜欢你来。”

这时，游戏人物的头顶上有飞机飞过，游戏的背景音乐瞬间变得嘈杂起来。

初橙没有听清楚，等飞机飞过，彻底听不见声响后，她问：“你刚刚说什么？我没听清楚。”

易然操纵着游戏人物在初橙面前丢了一个医疗箱和倍镜，重复了一遍：“我喜欢你来。”声音带着特有的温柔，他又加了一句，“小初姐姐，以后如果你有空的话，能像今天这样来看我的直播吗？”语气有点可怜兮兮的。

听到易然这么说，初橙就联想到一只眼睛水汪汪，可怜巴巴地等着主人回来的小奶狗，于是很没骨气地心软了。嘴上说出的话远快于脑子反应的速度，很快就答应了：“好。”

得到初橙肯定答案的易然明显很高兴。

“小初姐姐，这个三级头盔给你。”

“小橙姐姐，你要配件吗？我都有。”

“小橙姐姐，你要不要玩狙击枪？我可以教你。”

整个游戏过程中，易然嘴甜地变换着花样喊初橙，还带着点讨好的意味，又奶又乖。有了好东西先给初橙，遇上敌人自己先上，他像极了一个兢兢业业保护公主的骑士。

这么软萌的易然，初橙完全拒绝不了，心里无数次大喊“好可爱”！

下了游戏之后，易然发了一条微博：“今天很开心。”

粉丝顺其自然地以为易然是因为今天生日所以开心，同时对易神发微博这件事表达了自己的感动和激动。然而，只有易然自己清楚，他的好心情是因为初橙。

他喜欢的初橙对他说生日快乐，送他礼物，还陪他玩游戏。

他想，初橙怎么可以这么好呀。

第三章

不是麻烦，是荣幸

某知名矿泉水品牌赞助举办了一场《绝地求生》全明星邀请赛。

该品牌卖出的矿泉水连起来可绕地球好几圈，年销量稳居第一，出手当然足够阔气，不仅请来了国内最知名的职业选手，还邀请了明星作为表演嘉宾。

KPV 作为国内甚至世界最顶尖的战队，自然在受邀之列。

本次明星赛的解说员是小凯和苏阳。

小凯作为知名游戏解说员，出现在各个赛场上无可厚非，比较稀奇的是另一位特邀解说员苏阳。

苏阳曾经也是 FPS 的传说，二十六岁那年正式退役。他和易然差了好几岁，也不是同一个时代的传说，但其实相识已久。

易然曾经还是个新人，参加一次试训时，碰到了受邀去做指导教练的苏阳。

当时的苏阳一眼就看出了易然的天赋，也看出了易然的野心，知道这个少年将来绝对会改变中国的电竞史，再加上自身实力过人，对他也颇为关照。一见如故的两人英雄惜英雄，一来二去，就成了朋友，偶尔私底下也会一起玩游戏。

如今作为KPV突击手的小菠萝，一直把曾经号称最顶尖突击手的苏阳作为自己的偶像和目标。自从知道自家队长认识他，小菠萝就非得缠着易然介绍一下。

易然被小菠萝这个小孩子吵得有点头疼，无奈答应："等会儿机会合适的话，就介绍你们认识。"

小菠萝兴奋道："我就知道队长最好了。"

初橙是作为表演嘉宾出现在现场的，与之一起的还有璨星公司的四个练习生。

这四个练习生几个月后即将出道，公司想着一带四，与初橙捆绑在一起，给她们争取一些出场机会，增加曝光率。

初橙倒无所谓，对公司里的新人，她向来是能帮就帮。毕竟大家都不容易，她自己也是从练习生熬出头的，个中苦楚她再清楚不过。

只不过这个通告安排得有些突然，本来是公司的另一个艺人出席，结果那个艺人前两天拍戏出了点意外，不得不临时找初橙来救场。这导致公司前一天才通知初橙，多多少少让她有些措手不及，好在表演曲目就是她们月光少女的主打歌。

作为公司前辈的成名曲，几个练习生平时自然是在老师的安排下学过的。

大家各自跳都没什么问题，但是之前没有合作过，也就昨天一起排练了几个小时，效果不是很好，这让初橙有点担心。她干脆抓紧一切时间和她们一起练习，想要再增加点默契值和配合度，力求更好。

在后台休息室练了几遍后，初橙觉得磨合得差不多了，便让大家先休息一会儿。

几个新人也没闲下来，问："小橙姐，你说像我们这样没出道的练习生上台会有人关注吗？"

"我觉得大家的目光肯定都在小橙姐姐身上啊，哪有空管我们？"

这种事确实不好说，毕竟大家总会习惯性地把注意力放在更有名气的人身上。

以初橙的性格，她不会说些假话去安慰她们，但是又不忍心看她们垂头丧气，便鼓励道：“我也是这样一步步过来的，当时我比你们更惨，三个前辈，六个伴舞，我站在最边上。可是没办法呀，只能慢慢熬。每次尽最大的努力去表演，总不会错的。你们要让别人觉得，你就算站在最边上，也可以担得起更好的位置。”

曾经的初橙就是怀揣着这样的信念，鼓励自己。

她想，只要做得足够好，总会有人发现。渐渐地，大家开始说“跳得这么好的人怎么站在最边上啊”。

久而久之，公司也发现了她这块璞玉。再后来，她便从默默无闻的练习生成了今天月光少女的主舞。

这一切，都是因为努力和坚持。

初橙带着自家的新人作为开场舞表演嘉宾上了台。站在中心位且妆容精致的初橙一出现就抓住了在场所有人的眼球。

这是一首节奏强烈的歌曲，融合了四种风格。她的动作漂亮利落，踩点准确，平时私底下看起来比较内敛的人，一旦在舞台上便能发光发亮，像这样节奏强烈的舞蹈也可以驾驭得很好。

在初橙的演绎下，整个表演又燃又炸，而身旁的四位新人，也挺亮眼的，一下子炒热了现场的气氛。

坐在嘉宾席的易然牢牢地盯着舞台上的初橙，在舞台上的她，根本无法让人挪开视线。

一旁的小菠萝忍不住惊呼：“小橙姐姐好厉害！跳得太棒了！刚刚那几个动作好帅！”还忍不住手舞足蹈地比画了几下。

一曲舞毕，初橙带着四个新人向观众轻轻鞠了一躬，在一片掌声和尖叫声中走下舞台。易然掏出手机，给初橙发了个消息：“跳得很棒。”

初橙回到后台拿出手机一看，微微一笑。

昨天他们俩就知道对方会出席，还多聊了两句，她知道等会儿易然要参加单排赛。

初橙低头打字："等会儿加油哟！"

"你希望我赢吗？"

"当然了。"

"我会的！"

她低头看屏幕，哑然失笑。

初橙在另一边的嘉宾席坐下，注视着台上。

单排赛即将开始，电脑前坐了很多人，可易然依旧是最显眼的那一个。只见几根垂下来的发丝遮住了他的眼眸，他神情认真，沉着冷静地调试着电脑配置。

这模样，无疑是吸引人的。

初橙身旁的几个练习生忍不住感叹他的颜值。

"哇，那个人是谁啊？好帅！"

"长这么帅不来娱乐圈出道真是可惜了。"

"我知道他，和初橙姐直播过，你们忘了？"

"哦，对，是哦，记起来了。"

比赛开始，易然直接选择了跳机场，在此来了一波"屠杀"。从"机场"出来后，他又找了一辆车，在地图上的N港标了一个点。

小凯说："易然现在标的这个点，从我们观众的上帝视角来说，能很清楚地看到有好几个人在厮杀，这个情况易神不可能想不到。苏神，你对易神的这个选点怎么看？"

苏阳笑道："他的目的很明显，哪里人多，他就往哪里去。"

易然刚把车开到学校，就碰上了人，淘汰对方之后，才知道是何科。

尽管平日是队友，但在这场比赛里，两个人就是敌人，这也是没办法的事。

小凯看热闹不嫌事大：“我们现在看到的是易神淘汰了自己的队友何科，好精彩的自相残杀啊。”

何科摘下耳机，无奈道：“这个臭小子。”

接下来的比赛几乎成了易然的个人秀。

小菠萝抓着一旁陈靳的衣角，说：“队长好可怕啊，之前不是说好随便打打的吗？”

陈靳心里跟明镜似的：“那是因为之前没有初橙，现在初橙在现场看着呢，队长能不好好打吗？”

小菠萝点点头，怪不得。

虽然游戏里的队长很凶，但是现实中的队长人还是很好的。一想到队长等会儿要介绍苏神给他认识，他就激动得坐不住。

毫无悬念，这一局易然赢了。

初橙同样给易然发了消息：“你也很厉害。”

两人客气地来了一次“商业互吹”。

易然收起手机，忍不住和身旁的三个队友炫耀道：“刚刚初橙说我很厉害。”说完，自己还有点不好意思地低头笑了笑。

何科、陈靳、小菠萝摆着冷漠脸，都“哦”了一声。

刚刚在游戏里结束屠杀的大魔王，现在在娇羞什么？三个人表示并不想听他胡扯，也不想看他春心荡漾的表情。

单排赛结束后，差不多是初橙跟助理小芦约好来接她的时间点。

初橙接通小芦的电话，听见对方有些虚弱地说：“橙橙，我已经到地下停车场了，但是我痛经犯了，等会儿应该开不动车。”

初橙虽然考了驾照，但基本没上过路，这会儿让她开车是万万不靠谱的，她可不敢拿人命开玩笑。可现在外面又聚集了不少粉丝，出去打车更不现实。有点愁人。

这时，恰好易然给她回消息了。

咦，易然？

她问：“你等会儿还要上场吗？”

“不用，怎么了？”

“那你会开车吗？”

“会。”

于是初橙把大概的情况讲了一下，易然爽快地应下，表示可以同她一块儿离开，送她们回去。

易然起身和身旁的队友打了个招呼，表示自己要先行离开。

小菠萝挽留道：“队长，你不是说等下要介绍苏神给我认识吗？”

易然沉默了几秒，说：“今天不方便。”

小菠萝苦着脸。

易然安慰性地摸了摸小菠萝的头：“现在你小橙姐姐要我帮忙，我肯定要过去，你也不舍得她一个人着急吧？”

小菠萝一时竟无言以对。

初橙小姐姐这么好看，人还这么好，他当然舍不得。可是，他也想认识苏神啊，今天的机会可是千载难逢啊，下一次见面指不定在哪年哪月呢。

易然穿上外套，丢下一句“下次吧”，就毫不留情地走了。

小菠萝：好气哟。

他此时此刻只想在内心大喊一句：狡猾的队长，不顾不管我这个可爱的小菠萝，带着他的小姐姐逃跑了！

初橙和易然赶到停车场的时候，小芦弯着腰趴在方向盘上，额头上布满了密密麻麻的冷汗，看起来虚弱极了。

小芦见初橙来了，便把锁着的车门打开。她抬头时瞥见了跟在初橙后面的易然，问道：“这是？”

易然开口打了声招呼：“你好。”

小芦气息微弱地回了一句："你好。"

她是知道易然的，上次直播时她作为工作人员，也接触过，但她不知道初橙和易然这两个人什么时候这么熟了。

初橙搀着小芦换到了后座，解释道："我开车技术不行，你是知道的，我找了易然来帮忙。"

"哦，这样啊。"

这会儿是初秋，天气已经开始转凉。

易然把外套脱下来，问初橙："小橙姐姐，要不要给小芦披一件外套啊？"

初橙接过外套："你不说我都没注意到，还是你比较细心。"她边说边将外套给小芦披上。

易然坐到驾驶座上，调了调座椅，转头对后座的初橙和小芦说："小初姐姐，你们放心，我开车很稳的。"

初橙把手放在小芦的肚子上，轻轻地替她揉了几下，希望能靠按摩来缓解一点她的疼痛感，嘴上回答着易然："嗯。"

易然跟着导航的指示稳稳当当地把车开到了初橙刚说的小区。

把车停在小芦家楼下后，初橙问易然能不能在车上等一会儿，她先送小芦上楼，帮她打理点事情，会尽快下来。

易然点点头："你可以慢慢来，我等多久都没关系。"

初橙听了，莞尔：这人真是太乖了。

虽然小芦是初橙的助理，初橙理应是被照顾的那个，但在初橙心里，两人既是工作伙伴，又是朋友。朋友身体不舒服，她自然会尽心尽力地照顾。

她把小芦送到家，扶她到床上躺着，又从抽屉里翻出一个暖宝宝让她贴着，然后进厨房给小芦泡了一杯红糖水。

经过一系列的照拂后，小芦稍微好了些，终于有些力气开口了："你和易然什么时候这么熟了？"

她做了这么久的助理，对初橙的性子也是了解的。

初橙这个人有些独立，也可以说有点死倔，能自己解决的事都尽量自个解决，因为她不喜欢欠人情。如果她找人帮忙，那么这个人在她眼里至少是足够熟悉又可靠，是值得信赖的。

初橙想了想，说："就认识后慢慢熟了呗。"

除了前段时间合作过一次直播，两人根本不是一个圈子的，可以说是没有什么机会产生交集的，怎么就慢慢熟了呢？

小芦想，这太可疑了。但她也不敢妄加揣测，更何况以她现在的身体状况压根儿就没多的精力来管，只好暂且把这件事放一边。她看着忙前忙后的初橙，开始赶人，说："行了行了，我现在好很多了，你先回去吧，我妈也快下班了，等会儿还有她照顾我，易然还在下面等着呢。"

初橙也不好意思让易然等太久，见小芦脸色好了些，才放心离开。

临走前，她不忘拿走刚刚披在小芦身上的外套。

初橙下了楼，看见易然倚在车身上，一直眼巴巴地盯着楼道口的方向，直到她出现，脸上才多了几分笑意。她小跑到车边，说："等着急了吧。"

易然摇摇头："不急。"

初橙打开副驾驶座的车门，对他说："先上车吧。"

"嗯。"

初橙已经搬进了"宸琅名邸"，这是她前段时间买的新房，她把地址报给了易然。

易然说："这个楼盘新开盘没多久吧，我最近打算买套新房子，还想着来这里看看的，不过平时要训练，没什么时间。"

初橙压根儿没多想，直接道："那你等会儿要去我那套看看吗？我觉得我那套户型挺好的，你可以参考一下。"

易然点点头："好啊。"

初橙低头才发觉自己手上还拿着易然的队服外套，突然想到之前的对话，问："你刚刚为什么问我要不要给小芦披外套，明明可以自己直接问她啊？"

易然语塞。

他不喜欢别人碰他的衣服，更何况对方还是一个女孩子，这会让他有些介意，但对方是初橙的助理，他想给她身边的人留下个好印象。

要说这种实话吗？他纠结了一下，想想还是算了。

他似是而非地回答："我和小初姐姐比较熟嘛，当然要问你了。"

初橙想想也是，继而问："那外套要不要帮你洗一下啊？"借用了别人的外套，出于礼貌，应该是要替他洗洗的。

这种事易然自然求之不得，不客气地应道："那麻烦小初姐姐了！"

"不麻烦，今天找你帮忙麻烦你才对。"

"不是麻烦。帮小初姐姐的忙，不是麻烦，是荣幸。"

嗯？现在的男孩子说话都是这么撩人而不自知的吗？

初橙不自觉地脸红了，转过头去，不让易然发现她发烫的脸。她降下车窗，试图靠呼啸而过的冷风来使她的双颊降温，并在内心不停默念：初橙冷静啊冷静，要冷静！

易然跟着初橙上了楼。

初橙进屋后，招呼易然先在沙发上坐会儿，她去厨房给他倒杯水。接着初橙带着他大致参观了一下她这套新房子，还细致地介绍了布局："这儿的采光还挺好的，我一个人住也挺宽敞的。"

易然随即表达了自己的喜欢："要是能住在小橙姐姐对面就好了。"

初橙权当他在说笑："可惜了，对面的房子已经有主人了，不过我这栋楼的房子应该还没有卖完，你要是喜欢的话可以去售楼部问问。"

"好。"易然当下心里就有了决定。

初橙想起什么，说："我记得你好像就是A市本地人吧。"

"是啊。"

“你家在哪个区呀？你不打算住得和家里近一些吗？”

A市占地面积大，被划分成不同区，有些区和区之间相隔很远。

“在樾雅区。”

樾雅区是A市出了名的富人区，消费不是一般的有钱人负担得起的，那里的天价房子让许多人望而却步。

易然垂下眼眸：“我跟家里关系不大好，很少回去。”

听易然这么说，初橙对自己提出这个话题觉得有些抱歉。还没来得及安慰几句，她又听见对方开口了。他说：“平日里我也没有什么朋友。”

初橙记得易然生日那天，除粉丝，可是有不少人特意来直播间给易然过生日的，有些选手甚至发微博给他送祝福，看起来明明人缘很好的样子。

“我觉得你朋友挺多的，上次你过生日，很多人关心你。”

易然又语塞了，被戳穿了呢。几秒后，他说道：“那些朋友总归不是一个俱乐部的，有时候还是得保持一些距离。至于KPV内部，我是队长，就要担负起队长的责任。”

易然话没说完全，初橙却明白了。

因为是队长，所以在队友面前，永远要把自己最强的一面展现给他们，有些脆弱的心事也只能藏在心里。她很能理解这种感受，就像在粉丝面前，她也是努力把自己最好的一面呈现出来。大家往往看到的都是她充满活力、乐观向上的样子，而她所有的沮丧和不开心，都是在无人时一个人默默承受和消化。

易然看见初橙脸上有松动的表情，接着道：“所以碰见小初姐姐这么好的人，就忍不住想多亲近一些，以后我找你的话，小初姐姐你不要嫌我烦好不好？”他耷拉着脑袋，语气小心翼翼的。

想想易然也不过是刚刚二十一岁的大男孩，却要背负这么多的压力，可能还不被家里人理解，她不禁有些心疼。

初橙含笑道：“当然不会。”

天色渐暗，夜幕降临。初橙问易然：“你今天晚上训练吗？”

易然摇摇头：“教练说今晚放假。”

“那你留下来吃个饭吧，就当谢谢你今天帮了我一个大忙。”

易然愣住了，他是不是听错了？初橙邀请他吃饭？

初橙见对方沉默，以为对方是在怀疑她的手艺，便说道：“你放心，我的厨艺还行，至少不会食物中毒。”

太过激动，易然连忙点头。

“你有什么忌口的吗？”

“没有。”

初橙往冰箱走去。幸好昨天去了一趟超市，冰箱里食材充足，可以立马动手，免了不少麻烦。她转头对易然说：“你先在客厅看会儿电视吧，我做几个菜，马上就好。”

“我帮你吧，我可以洗菜。”

易然的手白净修长，骨节分明。

初橙瞥了一眼，笑了笑，道：“算了，你的手可是粉丝口中的‘上帝之手’，是要拿冠军的，不是用来洗菜的。”

易然走近了些，仍然想要帮忙，手机却不合时宜地响了起来。

是陈靳的来电。

“抱歉，我先接个电话。”易然走到客厅阳台，按下接通键，直截了当地问，“有事？”

陈靳在那头笑，说：“队长你忙什么呢？微信群里一直喊你，你不回复。”

“我没看手机。”

“董哥说今晚请吃大餐，俱乐部报销，就差你了。”

易然看了一眼厨房里忙碌的身影，毫不留情地拒绝：“你们去吧，我没空。”

“刚刚你不是送初橙走了吗？现在呢？你在干吗？咦，你俩这个点不会还在一起吧？”

陈靳这个人精明又腹黑，不像小菠萝那样好糊弄。

易然也没想骗他，回道：“在她家。”

陈靳心想：要不要提醒初橙，她这是在引狼入室？

“我挂了，没事别烦我，尤其是小菠萝。”

“关我什么事！”突然被提及的小菠萝一脸无辜。

易然说完直接按了挂断键，好不容易争取到和初橙单独相处的机会，他一点也不想被人打扰。

陈靳一脸无奈地看着变暗的屏幕，心想：啧，我家队长没救了。他耸耸肩，望向其他队友，说：“你们也听见了，队长让我们别烦他。”

何科故作深沉道：“唉，现在的年轻人啊，一看见喜欢的女孩子就走不动道。”

董凌说道：“行了，不管他，我们出发。”

易然挂了电话之后，初橙早已把菜洗完了。长发被随意地扎起来，偶有几绺发丝散开来，垂在精巧玲珑的耳边。身上系着围裙，腰身被勾勒出纤细的轮廓，看起来盈盈一握。

“十指不沾阳春水，今来为君做羹汤。”他突然想到了这句话。

这样的满足感，从未有过，美妙而虚幻。

望着对方的身影，易然的心跳不停加速，满腔的喜欢差点就要溢出来，可他必须要小心藏好。现在不是一个合适的时机，也许，一不留神，两个人的关系又会回到最初陌生的起点。

他怕，也绝不允许。

易然收回不舍的眼神，在沙发上坐下，打开电视，竭力控制自己不再去多想。

初橙很快就做好了四菜一汤，外加一份水果沙拉。她招呼对方：“易然，做好了，过来吧。”

易然起身走到饭桌旁，不遗余力地夸赞道：“卖相很好，肯定也很好吃。”

初橙笑了笑，她快要习惯易然的嘴甜了。

突然想起好久没更新微博了，粉丝都在疯狂地催，她灵机一动，说道：“等我一下哦，我拍个照。”

她摆弄了几下，拍下了几道菜，加了个滤镜，发到了微博：“今天的晚饭，我做的！”

初橙发完微博后便放下手机，在易然对面坐下，替他夹菜：“快尝尝好不好吃。”

易然看着饭碗里堆成小山一样的菜，夹起一块红烧牛肉，细细品尝：“很好吃。”

这是真话，初橙的手艺确实很不错。

又发现了初橙的一个优点，他在心里美滋滋地想。

最后易然很捧场地解决了大半的菜量。

看见易然吃得这么高兴，初橙也打心底开心。她做的菜如果能给朋友带来愉悦，那也是一件很幸福的事。

宸琅名邸和 KPV 的训练基地都在市中心，隔得不算远。易然离开宸琅名邸之后，打算走回基地。他现在必须吹会儿风，冷静冷静。

回到基地的时候，队里的人还没结束聚餐。整个基地里就他一个人，尤为安静。

易然坐在椅子上，打开微博，点进初橙不久前发的微博，点了个赞。除了他，月光少女的另外三个人，还有其他几个艺人也捧场地点了赞。

这样一来，易然的赞在初橙这儿就显得不突兀了。

公众人物嘛，互相捧个场，来个商业互赞，也是常有的事。但对易然本人以及他的粉丝来说，这个赞就尤为显眼，他的粉丝很快就发现了。

“易神观光团来组团看看点赞内容。”

“既然知道点赞，为什么不知道发个微博呢？”

“请问您有空发个微博敷衍一下您的粉丝吗？”

对于这些催他发微博的评论，易然习惯性地当作没看见，他反而更在意初橙粉丝的评论。

有条评论被顶上了前排：“四菜一汤加一份水果沙拉，橙橙一个人不可能吃得了这么多，说明至少有两个人。根据‘站姐’们的路透，夏瑜、崔悦、杨子涵三个人今天都不在A市，那么请问另一个人还有可能是谁？”

“看这背景，橙橙是不是搬新家了？”

“橙橙刚住进新家没多久，就可以去蹭饭的朋友，关系好不好是不是很明显？”

易然不得不感叹，在某些方面，网友简直是福尔摩斯，心细如尘。

他好想告诉网友，是他。

想和所有人炫耀，他去了初橙家，还吃了初橙做的菜。

可是也只能想想，他要是真这么说，那恐怕要掀起一场腥风血雨。最主要的是，他怕初橙不高兴。

易然心绪烦乱，干脆开了几盘游戏，大概过了一个小时，战队的人才回来。一个个扶着腰，一副吃撑了的模样。

“队长，你已经回来了啊。”小菠萝最先瞅见他。

易然头也不抬，冷淡地应了一句：“嗯。”

虽说今晚放假不用训练，可这会儿对他们这群夜猫子来说，还早得很。等几个人陆陆续续地到了训练室，易然才开口：“你们看见初橙几个小时前发的微博了吗？”

“没，怎么了？有什么事吗？”

易然没有正面回答：“那你们先去看看。”

被吊了胃口的几个人听他这么说，下意识地拿出手机去看微博。点进去一看，是初橙做的几道菜，卖相看起来很不错。看完之后，几个人顺手点了赞。除此之外，在他们看来，这是一条很正常的微博。

何科在电脑前坐下，问："这几道菜有什么问题吗？"

易然回答："没有。"

陈靳知道他不可能无缘无故提这一茬："所以呢，请问队长，重点在哪里？"

易然缓缓道："是初橙亲手做的，做给我一个人吃的。特别好吃。别人都吃不到。"

易然一个人在那儿自说自话，压根儿不在乎别人有什么反应，最后抛下一句："董哥，你帮我去宸琅名邸看看，我想在那里买套房子。"

董凌停下手上的动作，问他："怎么突然要买那儿的房子了？你不是已经有套房了吗？"

易然之前那套房，在寸金寸土的地段，价值不菲。买那套房子花了多少钱，董凌是知晓的。

一旁的陈靳挑挑眉，笑道："该不会是初橙住在那儿吧？"

易然没否认。

陈靳得出结论："那就是了。"

他们队长为了他的小姐姐，竟然想花几千万去买一套根本没有多少时间会住的房子！

何科干笑一声，说："你开心就好。"

小菠萝很是羡慕："我什么时候也能像队长这样有钱啊……"

易然拍拍小菠萝的肩膀："再熬几年。"

除每次大小赛事的奖金，高得吓人的直播费，俱乐部某些分成，易然还有其他投资，更何况背后还有个足够吓人的家庭背景。粉丝不了解这些，但队内的人再清楚不过。

听到易然这么说，小菠萝难以置信，问道："队长，这是真的吗？"

易然悠悠开口："心情好，随便一说骗你的。嗯，你可以当成一个鼓励。"

小菠萝委屈地说："过分！"

十一月初是初橙的生日。她早前就同粉丝表示，今年不会举办生日会，因为经纪人王璐替她接了两部戏。

初橙原本没有拍戏的打算，颇想得过且过。

王璐却一直在她耳朵旁唠叨："你给我接点活吧，这段时间月光少女是不可能合体了，这几个月你想自己一个人在家待着？你知道粉丝都在工作室的微博下面吵成什么样了吗？说璨星亏待你，不给你资源！"

初橙想了想，她确实不可能几个月都没有活动，哪怕她在家闲得住，粉丝也不会允许她消失几个月。

王璐见她表情有所松动，接着劝说道："你看你买了这套房子之后，还剩多少钱？娱乐圈穷得像你这样只剩这点身家的，真是少见。"

"璐姐，你这是对我人身攻击……"

"人身攻击你怎么了？我说错了吗？我这是为你好。"

王璐说得没错，她刚买了这套房，房款对她来说不是小数目，是她这些年所有的积蓄。

更何况她舅妈宋珍天天在家里嚼舌根，她自己可以当作不知道，但是她不想让爸妈听了白受气，她多一点作品，底气就足一些，宋珍也少点谈资。

初橙思考再三后，点点头答应了。

其中一部是大 IP 改编，将来会上星播出的古装剧《悲尽欢》，她特别出演，客串一个不问世事、久居山谷的女神医离音。戏份儿不多，也不需要多好的演技。这样的角色，对于第一次演戏的初橙，再适合不过了。另一部则是电影《岔路口》，电影成本不算大，但是导演在业内鼎鼎有名，拍出来的片子有口皆碑。初橙饰演女三号，一个潜伏在大毒枭身旁当卧底的女警。这个角色如果演好了，必定会吸引一大批粉丝。为了争取到这个角色，王璐花了不少心思和人脉。

《悲尽欢》已经开拍一段时间了，只不过离音这个角色之前一直没找到合适的人，但由于戏份儿少，出场时间偏迟，也不影响目前的拍摄进度。

初橙的戏份儿正式开拍要等到十一月下旬，而《岔路口》的拍摄暂定明年三四月开始。

初橙深知自己的短板，在入组前让王璐找了表演老师和台词老师，临时抱佛脚。

尽管王璐说了这个角色不需要演技，但她仍然不想敷衍，故而最近都在闭关认真学表演。

粉丝本来因为她今年不举办生日会而觉得有些可惜，可一听初橙要演戏了，立马又跟打了鸡血似的兴奋起来。

生日这天，初橙上了一整天的表演课，其间收到了无数人送来的生日祝福，她得了空，一一回复。除了远在 C 市的家人，关系不错的朋友基本在别市忙工作。比起去年有无数粉丝陪伴的生日会，今年确实冷清了很多。

不过都是成年人了，她不会因为这些事而感到忧愁。她打算自己一个人下碗长寿面，生日就这么简单过。

上完表演课，她拿出手机，看到几个小时前易然发给她的微信。

“小橙姐姐晚上在家吗？”

她回了一个“在”字。

对方没有立即回复。

她想到前几天易然和她聊天时，提起过这两天要在隔壁 B 市参加一个线下赛。

初橙回到家洗了个澡，给自己下了一碗长寿面，拍了一张长寿面的照片，又自拍了几张，选了她最满意的一张保存起来。接着，她就在备忘录里仔仔细细地编辑着自己的生日小作文，她打算零点前发个微博，毕竟她的粉丝还在等着呢。

其间她接了个初睿的电话。

“姐，生日快乐，永远十八！看见我给你发的微信红包了没？我全部积蓄都给你了，够意思吧！”

初橙点进聊天窗口看转账金额，数目对一个学生来说确实不小，看来真是把这段时间的零花钱都给自己了，她很感动。

“看见了，还是我弟弟对我最好了！”

“那是，我可是你亲弟弟。”

“你那边怎么那么吵？”

“哦，我在房间看直播呢，KPV的比赛，嘿嘿。”

初橙看了看时间：“这个点你不是要补课的吗？”

初睿“啧”了一声：“家教十多分钟后才到呢，我劳逸结合一下。对了，你上次送我的队服，我一直挂在床头，每天膜拜呢，尤其是考试前，我都要先拜一拜四个大神的签名。”

初橙沉默了一下，她不明白为什么考试前不是拜学霸而是来拜电竞选手。

初睿自称是KPV的忠实粉丝，她想，确实挺对得起这个称号的。

等忙完了一切琐碎事，也不过七点。初橙觉得挺无聊，便去了易然正在打比赛的官方赛事直播间。

她这次用的是刚注册没多久的小号，没有特殊提示，混迹在普通网友中。

赛事直播画面一直在每个战队的视角之间来回切换，初橙知道这么想不好，可她确实只想看KPV，尤其是易然。

对于为什么会产生这种微妙的心理，她把理由归结于她和KPV是朋友，当然会想多看些他们的镜头。

这已经是总赛程的倒数第二局，总积分上，KPV遥遥领先，可以说KPV最后拿下第一是毫无悬念的事。

镜头每次切换到易然的游戏人物视角时，右下角的小画面就会随之出现电脑屏幕前易然的脸。

在这样没有美颜的镜头下，暴露出来的无疑是最真实的一面。可就算是这样，易然的颜值完全禁得起考验，皮肤光滑，毫无瑕疵，五官精致得无可挑剔。

长得帅，看起来就让人心情愉悦。以至于一个小时之后直播结束，初橙还有些意犹未尽。

十一点多的时候，易然给她回了消息：“睡了吗？”

初橙回复道：“没呢。”

过了几分钟，对方才回：“我现在在你家门口，小初姐姐可以给我开门吗？”

看见这句话，初橙一个激灵立刻从被窝里起来，来不及多想，便披上外套去开了门。几个小时前还在B市的人，突然出现在她家门前。

初橙愣怔了几秒，才开口：“易然？”

“生日快乐。”易然从身后拿出一个蛋糕。

现在这情况，初橙有点蒙，侧了侧身，先让易然进了屋。

易然看见初橙的表情，问：“小初姐姐你不开心吗？是不是因为我突然出现，打扰你了？”

初橙连忙否认：“当然不是，我只是还没反应过来，你刚不是还在B市打比赛吗？”

“是呀，比赛结束我就回来了。”

易然没有说的是，比赛一结束，他就自己开了几个小时的车提前回了A市。

“那你……这是特意赶回来给我过生日？”

“是啊。”

“其实你没必要这样的……”

“姐姐不喜欢这样吗？”易然说这话的时候，一副垂头丧气、自责的模样。

初橙连忙解释：“不是，就是你没必要这么辛苦地特意赶回来，就为了陪我过个生日。”

“有必要，我想陪着姐姐。”他的语气太过直白和坦诚，反而不会让人对这句话产生多余的心思。

初橙想：易然是不是平时缺少关爱，所以一碰见比他大的我，自然而然地产生了依赖感？但是她扪心自问，易然特意赶回来陪她过生日，这个惊喜，她是感动的，也是开心的。

有人陪伴的感觉总是美好。

易然将蛋糕从蛋糕盒中取出，插上蜡烛：“那许个愿吧。”

“嗯。”

初橙闭上眼睛，在心里祈愿：希望家人、朋友、粉丝，身体健康，平安顺遂。

她睁开眼，吹灭了蜡烛，认真地注视着易然：“本来以为要一个人孤零零地过生日呢，现在有你陪着，其实我挺开心的，谢谢你。”

易然的脸在烛光的映照下，悄悄地红了。

快到零点的时候，初橙看了眼还坐在她对面的易然，掐着点发了一条微博：“谢谢每一位送给我祝福的家人、朋友、粉丝，这一年经历了很多，感谢有你们陪伴。二十四岁的初橙也会继续努力，我爱你们。今天有个意外的惊喜，谢谢某个小朋友送的蛋糕。”

易然看到之后反驳道：“我不是小朋友。”

“嗯？那你是大朋友？”

“不是，是男人。”易然在心里又补了句——是一个可以保护你的男人。

初橙听到这儿忍不住笑了，伸出手摸了摸易然的头：“顶多算是个大男孩。”

易然无奈，牵强地扯了扯嘴角。

第四章

最喜欢你了

忙着拍戏的夏瑜第二天才看到初橙的微博，心思敏锐的她立马觉得不对劲，打了电话给初橙，问道：“你生日什么情况？什么小朋友？什么惊喜？”

刚醒的初橙还迷迷糊糊的，眨了几下眼睛才清醒点：“嗯？你说我那条微博吗？小朋友吗？是易然。”

夏瑜蹙眉：“易然？他来你家给你过生日？”

“是啊，怎么了？”

夏瑜恨铁不成钢：“一个男人，大晚上的，特意过来给你过生日，你还问我怎么了？初橙，你可长点心吧。”

初橙解释道：“易然就是挺好的一个弟弟，你不要担心啦。”

夏瑜哼了一声，跟操心的老妈子似的：“最好是这样，男人都是大猪蹄子，你不要随便相信。”

初橙无奈地笑道：“在我眼里，易然也不是男人啊，就是一个比我小的大男孩，你多跟他接触的话，你会发现他特别可爱，还很乖。”

“现在的小男生弯弯绕绕的小心思多着呢。”夏瑜并不相信。

“好好好，我注意点就是了，你放心。”

"这还差不多。"

在初橙结束《悲尽欢》剧组的戏份前，易然顺利地成了她的邻居，入住她家楼上。不过他平时都住在基地，基本没什么时间回来这里住。

作为一个时刻在微博上关注初橙各种路透的迷弟，易然哪怕不问初橙本人，也知道她昨晚已经结束拍摄回到A市。

怎么样才能一回来就顺理成章地在初橙面前刷存在感呢？

易然手指敲打着桌子，认真地思索着。他转头看向身边的三个人，开口："今天请你们去我家吃饭怎么样？"

何科总觉得这臭小子突然这么客气，一定在打什么坏主意，满脸防备，问道："去干吗？"

"你们不是还没去过我那套新房子吗？正好今晚不训练，带你们去看看。"

陈靳挑挑眉："哦？那饭呢？队长你做？"

"外卖。"

陈靳无语，第一次见到请人去自己家吃饭还要叫外卖的。

小菠萝听见吃的就来劲："那我要吃火锅！"

天已经挺冷了，吃火锅确实是个不错的选择，而且方便。

易然点点头，异常好说话："行。"然后拿起手机，给初橙发消息："晚上有空吗？"

初橙回道："怎么了？"

"今天陈靳他们来我家吃火锅，姐姐也一起来吧。"他又加了一句，"他们特别想见你。"

初橙想了想，他们既是朋友又是邻居，去蹭顿饭也没什么，断然拒绝倒显得她不近人情。

得到想要的答复后，易然满意地勾了勾嘴角，对队友说："初橙等会儿也来，你们热情一点，不要冷场，不要让她觉得尴尬。"

陈靳瞬间反应过来：“你是不是在利用我们？”

易然毫不心虚地回答：“是。”

难怪呢，他家队长怎么可能良心发现了。

“队长你真的很过分，现在就连请我们吃饭都是为了小橙姐姐，你不爱我们了。”小菠萝控诉道。

易然戴上耳机，一副心无旁骛，准备认真练习的模样。

陈靳瞅见易然又装死，拍了拍小菠萝的肩膀：“我们队长就是见色忘友，别理他。”

何科也帮腔：“有的吃就对了，你管他为什么呢。”

小菠萝脑袋转了转，好像是这个道理，随即也就看开了。

食材和火锅底料是从火锅店打包而来，易然接通电源，先让锅底慢慢煮着，听到门铃一响，便迫不及待地跑去开门。

果不其然，门外站着的人是初橙。

“我来啦，”初橙说着，把手上的东西递给易然，“这是我在H市拍戏时带回来的特产。”

“谢谢。”易然接过特产，招呼初橙在沙发上坐下。

陈靳瞥见易然手上拿的东西，对初橙说：“太客气了，还特意带了礼物过来。”

初橙笑道：“这是H市特有的牛肉干，听说很好吃，你们可以带回去尝一下。”

小菠萝欢呼：“我最喜欢吃牛肉干了！”

何科拍了拍他的脑袋：“就没有你不喜欢吃的东西。”

“有啊，我讨厌吃蔬菜！”

易然正在厨房忙着给大家洗水果，看起来似乎是一个热情又好客的主人。

众人难得有使唤易然的机会，便作威作福道：“队长，再帮我洗点草莓。”

“队长，帮我把西瓜切成小块。”

易然忙前忙后，表情无波无澜，丝毫没有生气的样子。

初橙体贴，主动提出来：“要不要我帮你？”

“不用，让他来，他喜欢干。”何科连忙阻止起身想帮忙的初橙。

初橙坐在KPV三个人中间，起初还有点别扭，不过他们三个人私底下都很能聊，气氛也挺融洽的。

陈靳找话题闲聊：“我一中学同学特别喜欢月光少女，上次我和你们直播那次，他找我聊了几个小时，一直说羡慕我。”

何科配合道：“我那读高中的侄女是你的粉丝，自称是甜橙。”

初橙的粉丝名是甜橙。

小菠萝附和：“我也喜欢！”

陈靳不怀好意地看了一眼易然，话里有话：“谁不喜欢呢？是吧，队长？”

易然“嗯”了一声。

初橙一开始被他们吹捧得不好意思极了，多聊了会儿，倒是也能很自然地加入他们的话题。

吃火锅前，小菠萝又心血来潮，想吃小龙虾，缠着易然给他订外卖。

这会儿外卖的电话来了，由于小区的安保措施非常严格，外卖比较难送进来，易然只好出门去拿外卖。

等易然出了门，陈靳问初橙：“你觉得我们队长怎么样？”

初橙还没来得及回答，就被一旁的小菠萝抢答了。小菠萝问她：“我们队长是不是特冷酷、特无情？”

初橙一脸疑惑：特冷酷？特无情？那他还下楼去小区门口给你拿你想吃的小龙虾？刚刚是谁忙着给你们切水果吃的？

何科喝了一口饮料，幽幽道：“你别看易然年纪小，在基地里，他就是老大，个个都要听他的。”

完全就是一言堂。

何科想着还是要给他留个面子，没说完全。

初橙想，队长是一个队伍的主心骨，服从队长的安排不是很正常的吗？就像月光少女工作时，如果大家产生了分歧，也都是听从队长夏瑜的安排。

她突然很心疼易然。他作为一个战队的队长，要背起无数的重担，全国上下又有无数双对他、对战队寄予厚望的眼睛紧盯着他，可他的队友，竟然还趁他不在的时候，在背地里吐槽他。

明明是一个那么乖巧又懂事的大男孩，真是又惨又可怜。怪不得他这么喜欢黏着她，看来平日里过得确实有些不顺心。

本来夏瑜上次说的话，她也留了个心眼，多多少少打算和易然保持距离，怎么说对方也是个男性，不管年纪大小，是得避点嫌，现在她又改变想法了。

大吃特吃的 KPV 三个人压根儿没想到，他们本想诉个苦，控诉一下易然的罪行，结果却成了变相帮易然卖惨。

易然在初橙心中的形象又迈上了一个台阶，连带着对他的好感度和关爱值立刻上涨。拿完外卖进来的易然对刚刚的情况不明所以，总觉得初橙看他的眼神似乎多了几分怜爱，搞得他一头雾水。

吃完火锅后，初橙想帮易然收拾一下。

易然赶忙拒绝："别，等会儿我会收拾的，小橙姐姐你还是多休息一会儿吧。"

初橙今天是坐凌晨的飞机赶回 A 市的，白天虽睡了一天，但前几日拍戏的疲惫还没有彻底消除，这会儿饱腹之欲满足了，又有些困意上头。而易然拒绝她帮忙做家务，她也只好作罢，想着那就早点回去睡吧。

她就是有点心疼易然，估计等会儿又得他一个人忙里忙外了。

初橙回到自己家后，KPV 的其他三个人还东倒西歪地躺在沙发上，时不时摸一摸自己吃撑了的肚子。

易然站着俯视瘫着的三个人，踢踢他们的腿："起来，把东西给我收拾干净了。"

陈靳捏了捏鼻根："为什么要我们收拾？"

易然理所当然地反问："吃了饭想不干活？你好意思吗？"

何科损他："你刚刚不是挺勤快的吗？我看了都感动，你就不能多坚持一会儿？"

"不能。"

小菠萝哀怨地说："小橙姐姐，你快点回来啊，快来看看队长的真面目！"

易然笑道："你喊她，她也听不见，这房子隔音效果很好。刚刚还使唤我给你切水果，嗯？过去把碗洗了。"

初橙不在，那便是他秋后算账的好时机了。他扭头看了看陈靳："你去把桌子擦了。"

他又指了指储物间的拖把，对何科说："科哥，你不是说你腰不错吗？那你顺便把地给拖了吧。"

嗯，易然的报复也许会迟到，但从来不会缺席。

刚教训完队友的易然悠闲地靠在沙发上，拆开初橙刚刚拿来的牛肉干尝了尝，心情颇好。

小菠萝眼巴巴地看着易然："队长，能给我吃点吗？"

十八岁的年龄，正是长身体的时候，吃得多，嘴也容易馋。

易然轻飘飘地抬眸看了他一眼："不可以，这是初橙给我的。"

小菠萝委屈巴巴地说："可是小橙姐姐说让我们一起吃！"

易然冷笑道："做梦。"

初橙给的东西，他一个人独享就够了。

初橙打开许久没有登录过的《绝地求生》，直接点了"开始游戏"。

等进入游戏，初橙才发现自己玩的是四人小队模式。

三个队友都是男的，看样子是互相认识的朋友，从游戏开始就一直在队内语音聊天。

初橙是四号。

对方一个劲地问："四号是妹子吗？"

"妹子说话啊。"

初橙本来打算直接退出的，后来想了想，还是不要临时退出坑队友，大不了硬着头皮玩一局。

游戏进行了十多分钟，初橙从三个人的对话中听出来了，其中一个游戏名称叫"某超"的玩家是个主播，现在正开着直播，另外两个人是他的伙伴。

整个过程中，对方三个人一直在喊她开麦，初橙有点烦了，打开了语音："不方便开语音。"说完之后又立马把语音关了。

结果对方三个人不仅不消停，反而更激动了，遇到紧急关头，态度极其恶劣，脏字也随便往外冒。

初橙听得糟心，直接说："我屏蔽你们语音了，别再叫我了。"

屏蔽了语音之后，初橙感觉整个世界都清净了，听远处的枪声和附近的脚步声也清晰多了。

好不容易结束，初橙松了一口气，匹配到这样的队友，往往只会降低游戏的体验感和愉悦感。她退出游戏后，立马接收到了易然的组队邀请，她接受了。

和熟人玩，初橙说话也更放得开，和易然抱怨道："还是和你玩游戏比较开心，刚刚匹配到三个队友，有点烦。"

初橙的语气软糯甜腻，不像抱怨，在易然听起来更像撒娇。

"什么队友？"

初橙解释了一下刚刚的情况，又加了句："最后我把他们的语音给屏蔽了，听得我头大。"

“嗯，做得好，这种人不要理。”

易然又问了她对方的名字。

“他好像也是个主播，叫什么‘某超’。”

“没听说过。”

基本上有点技术和名气的选手和主播，他都认识或者听说过，这个名字，他完全没印象。

哼，还想勾搭他的小姐姐？

他记下了。

初橙说道：“打游戏的时候，我不喜欢那种一上来就搭讪的陌生人，我还是喜欢技术厉害的。”

易然问：“姐姐，那我厉害吗？”

“当然厉害啊。”世界冠军能不厉害吗？

“我玩游戏也不和别人聊天哦，但是喜欢和你聊天。”

初橙的脸以她自己可察觉的速度热了起来。

这时，易然又说：“那小橙姐姐喜欢和我玩游戏吗？”

“啊？还挺喜欢的。”

初橙看了眼时间，快十点了，就说：“这局打完我就不玩了，明天还有一个通告要上。”

“好。”

游戏结束后，易然跟她说再见：“小橙姐姐，晚安。”

易然的声音温柔而低沉，连带着初橙的心也软了。

“晚安，你也早点睡吧，拜拜。”

“嗯。”

初橙下线后，易然还记得她说的事。FCTV的直播间是可以看回放的，他不断调整进度条，终于找到了他们和初橙玩的那局。

对方先是拼命骚扰初橙，言语粗鲁、低俗。幸好初橙关了麦没听见，不然听到了肯定会糟心。

易然的脸色越来越差，那可是他放在心尖上的人。

在这种情况下，是个男人就不能忍。

第二天，FCTV 官微发了一条微博：“经工作人员调查，我站用户名称为‘某超’的游戏主播多次在直播过程中涉及言语辱骂、人身攻击、传播不良信息等违规操作，对社会造成了极其恶劣的影响，FCTV 强烈谴责这种行为。我站将解除与该主播的合约，并上报相关部门，对其进行依法处理。”

初橙的旧房子终于找到买主，她得抓紧时间把屋里的东西搬出来。尽管扔了很多东西，还是打包出了好几大箱子。这种体力活靠她和小芦有些困难，本来约好了公司某个男助理来帮忙，可他在半路上接到相亲对象的电话，权衡之下放了初橙的鸽子。

初橙只好临时打搬家公司的电话，戴着帽子和口罩，把脸藏得严严实实的，站在路边等车子到来。

宸琅名邸的安保措施严密，除了业主，闲杂人等不得入内，进大门的登记手续十分复杂。更何况初橙也不敢随便告诉陌生人自己家的详细地址，只让搬家公司把车停在小区门口。

司机觉得这钱赚得轻松，从车厢内搬下东西后便匆忙离开。

门口的保安大叔是个热心肠：“小姑娘，这么多东西，家里有人来帮你搬吗？”

“没有。”初橙摇摇头。

“我们这大门必须有人看着，一时半会儿走不开，你要是一个人搬不动，等我换班后帮你。”

她正想拒绝，背后传来一道熟悉的声音：“你在这儿干什么呢？”

初橙转过头，望向易然，解释道：“我刚从旧公寓搬了些东西过来。”

易然低头扫了几眼：“这些都是你的？”

“是啊。”

易然弯下腰，伸手去搬东西：“我帮你。”

初橙使出吃奶的劲也搬不起一个箱子，又想替他分担点，手指刚碰上被易然抱着的纸箱一角，就被他侧身避开。他说：“这么累的活，交给我就好，小初姐姐在一旁帮我加油就可以了。”

来来回回搬了五趟才把东西搬完，易然愣是在大冬天热出一身汗。初橙心怀感激又稍有歉意地说：“今天辛苦你了。”

易然一本正经地回道：“你不辛苦就好。”

初橙心头一暖，笑着道：“为了谢谢你，我请你吃饭。”

“好。”付出一点体力，换来初橙的一顿饭，易然自然求之不得。

从十二月份开始，初橙就格外忙碌，刚刚结束了《悲尽欢》剧组的戏份，之后又忙着早前各个代言的站台活动。而每年年底，是各个电视台跨年晚会竞争得“头破血流”的日子。为了收视率，各大电视台纷纷向艺人们抛出橄榄枝。

月光少女今年已确定受邀上某卫视的跨年晚会，地址就在A市本地的某个大型文化中心。

如今跨年演唱会举办在即，初橙便把大部分时间都分配到了跨年排练上。

初橙和崔悦相对于夏瑜、杨子涵来说，时间比较自由，人也都在A市，就一块儿在璨星的练习室里练习。而夏瑜的戏份儿还没有拍完，杨子涵的新综艺也没有录完，两个人只能在拍摄当地抓紧一切空闲排练。

上次易然亲自下场教训“某超”的事，他并没有告诉初橙，他不想让初橙知道这些事而感到糟心。但崔悦作为KPV的忠实粉丝，常年顶着一个小号混迹KPV的粉丝圈，这件事她不知道才怪。

她本来想亲自去这个小主播的直播间一探究竟，不过他的直播间已经被封了，所以当初的直播回放也看不了了。她也不清楚初橙曾经还是“受害人”之一。

初橙听崔悦提起这件事，她对这个名字还是有印象的，便把当时匹配到他们的事情给说了一遍。

崔悦一听，火都上来了："你当时就该骂他们！狠狠地骂！这种男人太恶心了！"

"我觉得我一个人骂不过他们，所以干脆屏蔽语音了。"

崔悦把那晚易然找"某超"的事绘声绘色地讲了一遍，还连连感叹："他真的太酷了！"

听完后，初橙觉得她平日里似乎太小看易然了。

在她眼里，易然是个只会撒娇卖乖的大男孩，但在她看不见的地方，他做事果断干脆，会用自己的方式站出来保护朋友，维护平台纪律，俨然是一个有担当且不好惹的男人。

十二月三十一日那晚，董凌给正在外面聚餐的几个 KPV 队员及工作人员录了一段视频，随即发在了 KPV 官微上："感谢这一年大家的照顾和支持，新的一年 KPV 会打出更好的成绩，不辜负粉丝的喜欢。最后，KPV 祝大家在新的一年顺顺利利，平安健康。"

粉丝纷纷在下面留言："KPV 新的一年，冲冲冲！"

"我的四个男神，新年快乐。"

不过粉丝问得最多的还是易然："易神怎么不在？我们的易神去哪儿了？"

"这都一年过去了，我还是看不到我的然崽吗？哭泣。"

官微为了安抚粉丝的情绪，选了一个最前排的用户回复："易然有私事，今晚不在俱乐部。"

至于易然到底在哪里，他们自然要保密。

A 市文化中心，观众席前排靠边上的一个座位，易然戴着一顶帽子正坐着，半张脸隐藏在夜色中，神色晦暗不明。周围是几个二十出头的小姑娘，可能是看见附近难得有一个年轻男子，比较稀奇，正式开场前，对他格外热情，使劲找他聊天。

“你喜欢哪个明星啊？”

“你是为了哪个偶像来的呀？”

“小哥哥你也追星吗？”

易然用手压了压帽檐，确保对方看不清自己的脸之后，淡淡地回了个“嗯”字。

对方见他态度有点冷淡，便识趣地不再多话。

台上的表演一个接一个。但不管是大牌实力歌星，还是当红流量小生、小花，在他看来都是一样的，都不足以吸引他。哪怕周围的观众起劲地喊着应援口号，震得他耳朵微鸣，他也无动于衷。

热闹是他们的，他什么也没有。

月光少女是在中间的时间点出场的。

为了舞台效果，即便是大冬天，她们也依旧衣着单薄，节奏强烈的歌曲串烧又把现场的气氛炒上了一个台阶。

舞台上的初橙“可盐可甜”，舞蹈动作收放自如又充满魅力，总是能紧紧抓住观众的眼球。他忍不住想掏出手机拍几张照片，但身旁的几个姑娘一直往他这儿偷看，令他有些别扭，只好作罢。

事实上，他没有告诉初橙，自己买了门票来现场看她在跨年演唱会上的表演。

有时候，他怕自己的心意显露得太明显，会让初橙一下子难以接受，只好自己暗地里混在人海中，当一个普普通通的观众。也没什么可抱怨的，这是他自己的选择，甚至甘之如饴。

月光少女的表演结束后，易然选择中途离场。他猜，不久后月光少女也会提前从后台离开。

他在场馆外等了一个多小时，也没见到月光少女的车开出来。也许是对方还在后台，也许是对方的司机早就神不知鬼不觉地开着车走了。

十二月的寒风冻彻心骨，易然望着眼前萧瑟的景象，心也渐渐冷下来，那是带着点希冀后又被现实狠狠敲打的失望和寂寥。他想，什么时候才可以不用像今天这样只敢远远地望着初橙？什么时候才能光明正大地陪在初橙身边？

大冬天的深夜，温度已经降至零下。

易然在外面被冻得太久了，想抬步离开，腿却僵硬得有些不听使唤。他皱了皱眉，心情更加不爽了，干脆破罐子破摔般靠在树干上。好在外套够厚，感觉不到树皮的冰冷。

一秒又一秒，他自我惩罚般倚在树干上，执拗地望着某一处。

“易然？”

他听见身后有人在喊他，是初橙的声音。

易然转过头去，望向对方，视线悠长，眼神幽深，还带着点控制不住的惊喜。

初橙走过来，问他：“你怎么在这儿？”瞅见易然脸色有些苍白，看样子是冻着了，她把手上刚买的热咖啡递给易然，“你是不是很冷啊？”

易然还有点蒙，下意识地从口袋里伸出手，接过热咖啡。只一眼，初橙就看见易然被冻得通红的双手。她压根儿没多想，伸出手去试探对方的温度，果不其然，手又冰又僵。

易然垂下眼眸，安静地注视着他们不过触碰了一两秒的手，那颗心瞬间鲜活起来。

初橙的语气带着点指责：“多大了，冻成这样你不知道找个屋子暖一暖？”

她的手纤细柔软，还带着热度，易然的脸和耳朵立马红了：“我……”

“你什么你，跟我过来。”

易然不知道疼惜自己的身体，初橙是有点生气的。她牵着易然上了她的保姆车，车里没有其他人，她打开了车内的空调，不大的空间立马被暖气充斥着。

易然一只手拿着咖啡，另一只手还被初橙握着，她在给他涂冻伤膏。

“以防万一，先给你涂一点，不然真冻伤了就麻烦了。”

初橙给他涂完药，才意识到两个人的姿势似乎有些亲昵，立刻羞红了脸。

她这是在干吗？

“咯。”她企图用一声清咳掩饰自己的尴尬，缓缓地把手放开。

正当她的手彻底松开的时候，却被易然反握住了。

初橙望向他，不明所以。

“手有点冷。”易然可怜巴巴地回答，注视着她的眼神带着委屈，又有些说不清道不明的情愫。

初橙觉得自己的心跳得有些快。她发现，她一点都不排斥和易然有肢体接触。她低下头，轻轻地“嗯”了一声，没有抽回自己的手，任由他抓着。

暧昧的气氛在狭小的车厢里不断发酵，噼里啪啦地冒着火花。

车窗外传来了新年倒计时的声音。

“新年快乐。”她听见身旁的易然在她耳边说。

是呀，又是一年了。

她转过头：“新年快乐呀。”

易然拿起热咖啡喝了几口，胃被热饮充盈着。他偷偷看了一眼身边坐着的初橙，连带着他的心都是暖的。

为了避免不必要的麻烦，易然在初橙的车里坐了一会儿就先行离开了。等易然的身影彻底消失不见后，初橙一个人坐在车里，看着窗外的点点星光走起了神，思绪逐渐蔓延。

刚刚她问易然在这附近干什么，现在回想起来，对方的回答似是而非，一直在和她绕圈子，一番对话下来，其实半句话都没有坦白，压根儿就是个狡猾的小狐狸。

大冬天的，又是深夜，易然怎么会出现在这里？

初橙心中有一个猜想一闪而过，却无法抓住。

初橙回到家之后已经是一号的凌晨，实实在在的新年第一天。她找到之前在后台和夏瑜、崔悦、杨子涵一起拍的合照，发了微博："今天的舞台你们还喜欢吗？新年快乐！"

粉丝在下面纷纷表白，还附上几个小时前初橙在舞台上的美照。

初橙翻下去，看到自己喜欢的照片就顺手保存起来。等回到首页，她发现易然也发了一条微博。他说："新年快乐。"

对方粉丝在这条微博下的评论，画风格外清奇。

"感天动地，您竟然会发微博了。"

"下次能学会配一张自拍照吗？哥，求你了。"

"又是为帅气弟弟心动的一天！姐姐爱你！"

初橙一条条看下来，嘴角止不住上扬，给易然这条微博点了个赞就退出了微博界面。

易然自然是时时刻刻关注着初橙的动态，看见她点赞之后，给她微信发了消息："到家了吗？"

初橙回道："早就到啦。"

"嗯，我今晚也住在宸琅。"

只隔着两层楼，让易然觉得他们离得很近很近，他喜欢这样的感觉。

"喝姜汤了吗？"之前在车上的时候，初橙反复叮嘱他受寒之后最好回去煮点姜汤喝。

回来后直接冲了个热水澡就倒在床上的易然毫不心虚地回答了一句："喝了。"

这会儿已经是午夜两三点，初橙也有些困乏了，正想要和对方说个晚安准备睡觉的时候，易然突然给她发了几个大红包，并且分别备注了——

“新年快乐。

“事事顺意。

“最喜欢你了。”

看到“最喜欢你了”这句话，初橙的瞌睡虫立马被赶走了，什么意思？她发了三个问号过去。

对方回答：“给小橙姐姐的红包。”

她知道那是给她的红包，可她想问的并不是这个。

初橙想了想，她要怎么委婉又不显得很自恋地问易然那句话到底是什么意思呢？万一自作多情了岂不是很尴尬。结果还没来得及等她想出个所以然来，对方就说自己要睡了。

初橙只好回了一句“那你睡吧”，然后在床上翻来覆去地纠结。

从之前不小心的牵手，到现在这句莫名其妙的喜欢，是意有所指还是单纯的朋友之间的喜欢？

初橙越想越烦，把整张脸埋在枕头里。最令她无所适从的是，她回忆起易然握着她的手，竟然有点心动的感觉。她觉得自己好像陷入一个奇怪的旋涡，又想了想，可能是她没谈过恋爱也没和别的异性牵过手的原因吧。

她这么安慰着自己，但事实很快就证明不是如此。

第五章
只想和姐姐一起

《悲尽欢》正式杀青之后，后期人员加急剪辑、制作，就为了赶在寒假档播出。为了提前预热，一众演员最近也没少忙着上综艺宣传新戏。

初橙作为客串的特别主演，戏份不多，但是仍被剧组多次邀请一起去上几个节目，帮忙做个宣传，片方看中了她在年轻粉丝群体中的热度和号召力。

王璐替她选了一个收视率和口碑都较好的节目，其余的都拒绝了。在王璐看来，一个客串演员上剧组的宣传综艺，得到的镜头其实并不会太多，说白了也是给主角做配。多上无益，不如重质不重量。

节目安排了好几个环节，其中一个环节是男女搭档对唱，另一个则是男女搭档出演某经典偶像剧片段。

节目组将主演们两两分配，男女主角一组，初橙被分配到的搭档是戏里的男三号徐扬。

为了节目看点，增加话题性，策划组有意让整个过程充满暧昧，最好能不停地冒出粉红泡泡，比如要求双方对唱情歌时来个深情对视，两个人演某个片段时，有个情节是徐扬对着初橙说一大串情话。

初橙和徐扬在剧里对手戏为零，可以说是陌生的两个人。看到台本上这么写着，她觉得自己到时候多多少少会有些不好意思。可等到彩排，一门心思想着认真完成工作时，完全没出现初橙想的这些状况。

面对着眼前也算是高大帅气的男人，不好意思、害羞、心跳加快……完全没有。哪怕是看着对方深情的注视，听着肉麻的情话，她的内心也毫无波澜，如果非要说有什么情绪，那就只有浓浓的尴尬。

结束后，徐扬倒是挺热情地找她聊天："我刚刚唱得还行吗？还有后面那个对手戏，我觉得我演得有点过了。"

她客套地回道："啊，我觉得挺好的。"

等回到后台，初橙一个人安静下来，又细细回想了一下，确实没有什么情感起伏。而和易然牵着手时更多的是紧张和羞涩，还有不断加速的心跳。虽然她没有什么恋爱经验，但有些事她还是分得清的。哪怕易然比她小了近三岁，可就像夏瑜说的那样，他是一个男人。

他的有些举动和言辞，会让人产生一些误会，初橙不信他不懂。

自从易然的态度越来越模棱两可之后，初橙的这个想法越发明显。对方的心思，她倒是有些看不清了。可又不得不承认，易然在她心中是不一样的，因为她对易然平日里的举动一点也不排斥。

想到这里，易然恰好在微信上给她发了一个信息，是一张海的照片。

湛蓝的大海，纯净美丽而一望无际，让人看了心旷神怡。

易然这几天去了另一个城市打比赛，那是以海闻名的城市，是度假胜地。紧接着，他又发了一句："觉得很好看，想和你分享。"

初橙回他："好漂亮的海。"

"嗯。"本以为对话到这儿就要结束，易然又说，"但是没有姐姐漂亮。"

过了一会儿，他又发来一句："你最好看了！"

初橙刚刚还在想易然说话一天比一天暧昧，现在又……她感觉自己的双颊正在不停地升温。她拿起桌上的矿泉水抿了两口，让自己冷静，告诫自己要有点骨气，要挺住，对方比自己小，自己不能先败下阵来，也不能被这个态度越来越含糊的小朋友耍得团团转。

她故意冷淡地回了一个“哦”。

这头的易然看见这个“哦”，云里雾里。

他知道网上说的段子，如果对方和你聊天说个“哦”，那就表明其实并不是很想跟你聊天。

易然对初橙突然的冷漠陷入了沉思，琢磨了几下，开始睁眼说瞎话：“后天就要决赛了，压力好大，怕状态不好让粉丝失望。”

初橙又有点心软了，她回对方：“别太紧张，你们肯定能赢，我相信你们，比赛前别想太多。”

小计谋得逞的易然嘴角一弯：“嗯，所以出来散散心。”

“要是能和姐姐一起来看海就好了。”

初橙撇了撇嘴：“不是有你的队友陪你吗？”

“那又不一样。

“只想和姐姐一起。”

初橙看到信息后，在屏幕前深吸了一口气，打字道：“易然！你给我好好说话！”

易然发了个委屈的表情包过来，又道：“我是在好好说话啊，都是实话呀。”

初橙被对方弄得彻底没辙了，委婉地告诉他：“不能随便和女孩子说这种话，别人会误会的。”

易然紧追不舍：“可是我只和你这么说啊。”

初橙无奈，心想：所以你这是想让我误会点什么吗？

初橙忙完一个杂志的拍摄就接到了初睿的电话。

“姐，我快放寒假了，等我放假了，先去你那里住几天怎么样？”

“好啊。”

初睿往年也是这样，一放寒假就去初橙那儿住几天，快到年底时，姐弟俩再一块儿回 C 市过年。

几天后，初睿就带着他的行李风风火火而来。

初橙早就收拾好了客卧等着他入住。不过她最近很忙，白天几乎不着家，晚上也指不定要忙到什么时候。她叮嘱初睿：“我不在的时候记得自己叫外卖，书房里的电脑你可以用，有什么事就给我打电话。”

“知道了。”

等初橙出门后，初睿就钻进书房，打开电脑，登录游戏。玩到一半的时候，似乎听见门铃响了。

他跑去开了门，看见眼前的人，惊讶得眼睛睁圆，说话都不利索了：“易……易神！”

易然看着眼前的人，立马跟浑身竖着刺的刺猬一样，哪怕对方只是一个看起来十几岁的男孩，也让他不得不提防。显然，在他看来，这个房子除他以外的男性，都是不速之客。

他皱了皱眉，问：“你是？初橙呢？”

“啊……”初睿见到偶像太过激动，一时半会儿都有点结巴了，好不容易才缓过劲来，“我姐上节目去了。”

“你姐？”易然立马反应过来，“你是她亲弟弟？”

“是啊。”

易然在心里松了一口气。

初睿难以抑制自己激动的心情：“易神，我……我是你的粉丝，我喜欢你很久了！我……我感觉我在做梦，我真的超喜欢你们的。哦，对，上次我姐还给了我你们签名的外套，我太喜欢了。”

易然看着眼前语无伦次的初睿，似乎想到了什么，一改刚刚冷淡的表情，问道：“要一起吃个饭吗？”

“什……什么？”

“我听说你是 KPV 的粉丝，更何况，你是初橙的弟弟，那也算是我的弟弟，作为东道主，请你吃顿饭不是很正常的吗？”

初睿整个人感觉晕乎乎的，就像从天而降一块馅饼把他给砸晕了，反应过来后，大声回应道：“要！”

易然笑了笑：“那就这么说定了，你可以把你姐叫上。”

初睿完全没多想为什么非得叫上初橙，不过偶像这么说了，他当然应下来了：“好，我姐要是回来得早，我一定拉着她！”

“嗯，那我先走了，晚上见。”

“易神再见。”

愣在原地看着对方背影的初睿，不得不感叹易神本人比直播上还要帅，也比他姐上一张专辑 MV 里的男主角帅多了，怪不得易然有这么多粉丝。最重要的是，人也太好了，一点都不像平日里那个在游戏里的大魔王。

在单纯的初睿眼里，易然有技术，有颜值，性格还好，完全是他的男神！

初橙忙完工作回到家，初睿就忍不住跟她分享这个好消息，顺带抒发了一大串自己对偶像的仰慕和敬佩之情。

“姐，易神说晚上请我吃饭，你也来吧！”

“你答应了？”初橙被初睿的厚脸皮所打败。

“当然了！偶像请我吃饭，不去是傻瓜！”

初橙气得拍了拍初睿的后脑勺。

初睿摸了摸自己的后脑勺，一脸痴笑：“你知道吗？今天易神还跟我说话了呢。嘿嘿嘿，我从来没想过有一天我男神竟然会和我说话。”

初橙白了他一眼：“这就把你高兴坏了？你男神还天天……”她反应过来，立马刹住了车。

“我男神还天天什么？”

初橙心里暗道：你男神还天天夸我呢。她嘴上却说：“没什么。”

神经大条的初睿也没细究，继续劝：“姐，一起去吃饭吗？”

自家的傻弟弟，除了宠着还能有什么办法。

吃饭约在小区外的一家烤肉店。

初橙喝了一口大麦茶，不好意思道："小睿太不客气了，还要让你破费。"

易然巴不得多几个这样的相处机会，摇摇头："应该的。"他还贴心地给两人烤肉，方方面面都照顾得当。

一顿饭吃得"宾主尽欢"，易然在未来小舅子面前刷足了好感度。

初橙前两天去 B 市赶了几个通告，昨天晚上才赶回家。就在她出门在外忙工作的这短短两天内，她发现初睿和易然迅速地混熟了。

初睿现在的状态基本是十句话有九句不离易然。就连说话的句式都是"我易神怎么怎么""我易神说什么什么"，俨然一个疯狂迷恋对方的小弟，初橙每每听了，哭笑不得。

初橙今天睡到中午才起床，她走到客厅，又去书房转了一圈，没找到初睿。

回到厨房，餐桌上摆了一些早餐，应该是她弟弟早上下楼去给她买的，桌上还留着一张字条：我去 KPV 战队基地参观啦。还画了一个大大的笑脸。

初橙忍不住轻笑。她收起纸条，拿起早餐放进微波炉热了热，直接当作午饭解决了。等加热的过程中想想自家弟弟真是被易然给迷得鬼迷心窍了，初橙无奈地摇摇头。

吃完饭，她去房间里找手机，看到初睿给她发的一连串消息。

"起床了吗？

"姐，你吃饭了吗？

"太开心了！我竟然要上易神的直播了，你记得看啊。"

初橙没有回初睿，反而直接打了个电话给易然。

易然看见来电显示，从椅子上起身，找了个安静的角落接通电话。

“小睿说你要开着直播带他玩？”

“嗯，他说他以前看我直播，特别羡慕那些跟我一起玩的朋友。”

初橙哭笑不得地说：“他羡慕，你就答应他了？不用这么惯着他。如果他耽误你们训练，就把他赶回家，不用客气。”

“没事，是弟弟，得照顾点。”

听了这话，初橙心里暖洋洋的。自己疼爱的弟弟也被身边的朋友照顾着，这样的感觉让她心情愉悦。

“那你等会儿要一块玩吗？你最近好像很忙，可以打几局游戏放松一下。”

初橙想想便答应了，又问：“除了我们三个，还有别人吗？”

“还有一个我的粉丝‘Yi123’。”

初橙对这个名字有印象，上次她在易然直播间看到过，在易然粉丝贡献排行榜排第一，是个出手大方的粉丝。

“你和你这个粉丝很熟吗？”

易然没肯定，也没否认：“之前带他玩过几次。”

易然的组队邀请发了过来，她把手机直播的声音调成了静音，点了“接受”。

初睿已经在队伍中，似乎是考虑到易然开着直播，平时的话痨此时特别安静，很少吭声。

易然说：“等一下他。”

“好的。”

初橙的声音通过游戏语音传到易然那边的游戏听筒，再通过易然的电脑传到直播间，导致她的声音有点变化，也正因为如此，暂时没有人听出来她的声音，也没有人知道她的真实身份。

一分钟后，游戏名称为Yi123的用户也进入了队伍。

初睿说：“易神，人齐啦。”

“嗯，开了。”

初睿调皮归调皮，也知道不能在直播中暴露初橙的身份，因此在游戏里直接喊她“一号”。

一如既往地，易然搜到好东西都优先给初橙。

初橙还没来得及开口，Yi123 先说话了：“你为什么每次都把好东西给她，不给我？”

虽然是质问，但语气没有丝毫责怪，倒有点像是在耍小脾气。可这声音听起来应该是个中年男人。

易然反问：“你跟女孩子抢吗？”

对方不说话了，大抵也是觉得不好意思。

坐在电脑屏幕前的 Yi123 关了麦克风，吐槽道：“没良心，有了小姑娘就忘了爹。”

吐槽完后，他又开了麦克风，自以为身份捂得很好的 Yi123 再次开口：“这个名字我怎么没在粉丝榜上见过？”

言外之意就是“你的资历没有我老”。

初橙觉得她总被易然“特殊关照”也挺不好意思，开口道：“叔叔，那个……”

Yi123 傲娇地哼了一声，说：“谁是你叔叔？”

被无视了很久的初睿完全听不懂画外音，妄图给自己找点存在感：“Yi 总呀，你的声音听起来，年纪应该就是我们叔叔了。”

易然无奈道：“你差不多得了。”

初橙再次开口：“我这有个八倍镜和枪托，给你吧。”

Yi123 嘴上说着“谁稀罕”，手上倒是操纵着游戏人物在初橙的游戏人物面前停了下来。

初橙把物资丢下后，Yi123 随即捡了起来。

出乎意料的是，对方也丢了物资给她，说：“给你的，我才不占小姑娘便宜。”

初橙忍不住笑了起来，真是个别扭又可爱的大叔。她道：“谢谢，叔叔您人真好。”

Yi123 似乎轻咳了一声：“就……就一般般吧。”

易然听见这话，道：“你不要理他，我的装备比他更好。你要什么，我都给你。”

初橙的笑意越发明显。

这两个人怎么回事，搞得像争宠似的？

易然空出一只手，拿起手机发消息，问初橙：“为什么不夸我？”

初橙确定附近暂时不会有敌人来之后，从直播的界面切换到了微信：“啊？”

“我给你东西，你都没有夸我，他给你两个破东西，你就说他人好，不开心。”

初橙越发觉得好笑，真的是幼稚又可爱。她回复道：“那是因为和他不熟，要客气点呀，跟你又不一样。”

易然的脸色才缓和了点：“好吧，那小橙姐姐你要记得，我对你才是最好的。”

“我记着呢。”

易然听到对方的保证后，又把注意力放回游戏中。这时，初睿怯怯地开口：“你们难道就不关心我缺什么吗？”

易然：“没有。”

Yi123：“没有。”

夏瑜早前录制的综艺今晚播出，她发了一条微博配合节目组宣传。正在刷微博的初橙第一时间转发，义不容辞地帮忙吆喝：“夏瑜的新综艺，今晚八点苹果卫视，期待！”

没过多久，夏瑜就打来电话，初橙心情颇好地接了起来，对着手机那头的人打招呼：“嗨。”

“今天终于有空给你打电话了，有点事跟你说。”

“怎么了？”

“前几天徐扬进我们剧组了，客串一个角色，他跟我对手戏比较多，几天下来也算熟了。最近在片场休息的时候，他一个劲儿地跟我打听你，你俩怎么回事？”

初橙蹙眉，道：“徐扬啊，我跟他上过一个综艺，就合作过一次，没什么呀。”

“也许……可能就是合作过一次，擦出火花来了？”

初橙无语：“瞎说什么呢！上节目的时候，我只是在工作，我对他没别的想法。”

“你没有，不代表他没有啊，他还探我口风，问你有没有男朋友。哦，还想要你的联系方式。”

“你没给吧？”

“我当然不会给了。”夏瑜坐回自己的车内，接着道，“我跟他说公司目前给你的定位是偶像，你要是谈恋爱，经纪人非把你扒层皮不可，这也是自毁前途，他听到这里也不好意思多问了。”

“唔……”初橙支支吾吾道，“假如啊，我是说假如，要是我真恋爱了会怎么样？”

夏瑜直说：“会没有粉丝，会被骂，你的人气会大不如前，前途也很有可能遭受打击，建议你不要有这种危险的想法。”

初橙不自然地捏了捏耳垂，她微垂眼帘，喃喃道：“那我也不可能一直不恋爱吧？”

“也不是，但绝不是现在。”

夏瑜有点奇怪，之前月光少女的成员聊天时也会谈到这些，但初橙永远是对恋爱这个话题最不在意的那个人。

初橙纠结再三后，斟酌了一下开头，问对方：“我有一个朋友，她最近……”

心思敏感的夏瑜立马警惕道：“你朋友？你哪个朋友？我认识吗？

每次以‘我有一个朋友’开头的，其实都是自己吧。”

“不是，我不是，不是我。”

初橙的“否认三连”让夏瑜更加怀疑了，她直截了当道：“别想瞒着我。”

“不……唉，没瞒着你。”

夏瑜抚额：“那行吧，那你就说说你那个‘朋友’怎么了。”

说起这件事，初橙还觉得有些不好意思，一时组织不好措辞，支支吾吾道：“我那个朋友，她有个朋友，刚开始两个人不怎么熟，后来慢慢了解了……然后，现在她的朋友经常会说一些容易让人误会的话，就……”

初橙说得断断续续的，夏瑜却听明白了：“你那个朋友的朋友，经常会说一些撩人的话，是这个意思，对吧？”

“对对对，然后，我那个朋友……就是在纠结对方是无心的还是有意的。”

“你是不是傻？不对，你朋友是不是傻？对方肯定是心怀不轨，男人都喜欢搞暧昧，离他远点。”

初橙在这头咬了咬唇：“可我那个朋友，好像还……还挺喜欢跟他相处时的感觉……也觉得他应该不是这种人……”

“初橙！”夏瑜控制不住自己，稍稍提高了嗓门，喊了她一声，“我知道你在说自己，老实坦白，那个男的是谁？”

初橙暗自叹了口气，自己果然不适合说谎，小心翼翼地开口：“就……就是易然。”

夏瑜冷笑一声：“呵呵，从他特意给你过生日起，我就知道这小子肯定在打什么坏主意。他今年才二十一岁是吧，小屁孩一个，就想追姐姐，胆子还挺肥啊。”

听了这话，初橙的脸上泛起一层红晕：“你别这么说，万一是我想多了呢。”

冷静过后的夏瑜让初橙讲讲两人之间的相处模式，听完之后，夏瑜总结道："你想多的可能性为零，现在我们先分析分析，你喜欢他吗？"

初橙没谈过恋爱，摸不清自己这种感情是不是"喜欢"。

夏瑜抚额，有些无奈地说："他有什么好啊？跟我们不是一个圈子的人，又不熟。虽然他那张脸确实挺好看的，但是……"

初橙连忙打断："你……你也觉得他好看吧，我也这么觉得！几个月前我们不是在一起直播吗？哪里不熟呀？"

这就急着帮对方说话了，还不喜欢？

夏瑜恨铁不成钢地说："听你这语气，不仅不排斥他，还有点喜欢他啊。"

初橙装作没听见，继续道："而且易然人特别好，很细心。最重要的是他特别可爱、特别乖，有时候撒娇，说话还奶声奶气的。"

"可爱？乖？会撒娇？你当养宠物呢。"夏瑜深深吸了一口气，"他还比你小。"

二十四年来第一次感情开窍的初橙道："可我觉得，我好像挺喜欢他这种类型的。跟他在一起，和跟其他异性相处时的感觉都不一样。"见夏瑜没出声，她又试探性地问，"我也不老呀，差三岁，问题应该不是很大吧？"

她其实有点不自信，可是又想去尝试一次。就像做数学题，当你确定自己有了一个正确的开头时，再往下走，就没那么困难了。

在别人看来，她的外表总会让人把她当成需要好好呵护的瓷娃娃。但与外貌相反的是，她的内心总有一股想去拼一拼的韧性。就像身边的家人、朋友以为按她平日里的性格，她会选择一个安安稳稳的职业，结果出乎所有人的意料，她进入了纷乱复杂的娱乐圈，成为一名偶像。

在她看来，人生那么短，有些事情不试一次，那未免也太可惜了。

夏瑜拿她没办法，知道自己拗不过她的性子："你要是看中他了，我也没办法，那现在就要搞清楚他的态度，看看他是认真的还是只是玩玩。尤其是他年纪小，玩性大，又年少成名，一路被那么多人吹捧过来，这样的人心性不容易定下来。”

初橙连连点头：“我也是这么想的。”更何况他们认识的时间并不算长。

她现在回想起来，易然从一开始似乎就对她太过热情了。

夏瑜想了想，说：“那就慢慢来，你先……”

她化身为军师，给初橙出了一大堆主意。

初橙细细聆听，在电话这边止不住地点头。

在战队基地训练的易然突然后背一冷，皱了皱眉。他怎么感觉怪怪的，有种不太好的预感……

王璐安排的通告，初橙已经兢兢业业地完成，她这一年的工作也算暂且告一段落。

初橙在房间里收拾行李，她订好了明天的机票，准备和初睿回C市。

门铃响了，她起身去开门，是易然。

她侧了侧身，示意易然进来。

茶几上摆放着一堆她准备带回家送给家人的礼物。她任由易然在沙发上坐着，自己则自顾自地整理东西。

易然没忍住，败下阵来，问道：“为什么要回家了不告诉我一声？”语气可怜极了，像受了天大的委屈。

初橙要回家这件事，他还是从初睿嘴里听到的。

初橙一反常态，语气淡漠地回答：“我为什么要告诉你？”

易然被噎得没话说。

对方仍旧埋着头整理物品，对他置之不理。

最近几天，初橙对他的冷淡，他能很明显地察觉到，但他不明白这是为什么。他猜是不是自己的心意太过显露了，对方不想接受，所以用冷处理的方式来拒绝他。想到这里，他试图挽回：“小橙姐姐，你为什么不理我呀？”

初橙剜了他一眼，又来这套。

易然见对方依旧没理他，彻底坐不住了，蓦然起身，半蹲在初橙面前，让两个人保持在同一高度。他视线一凝，眼睛直直地盯着对方，说：“小橙姐姐，你怎么了呀？是不是我做错了什么惹你生气了？你说，我立马改！你不要不理我啊。”

初橙放下手中的活儿，转头与他对视：“易然，”初橙的心正突突地跳着，她深吸一口气，“你是不是喜欢我？”

易然心里警铃大作，果然，是自己的心意被发现了才会这样。他面不改色，睫毛扑闪了两下：“当然喜欢了，我不是说过最喜欢小橙姐姐了吗？”

初橙随手拎起沙发上的一个抱枕，用力一甩，砸在易然身上。

她说的喜欢可不是这种喜欢呀。

初橙又羞又恼，她不知道对方是真不知道还是装不知道，泄气道：“算了。”然后拿起茶几上的遥控器，打开电视。这个点，即将播放她之前为了宣传《悲尽欢》而上的那档综艺。

除了电视机发出的声响，屋子里的气氛突然陷入一阵沉默，压抑而沉闷。

节目是一贯的套路，一开始由各位演员介绍自己的角色，主持人适当地进行一顿吹捧，接下来是几轮游戏环节，炒热气氛，而最后播出的则是之前让初橙颇为尴尬的情歌对唱和重演偶像剧片段的环节。

初橙和徐扬对唱的时候，徐扬的小眼睛一直往初橙身上看，节目组还故意配上大大的字——“满满的爱意”。

坐在沙发上的易然目光深沉，心头微涩：好不爽，不开心，好气。如果说这让他非常吃醋，那接下来的演戏环节，让他的心情更加阴沉，眉眼也越发冷漠。

徐扬用满是深情的眼神，对着初橙说着动人的情话。画面里的初橙面带微笑，两个酒窝浅浅动人。

徐扬的深情，不知是演技太好，还是确实有那么点真情实感，节目组也不清楚，但为了节目的热度，后期愣是在徐扬的表情特写旁加上了“真情流露”四个字。

徐扬说完一大串台词，缓缓牵起初橙的手，对她说“我爱你”，又扬起一个邪魅多情的笑容，引得台下的观众嗷嗷大叫。

看到这里，初橙就后悔了，为什么要在易然面前看这些呀？太丢脸了！太羞耻了！她偷偷瞅了一眼身旁的易然，发现对方也正在扭头看她，他低垂着眼眸，神情复杂。

初橙完全忘了刚刚自己还在生易然的气，现在只有满心满眼的尴尬，她试图挽回形象：“那个……录的时候我也觉得很别扭，现在看起来确实好尴尬啊。”

对方不语。

初橙被电视里的一声尖叫吸引了注意力，转过头来。就在这时，身旁的易然伸出手臂，搂住了她的腰。

初橙瞬间浑身僵硬，说话都不利索了：“你……”她的双颊染上了绯红，连耳朵都不由自主地开始发烫。

对方把头靠在初橙的肩上，在她的脖颈儿处蹭了蹭，说：“我不是弟弟，我也不是把你当作姐姐。”易然搂着她的手越收越紧，“我喜欢你，最喜欢你，是男人对女人的喜欢。”

看见别人牵着初橙的手，哪怕只是演戏，他都要嫉妒死了。一想到以后初橙不属于他，他都难受得心疼，完全做不到冷眼旁观。

“我才不要做你的弟弟，我想做你的男人。”

真正从易然嘴里听到这些话，初橙一阵动容，静静地感受着自己的心潮起伏。

他的嗓音低沉，万般情愫中又带着委屈，直白而坦诚。

易然的头不安分，一直蹭她，就像一条生怕被抛弃的黏人小狗。发丝在脖子上扫过，痒痒的，撩拨着她的心弦，泛起一圈又一圈涟漪。

易然见初橙没有推开自己，又多了几分勇气。他埋头在她肩上，闷声问："可以给我一个机会吗？我会对你特别特别好，也只喜欢你一个人。你说什么，我都听你的，好不好啊？"

初橙使了使劲，试图推开对方，却发现推不开，道："你先放开我再说。"

"不放，你先回答我。"

初橙无奈地说："看你表现！你刚刚还说什么都听我的。"

易然这才依依不舍地松开自己的手，视线却一直黏在她身上："那就这么说定了。"

易然望着她，眉眼带笑，眼睛亮晶晶的。

初橙被那满是温柔和爱意的眼睛晃了眼，心底一片柔软，轻轻地应了一声："嗯。"

第六章

忙着想你

一年四季，哪怕是初励晔和傅茜，跟初橙相处的日子也不多，更不用说家里其他亲戚了。每次初橙回家，必定是忙着拜访亲戚。

家族里的小姑娘成为旁人遥不可及的舞台上耀眼夺目的明星，再加上初橙从小就乖巧听话，惹人喜爱，每到年底，回了老家的初橙就成为一大家子人的重点关爱对象。

初橙每每都有一种自己好像是个“衣锦还乡”的状元郎的错觉。

女儿回来了，初励晔也高兴，提出去酒店吃饭，当是给初橙接风洗尘。杯盏交错间，你一言我一语，气氛融洽热闹。

初橙的表姐傅楚，因为加班，姗姗来迟。原本还和一众姑嫂聊着家长里短的宋珍，立马殷勤地招呼女儿坐下。

生怕女儿被大家忽略似的，宋珍忙吆喝道：“哎呀，我们楚楚就是太能干了，老板没了她不行，这都年底了，还非要留着她加班。”

宋珍爱炫耀，喜欢被吹捧，忍受不了自己在人群中被无视，这个性子大家都清楚。

一众亲戚倒也很配合地夸赞：“楚楚长得好看，又能干，颇有女强人的风范啊。”

宋珍满意地咧嘴笑道：“我们楚楚她男朋友也厉害，在公司做高管，每年年薪……”

这话她不知道说过多少遍了，大家听得耳朵都快起茧了，几乎倒背如流。

傅楚也听不下去了，用手肘撞了撞宋珍，她这才消停了。可这闭上嘴也不过十来分钟，宋珍又开始念叨了。她揪着初橙问：“初橙啊，有没有找男朋友啊？”

初橙顿了顿，才答：“没有。”

“哎呀，过了新年，你虚岁也要二十五岁了吧，得早点找个对象。你们那个偶像组合不都是年纪越大，人气越低吗？你要是有个男朋友，还有个依靠。”

这样的说法，初橙内心十分不赞同，可出于对长辈的礼貌，她还是委婉地开口：“舅妈，哪怕我没有人气了，也不会随随便便找个男朋友啊，而且我一个人也可以，不需要依附别人而活。”

在一旁憋了很久的初睿气呼呼地反驳：“我姐将来还有我呢。”

本来有点尴尬的对话，因为初睿，成功把大家逗笑了。大家纷纷打趣他，巧妙地转移了话题。

自讨没趣的宋珍识趣地缄口不言。

第二天要置办年货，初橙和初睿陪着傅茜去了一趟宋珍家。途中傅茜出门去了趟超市，留下初橙和初睿。在两个人忙活的时候，有人摁响了门铃。

宋珍起身去开门，看见来人，热情地招呼道：“小肖来了啊，进来进来。”

对方身高一米八左右，身形瘦弱，皮肤黝黑，戴着一副黑框眼镜。肖峪递过手中的酒，道：“宋阿姨，这是我妈托我带给你的。”

“真是客气了，我们两家都是多少年的邻居了啊。”宋珍接过酒，招呼肖峪往沙发上坐，给他倒了一杯水，冲厨房里喊，“初橙，出来一下。”

在厨房的初橙听见宋珍叫她，洗了洗手便出来了，看见客厅坐着一个陌生男人。对方一副惊喜的模样，说：“初橙，好久不见啊。”

初橙一阵迷茫，这个人，她认识吗？

宋珍看初橙站在那儿，轻轻推了她一把，道：“傻站着干吗？坐呀，肖峪，你不认识了吗？你和楚楚小时候还和肖峪一块儿玩过呢。”

肖峪推了推眼镜，开口：“咱们还是中学同学呢。”

初橙回忆了一下，仍是没有印象。可即便如此，她还是有礼貌地打招呼：“你好。”

宋珍在一旁格外热情地说：“你们两个好久没见了吧，算起来也是老朋友了，好好叙叙旧啊。你们年轻人加个微信，平时可以聊聊天。”

初橙内心是拒绝的，可又不好拂了人家的面子，干笑了一声：“我不怎么用微信。”

肖峪掏出手机，仿佛听不懂画外音的样子：“那我们就交换个手机号码吧？”

初橙无语，成年人没有立马答应的事那就是婉拒，她不信肖峪连这个都听不出来。她犹豫了一下，迫于宋珍的压力，开口道：“加QQ吧。”几年前的号，她早就不用了，不过现在拿出来糊弄一下还是可以的。

返程的路上只有姐弟两个人，初睿气愤道：“姐，这个人你别理他，可坏了。”他握紧拳头，一脸怒意，“我之前有一次放学来舅妈家，看见他用脚踢流浪狗。”

初橙不敢相信自己的耳朵：“这太过分了。”

长得人模狗样，却这样没有爱心。

初睿不屑：“哼，反正现在表里不一的坏男人多了去了，你不要被骗了。”

初睿虽然是弟弟，但从小就习惯性地保护她。她试探道：“那怎么样的才算好男人呀？”

初睿说：“首先要人品好，对你好，然后要在某一领域特别厉害。男人嘛，一定要有一技之长。嗯，最好再帅一点，就更好了。”

初橙想了想，觉得易然似乎完全符合。她偷偷瞄了眼身旁的弟弟，要是她真和易然在一起了，也不知道这傻小子会是什么反应。

晚上回到房间的初睿打开电脑，登录游戏后，看见易然的小号在线。他在大厅等候，寻思着等这一把游戏结束后，能不能邀请对方一起玩。而这头的易然还在懊恼他还没来得及好好表现，就要和初橙经历一场短暂的分别。

他心情不爽，游戏打得更加凶残，整局游戏就冲着人最多的地方去，大大加快了游戏进度。结束一局后，初睿立马给他发了组队邀请，他接受了。

“易神好。”

“嗯，你姐呢？”

“我姐啊，陪我妈看电视呢。”

两个人开了游戏之后，初睿仍是话多，聊着聊着就提到今天的事：“今天我舅妈竟然想给我姐介绍对象，你说搞不搞笑？”

易然这下彻底淡定不了了：“什么？”

初睿却没听出异样：“还是我姐的中学同学，我觉得那男的哪里都不好，完全配不上我姐。我姐长得这么好看，这么厉害，肯定有很多人追，哪用得着我舅妈瞎操心。易神，你说是吧？”

“是，”他顿了顿，问道，“那你姐什么反应？”

初睿完全没有被套话的自觉：“我姐当然很排斥了，可是又要顾着我舅妈的面子，不好发作。”

易然这时顾不上游戏了，直接发消息给初橙：“你舅妈给你介绍对象了？”

初橙不需要动脑都知道是初睿这个小间谍说漏了嘴。

她起了恶作剧的心思，回了个简短的“嗯”。

易然秒回，接连发了好几条消息。

“不行！

“不可以！

“你答应了要看我表现的，不能有多余的人插队！就算是你的老同学也不行！”

初睿看见易然“挂机”，不停地喊：“易神，你在吗？易神，你回来了吗？易神，你倒是动一动啊，要进安全区了。”可这时的易然已经摘下耳机，一门心思和初橙聊天去了。

初橙看见易然是真急了，也不逗他了：“好啦，我跟他以后不会有联系的，放心吧。”

易然提着的一颗心才放下来：“好想你。”

初橙莞尔：“明明只有两天没见。”

“分开一秒，我也想你。

“特别特别想。

“好想见你。”

易然的情话一句接一句，令人难以招架。

易然作为电竞选手，其实一点也不比在娱乐圈的艺人轻松。

董凌给他们放了八天年假，这算是 KPV 一年中唯一真实存在的正式假期。

他一回到家，母亲温毓便迫不及待地迎了上来，道：“让妈妈看看，哎呀，怎么瘦了？这脸又小了一圈，一定是平日里训练太辛苦了。”

一旁的保姆陈姨见了，捂嘴笑道：“现在的小姑娘都喜欢小然这种长相，看小然长得多精致啊。”

坐在沙发上的易博铭双眼直盯着电视，留给他儿子一个帅气的后脑勺，说道：“一个大男人，长得好看有什么用！”

易然早就习惯他爸这种性格，道："爸，你不说话，我都不知道这儿还坐了个人呢。"

易博铭被气得说不出话来，要不是他开了口，他儿子还打算直接无视他？

易然深知他爸的性格，父子俩互呛早已是日常。他从行李箱里掏出一个礼盒："妈，我给你买的项链，你看看喜不喜欢。"

温毓惊喜道："还是我儿子对我好。"她边说边打开礼盒，从中拿起项链戴在脖子上，美滋滋地去照镜子了。

易博铭坐不住了，站起身，两只手背在身后，不停晃悠着，装作随意经过的样子。

易然内心已经在憋笑了，表面上却不显露出来，又从行李箱里掏出一个盒子："爸，这是给你的。"

"咯咯，这是什么？"易博铭接了过来，装作随意地打开盒子，是一只手表，一看就知道价格不菲，他嘴上傲娇道，"你的眼光也就这样吧。"

易然回家的第二天，家里来了一众叔伯。几个男人坐在客厅喝茶聊天，几个女眷就围坐在沙发这边看电视，看的正是在寒假档播出的《悲尽欢》。

此时《悲尽欢》的剧情已经发展了大半，初橙在前几集已经出现过，但时长不多。

离音初次登场时，一袭白衣，乌黑如瀑的长发随风飘舞，浑身上下充满了轻灵之气。她垂下眼眸，纤纤玉手轻抚着古筝琴弦，曲声回荡在山谷中。

初橙的角色一出现，就因为造型太仙上了热搜榜。不仅如此，《悲尽欢》收视率火爆，她靠着这个颜值出众的角色，吸引了不少路人的好感，也有很多人纷纷表示路转粉。

温毓和一众姑嫂就是这部剧的忠实粉丝，每天准时守着电视机，等候播出。这会儿快到点了，温毓拉着易然在自己身旁坐下：“小然呀，妈妈跟你说，这部电视剧可好看了，里面有个小姑娘我特别喜欢，你等下看着啊。”

过了一会儿，温毓又在易然耳边轻声说道：“我偷偷告诉你，我前几天拉着你爸跟我一块儿看，他还不情不愿，结果看得比我还认真。”

易然失笑，他爸干的这种事还少吗？

“开始了，开始了。”易然的表妹温晴嚷嚷着。

五分钟后，初橙饰演的离音出现在电视屏幕上。

温毓指着她道：“儿子呀，我说的就是她，是不是长得很水灵？”

温晴激动地说：“哥，你不是还和她直播过吗？我特别喜欢这个姐姐，长得真好看！”

听到初橙被夸奖，易然的心情又好了几分。

温毓明显不知道这事，满是懊悔的语气：“你们还合作过？哎呀，怎么不早说？”

“我以后把她带回家来。”

温毓白了他一眼，没听懂他这句话还有另外一层含义，吐槽道：“你还挺会说大话，别以为一起直播过就跟人家熟了，能随随便便把人带回家来，你以为人家愿意？”

易然干脆不再反驳，提醒大家把注意力放到剧情上，暗下决心要靠实际行动来证明。

然后他忍不住去“骚扰”初橙，给她发消息：“我妈妈也在看这部剧呢。”

初橙想到易然的妈妈在看自己的戏，怪紧张的，就问：“你妈妈怎么说？”

“她说整部剧里最喜欢你。”

“真的假的？”初橙问。

“真的。”

初橙听他这么说，还挺开心。

“我还说要把你带回家。”易然半是玩笑半是认真道，“我觉得这件事在不远的将来就可以实现。”

初橙哭笑不得地说：“小朋友，想得还挺远。”

易然跟她插科打诨：“不小了，过了新年，虚岁就二十二了，再过几个月就二十二周岁了。”

他紧接着又发了一条信息：“满二十二周岁就可以……嗯！”

二十二周岁，我国男性法定结婚年龄。

初橙说：“首先你得有个女朋友呢。”

“我在努力呢。”他紧追不舍，打字道，“你知道的吧？”

初橙脸上的两个小酒窝越来越深，带着笑意回他：“哦，看出你很努力了。”

两个人聊了会儿天，初橙又忍不住上了微博。对于自己第一个出演的角色，哪怕戏份不多，她也非常看重，挺想看看观众的评价。

好在大家对她、对离音这个角色都还挺满意的。因为离音悲惨的下场，观众硬是刷出了“心疼离音”这个话题。初橙的一个粉丝还立马剪辑了一个视频出来，标题为“重生”，即上一世的离音重生之后成为如今的初橙。

如今这条微博的转发量上千。

初橙看着剪辑出来的视频，也十分动容，直接选择转发。

易然看见她转发的视频，打开观看，其中几个素材正是取自他和初橙那一次的直播画面。

当时他和初橙并肩坐在两台电脑前，因为刚赢下一局，两个人默契地对视了一眼，初橙脸上带着明媚的笑容，两个酒窝若隐若现。

易然摁下“暂停键”，垂眼盯着手机，嘴角漾出一丝笑意，忍不住截图保存至相册。

和初橙同时出现在一个画面里，让他打从心底感到满足。他想，还得更努力一点啊。

初橙的微博粉丝如今已经达到一千万，粉丝请求来个千万福利，再加上是热热闹闹的正月，她决定开个直播。

初橙在微博上宣布了直播时间，粉丝奔走相告“这是真的过年了。”

她准时在 FCTV 开了直播，观看人数一直不停地往上涨。

镜头里的初橙随意地扎着马尾，穿了一件简单的黄色毛衣，越发显得她肌肤胜雪、年轻靓丽。

等观看人数差不多稳定的时候，她清了清嗓子，开口：“首先呢，在这里先祝各位粉丝朋友新年快乐，身体健康，顺顺利利。”

粉丝们小礼物送得起劲。

“哈哈哈哈，中老年式新年祝词。”

“那我也来接一个，祝大家万事如意。”

初橙接着道：“前两天粉丝量已经到一千万了，谢谢大家对我的关注，因为最近比较忙，今天才有空开这个直播。说是福利，其实也不是，我们就聊聊天，你们有什么想问的吗？我随机选几个回答。”

粉丝又开始刷着各种各样的问题，在屏幕上不停地滚动，速度快得初橙难以捕捉。

“今天晚上吃的什么？”

“今天晚上啊，吃了点蔬菜沙拉，最近在家大鱼大肉的，胖了好几斤，马上要开始工作了，所以要提前控制饮食，还得去健身减点肥。不过想提醒屏幕前的朋友，尤其是还在长身体的青少年朋友，一定要注意合理饮食，荤素搭配，不要为了减肥而节食。”

“月光少女今年会有新专辑吗？”

初橙瞥了一眼屏幕，回答：“会有的，已经在准备了，大概下半年才会开始发行。”

“对自己在《悲尽欢》这部剧里的表现满意吗？”

“这个啊，我觉得还可以吧，不过这得观众说了算。”

直播进行到这里，突然有一个用户开始疯狂送礼物。

别人也许只把他当成初橙大批粉丝中一个出手大方的普通粉丝，但初橙知道这个人是谁。这种闷声不响“干大事”的作风，再加上这个名字，她猜不到是易然才怪呢。

粉丝弹幕刷得热闹，而易然也没有停止送礼物。

初橙无奈，出声劝阻：“这位用户名称为‘Ran’的小朋友，请理性消费，不要再刷礼物了哦，听话。”

易然听到初橙这么说，也就暂停了，转而安安静静地看着她接着翻粉丝的牌。

这时，弹幕里又有粉丝问道：“马上要拍电影了，小橙会不会很紧张啊？”

“会啊，而且这个角色蛮具挑战性的，不过现在不能透露太多，大家可以期待一下。”

直播进行到这里，系统突然提示：欢迎明星认证用户徐扬进入您的直播间。

初橙出于礼貌，开了口：“欢迎徐扬。”

徐扬一上来就放大招：“你今天很漂亮哦，新年快乐。”

初橙顿时失语，愣了几秒才回：“谢谢，新年快乐。”

这头的易然脸色一下沉了下来。他选择用小号进入直播间，就是怕太高调，给初橙造成不必要的麻烦，没想到半路杀出个徐扬。

由于徐扬突然出现，不少初橙的粉丝对两个人的关系产生了好奇，毕竟平日里没见到过两个人互动，现在徐扬贸然进入初橙的直播间，这事说起来可就有点微妙了。

不仅如此，徐扬一进入直播间，闻讯而来的徐扬粉丝也纷纷进来刷弹幕，不停追问两个人的关系。

初橙想，她今天要是不解释清楚，立马会有营销号将这件事小题大做。而捕风捉影的八卦，她向来不喜欢。她要是说得太委婉了，不够坚决，容易被有心之人添油加醋；要是说得太直接，有可能会显得太嫌弃徐扬，会得罪徐扬的粉丝。

她觉得徐扬这是存心来给她添乱的。

初橙斟酌再三才开口，找了个借口："没有什么特别的关系，你们别想歪哦，就是一起合作过的工作关系。今天徐扬是为了《悲尽欢》特意过来给我捧场的，花式打广告而已。"

初橙的粉丝自然是选择相信自家偶像的话，而徐扬的粉丝则是将信将疑。大伙把注意力都放在了两个人的关系上，让易然特别不爽。

他一边用小号不停地吸引视线，一边登录他的官方账号。

整个直播先是被"Ran"不断送出礼物的系统提示刷了屏，而后是金光闪闪的"欢迎认证用户易然进入您的直播间"。

"哇，又来了一个小哥哥吗？"

"我竟然能在喜欢的妹妹直播间里看到我帅气弟弟的身影。"

初橙笑了笑："欢迎易然。"

易然应道："晚上好。"

打完招呼后，他也没再说什么话。毕竟这是初橙给粉丝开的直播，他没必要增加什么存在感。

"嗯，最后一个问题啦，我看看选哪个呢……最近月光少女会合体吗？会的哦，不久后会去参加一个音乐节目，其余消息暂时保密啦，不过能透露的是，会给大家一个惊喜。"她瞅了眼时间，又道，"好了，今天的直播就到这里结束了，也希望你们能关注我接下来的作品，我会努力不让你们失望的。先再见了。"

初橙关掉直播，私聊了易然："'Ran'是你吧？"

易然笑道："嗯，真聪明。"

初橙抿嘴轻笑，想了想，给他转了一笔钱过去，刚刚易然送了不少礼物。

易然没有接受这笔钱，而是发了个问号过来。

初橙回他：“给你的压岁钱。”

易然一阵动容，这才接受了初橙给的“压岁钱”，这个借口可比直接说他礼物送太多要还给他好太多了。

今晚，易然发了人生中的第四条微博：“收到红包了。”配了一张转账截图，备注、头像、金额都打了马赛克。

“过年了过年了，易神发微博了。”

“只有我好奇是谁发的红包吗？”

小菠萝评论：“队长，我也要红包。”

陈靳评论：“队长，我也需要个红包。”

何科评论：“队长，不给个红包孝敬你哥？”

易然懒得回复，直接分别私聊他们，给每个人各发了一个大红包，除此之外，还有战队的其他工作人员。

随后，KPV几个成员纷纷在微博晒红包。

陈靳：“队长平时没什么人性，但是发红包还是很大气的。”

小菠萝：“虽然队长经常欺负我，但是看在红包的分儿上我就原谅他了。”

何科：“这个红包，我很满意。”

初橙看见易然的微博，明明清楚大家不会猜到发红包的人是她，可还是莫名有点心虚。

初睿突然跑到她的房间来，说：“姐，易神给我发了一个红包，超级大。”

初橙一看金额，确实是个大红包，比他们家任何一个人给初睿的红包还要大。

等初睿回了自己的房间，没多久，易然给她打了个电话，她接了起来。对方嗓音低沉，语调温柔：“忙吗？”

“不忙。”

“嗯，我有点忙。”

“你忙还给我打电话呢？快挂了，忙正事去吧。”初橙替他着想，劝他先挂了电话。

话音刚落，她似乎听到对方轻笑了一声，伴着电流声吱吱地传进她的耳朵，她的心像是漏跳了一拍。

“是在忙正事呢，忙着想你。”

初橙一阵好笑：“你都从哪里学的这些话呀？”

易然听见对方温软甜糯的声音和不自觉拉长的尾音，心软成了一片。他没有回答这个问题，而是低声缓缓道：“还有两天就可以见面了。”

初橙的笑意越来越明显：“嗯。”

还有两天就可以看见对方了呢。她也很期待。

第七章

第一次心动

初橙回 A 市这天，照例是小芦开车把她从机场送回家。她刚出电梯门，一抬头就瞥见自家门口斜靠着一个修长的身影，一只手插在裤兜里，状态随意自然，又带着一种不羁的帅气。

易然低垂着头，盯着地面的某一处，神色在昏黄的灯光下晦暗不明。直到听见“叮”的电梯铃声，他这才迅速抬起头望了过来。瞧见她，易然勾了勾嘴角，站直身，抬脚走了过来，很自然地接过她手上的行李箱：“你回来了。”

“你一直等在这里？”

她之前和易然提到过要凌晨才会到家，今天的航班还因为天气延误了一小时，没想到这人就这么傻乎乎地在门口等着。

她有点心疼。

“嗯，想早点看到你。”

听见他这么说，初橙无言失笑。

她在密码锁上按下自己的指纹，“嘀”的一声响，门开了。她没有急着进去，在智能屏幕上捣鼓了几下，扯过易然的右手，将他的拇指在指纹感应处摁了两下，听见系统发出“嘀”的一声，这才满意地一笑，放下他的手。

易然迷惑地望着她。

初橙莞尔：“把你的指纹也录进系统了，下次不要在门口等着了，多冷啊，你可以去屋里等。”她边说边推开了门，自顾自地走了进去，又回头看了一眼还愣在原地的易然，无奈地笑道，“傻站着干吗，还不进来？”

易然这才从巨大的喜悦中反应过来，眨了眨眼睛，赶忙拎上箱子，跟在初橙身后，忍不住喃喃道：“好开心。”

初橙转回头，挑了挑眉：“这就开心了？”

易然点点头“嗯”了一声，接着轻声道：“我家的开锁密码是1106，不需要摁指纹。”

十一月六日，是初橙的生日。

听到这句话，初橙的眼里闪过一丝笑意，盈盈双眸在此刻灿若星辰。她想，对方可能比她想象中的还要喜欢她。

初橙从包里掏出一张门票：“这个给你，下个星期我要去这个演播厅参加一个音乐打榜的舞台表演，你要是有空的话可以过来看看。”

易然接过，脸上是藏不住的惊喜。

两个月前，他还只能够自己买票，一个人偷偷地在台下欣赏初橙的舞台，所有的爱意和苦楚都难以诉说。现在，初橙亲自给了他门票，邀请他去观看她的表演。

“我一定去。”

第二天，易然回到基地。他趁着董凌经过的时候，对董凌说：“周六晚上我不在基地，有事提前通知。”

董凌驻足：“怎么，你有什么事？”

易然轻扯嘴角：“嗯，初橙邀请我去看她的现场，在一个演播厅里。”

董凌十分困惑，他们两个关系什么时候这么好了？

小菠萝在一旁听见了，嚷嚷道："为什么小橙姐姐只邀请你去，不邀请我们？"

易然似乎是在认真思考，几秒钟后吐出一句："因为她只喜欢我，不喜欢你们。"

小菠萝、陈靳、何科无语：哦，你开心就好。

这头正在排练的初橙不自觉地打了个喷嚏，杨子涵停下来关心道："是不是有点着凉了？"

室外温度只有几摄氏度，排练室里虽然开着暖气，但她们为了排练轻便些，身上只穿了一件单薄的卫衣，冷热交替，是比较容易感冒。

初橙摆摆手："没，可能是谁在背后说我坏话呢。"

崔悦笑道："谁能说你坏话呢？我们小橙子这么可爱。"

夏瑜从一旁拿起几瓶水，分给她们："坐下休息会儿吧。"

四个人并排坐在一起，眼前是占满了整面墙的大镜子，映着四个人的身影。看着镜子里的自己，四个人又默契地扭头对视了一眼，抑制不住地笑了起来。

夏瑜捋了捋头发："我们多久没有这样一起在练习室聊天了啊？"

崔悦感叹："确实是很久很久了。"

几年前，还是练习生的她们，每天的时间都是在练习室和录音室度过的。她们也会趁着老师不在，偷个懒聊会儿天。

当时的日子虽然辛苦，每天练习的内容也枯燥单一，甚至连自己有没有可能出道都是个未知数，前途一片迷茫，可因为有彼此的陪伴，也不算太难熬。随着这几年的人气越来越高，大家的重心也放在了不同的领域，在各自的领域拼搏着，能像今天这样聚在一起的情况，属实越来越少。

这样难得的时光，让她们格外珍惜。

初橙握着矿泉水瓶，一收一放，斟酌再三后开口："我把节目组送的票给易然了。”

崔悦惊讶出声：“啊？易然？是我认识的那个易神吗？”

“嗯。”初橙点点头。

杨子涵问：“你们怎么回事啊？什么时候那么熟了？”

夏瑜紧抿着唇，不发表意见。

崔悦恍然大悟：“难怪啊，现在想想，你们俩微博还有互动呢，偷偷背着我们混熟了？”

初橙低着头，看着地板：“嗯，想跟你们说个事。”

“什么？”

初橙酝酿了一会儿才道：“易然可能是我将来想要交往的对象……”

“砰”的一声，杨子涵手上的矿泉水没拿稳，直接摔在地板上。

“什……什么？”

初橙觉得脸有点发烫，她用手在脸颊旁扇了扇：“就是……我挺喜欢他的，等一切确定了，将来想和他在一起试试看。”她手指不安地缠在一起，顿了顿，继续说，“这个消息对你们来说可能有点突然，其实对我自己来讲也是这样，明明认识才大半年，可是不知道为什么，就觉得只有他才能让我动心。所以……你们是我最好的朋友，虽然我不知道你们会不会接受他，会不会认可他，但我还是想告诉你们。”

崔悦最先激动地摇晃着初橙的手臂：“橙橙啊，那可是我男神啊，你们要是在一起，我第一个祝福，然后激动地大哭一天一晚。呜呜呜，我上辈子是修了什么福气啊，我崇拜的电竞男神和我的好朋友在一起了！我好开心！”

杨子涵倒没有崔悦那么激动，但也替她开心：“橙橙喜欢的，我也喜欢，更何况易然长得这么帅。”

夏瑜揉了揉初橙的脸：“大家都支持你，不用担心了吧，别老想些有的没的。”

初橙释然一笑：“嗯。”

她之前会担心自己的朋友不喜欢易然，也担心如果真在一起了，恋情曝光会给组合带来影响。她有很多很多的顾虑，但幸好，她的朋友永远站在她这一边。

月光少女参加的这个节目叫《华语音乐榜上榜》。节目组每一期都会邀请几位当红歌手加盟助阵，舞台采取现场直播的形式，再以全民网络、短信投票等方式来确定当期的榜单排位，全程公开透明。

录制节目那天，易然谨记初橙让自己遮得严实点的提醒，特意戴上了帽子，还把外套领口竖起来，遮住了下半张脸，很低调。

他的位子离舞台很近，视野也极好。

月光少女上台的时候，他能很清楚地听见在场观众的尖叫声。这样的现场体验，让他真切地体会到初橙是被这么多人喜欢着。而在台上的初橙比以往的任何一次都要紧张，她知道易然就坐在台下，她也能感受到对方的视线一直在自己身上，这点认知让她心跳如擂鼓。

主持人道:“其实我们知道月光少女也有一段时间没有合体演出了，所以很荣幸，新年之后的第一次舞台献给了我们。”

队长夏瑜作为代表接过话：“我们也很谢谢《华语音乐榜上榜》能邀请我们，给我们一个全新的舞台。”

主持人接着道：“那请问，最近有没有出新专辑或者出新单曲的打算呢？”

“其实新专辑我们私底下已经在筹备了，就像老话说的那样，慢工出细活嘛，所以新专辑正式和大家见面可能还需要一段时间。也希望小月亮们能多多关注我们接下来的作品。”

主持人和夏瑜对话时，初橙一直乖乖地站在旁边，一副仔细聆听的模样，恬淡安静。

主持人跟着台本走流程，道：“在这里提前预祝你们的新专辑录制顺利，不久后专辑大卖，那现在呢，我们先来期待一下月光少女即将要呈现的舞台吧。”

等主持人介绍完之后，月光少女的表演即将正式开始。

初橙转身的时候偷偷瞅了一眼易然，两个人的视线正好撞在一起，初橙忍不住轻轻地笑了一下，又很快背过身去，不让观众发觉异样。

台下的易然，埋在衣领里的嘴角止不住地上扬。

有些情愫，哪怕只是一秒钟的对视，也能流露出来。

月光少女这次表演的曲目叫《Secret》（秘密），这首歌旋律轻松，舞蹈也比较甜美，充满活力。

此时台上的四个人，青春可爱，像夏日里的冰激凌，又像冬日里的热奶茶，俏皮清新又阳光四溢。

舞蹈定格在最后的结束动作，初橙眨了眨眼，台下翻起了一阵又一阵热潮。

初橙略微转过头，往易然那边的观众席同样眨了眨眼，顾盼生辉，扬着一个甜甜的笑。

这头的观众难以抑制内心雀跃的心情，随之而来的是更加激动的呐喊声。

台上的四人结束了表演，谦虚地鞠了一躬，依次感谢现场乐队老师和观众。而在台下的易然，脸不由自主地红了。

在恋爱这方面，他就是个毫无经验的毛头小子，初橙随意的一颦一笑，他都受不了。

三月已至，枝条上冒出嫩芽，春意踏着暖风而来，初橙和易然却各自忙得几乎没有见面的时间。

初橙的电影处女作《岔路口》开拍在即，她在片中饰演一名当卧底的女警，拍摄过程中会有大量的武打场面，而导演刘峰向来对自己片中的演员要求极高，能不用替身就不用替身。她早就做好了心理准备，也做好了亲自上场的准备，争取每一场都亲力亲为。

公司事先替她找好了武术老师，她最近每日的安排就是学习武术基础。这个过程并不怎么愉悦，每天练得腰酸背痛，即便身上穿着护具，仍是受了不少小伤，胳膊上、膝盖上都起了不少瘀青，她每天累得几乎倒床就睡。

与此同时，易然则开始忙着备战OGC。最终参加OGC全球决赛的中国赛区，名额只有两个。

易然第一年参加OGC，总决赛赛区在A市。今年，是他第五年参加OGC，赛区兜兜转转又回到了A市，这就像一个轮回。

KPV刚刚结束线上赛，毫无悬念地出线。这几日，他们不仅要忙着训练，还要配合官方录制一个战队宣传片。对于他们来说，展现技术简直是小事一桩，可要在录制时摆几个动作，真是太难为他们了。

全队的意见很统一，随便找个白色背景墙录个自我介绍就得了，没必要搞些花里胡哨的东西，毕竟他们靠技术，不靠脸。

董凌嫌弃道："我早就去LT打听过了，他们的战队经理老陈告诉我，LT可是准备先花两个多小时搞造型，现场还找了什么打光的人员。哦，还随时有造型师补妆。他说LT这次一定要拍出一个帅气的视频来。你再看看你们，跟我说啥？随便找个背景墙录个自我介绍？当自己老干部呢？"

LT是国内的另一支强队，也是KPV的兄弟战队。

易然无所谓道："人帅，怎么录都行。"

董凌："好像说得也挺有道理。"

小菠萝附和道："队长说得没错，我们长得比LT帅，不需要搞那些东西。"

董凌拍了拍他的脑袋："你还挺会一唱一和的。"

陈靳推了推鼻子上架着的金丝框眼镜："所以，董哥，你就放弃这些多余的想法吧。"

何科秀了一把自己的肌肉："简简单单多好，我们轻松，拍摄人员也轻松，还替战队省钱。”

董凌皱了皱眉，回想起不久前和老陈的通话，对方在那头兴致高昂地炫耀他们的拍摄想法，听得他也蠢蠢欲动，想搞个“大片”。更何况，他和老陈那可是认识多年的好友加冤家，两个人从中学一路斗过来，鸡毛蒜皮的小事都要做个比较，斗个你死我活。现在哪怕是录个简短的视频，他也不能输，否则，指不定对方会拿这件事嘲笑他多久呢。

他捏了捏鼻子，咳了一声，然后装作不经意地问：“你们觉得初橙好看吗？”

众人先是瞅了瞅易然的脸色，心想，董哥这不是废话吗？接着，他们诚心地回答：“当然好看。”

董凌又道：“那你们有哪一次见到初橙上节目是素颜？她随便穿个T恤衫、牛仔裤就上舞台了吗？”

众人回想了一下，确实没有。

公司给初橙的定位是偶像，她有实力是一回事，但这并不妨碍公司包装她。她每一次上节目，从发型、妆容到服饰、配饰，都是由专业的造型团队精心打造的。

他接着道：“你们看看，人家那就叫职业素养。我跟你们说，现在的粉丝还是看脸的，你们技术好是没错，但你们不想做点锦上添花的事？再说了，我可告诉你们，现在的小姑娘都喜欢那种又酷又帅的风格，到时候各个战队的宣传片一出来，别人一看，就KPV最丑……万一初橙她们也在关注咱们KPV呢？你们说是不是？你们好意思让人家看这种东西？啧啧啧，也不嫌丢人。”

易然的表情有些松动了。

董凌又加了把劲：“反正我把话都说到这份儿上了，到时候某些人可不要后悔哟。”

深思之后，易然开口：“那就按你说的来吧。”

陈靳、小菠萝、何科不约而同地开口：“队长！”

易然一副理所当然的样子：“我觉得借用这个机会展现一下 KPV 的风貌也挺不错。”

董凌满意地摸了摸下巴，得逞地一笑：“行了，那就这么说定了，这几天都给我好好睡一觉，养足精神。”

何科看了看董凌离去的背影，然后盯着易然，止不住地摇头：“你真是没救了。”

易然一只手插兜，一只手摊了摊，摆出一副“就这么决定了，你们怎么想，我都无所谓”的样子，让一旁的三个人恨得牙痒痒。

小菠萝气鼓鼓地顶着一张包子脸：“队长你等着，等下次见到小橙姐姐，我要跟她告状。”

易然瞥了他一眼，沉声道：“坐回位子，练习。”

小菠萝看见自家队长不善的眼神，打了个哆嗦，心想，这些事他要在心里默默记下来，下次要一五一十地和初橙姐姐控诉一番。

等确认小菠萝是在认真练习后，易然拿出手机给初橙发消息：“过几天要去拍战队宣传片。”

初橙看到这条消息，已经是几个小时后了。她笑笑，这让她不得不怀疑现在易然是不是什么事都要跟她报备一遍。她低下头打字：“那很好啊，好好拍，把战队最好的一面展现出来。”

易然提前打预防针：“嗯，就是成员们有点害羞，不想拍。”

初橙作为过来人，很理解这种心情：“这个一开始可能是有点别扭，慢慢就习惯了，我以前也挺害怕面对镜头的。”

易然又瞅了一眼小菠萝：“是这样没错，主要是小菠萝，小孩子脾气，不理解我作为队长的苦心。”

“那他真是太不听话了，跟小睿一模一样，下次见面我问问他。不过小菠萝年纪还小，你要哄哄他。”

易然有点心虚了，他扭头问小菠萝：“饿不饿？想吃什么东西？我给你买。”

平日里易然就挺大方的，成员们让请客就请客，心情好了也会自掏腰包请大家吃大餐，所以小菠萝对他的提议并没有产生丝毫怀疑。他抬头想了想，掰着手指说道：“我要吃糖醋排骨、油焖大虾、爆炒牛肉、干锅鸡肉、盐煎鸡翅……嗯，还要来一份饭后甜点，那就一个西米露和水果沙拉好了。”

易然抬了抬眼：“你可真能吃啊。”

何科摇摇头：“堕落，真是堕落，下次跟我去健身房。”

小菠萝捂住耳朵：“听不见，听不见，听不见。”

几天后，OGC 官方赛事的微博和 KPV 官微正式发布了 KPV 的战队宣传视频，拍摄的地点在一个有些破旧却别具风格的废弃停车场。

画面中，小菠萝和陈靳身着队服，从两个方向迎面缓缓走来，“啪嗒啪嗒”的脚步声富有节奏，在格外安静的空间里显得沉重而诡异。两个人相隔只有一米远时，同时停下脚步，驻足对视。“刺啦”一声，急刹车时轮胎摩擦地面的声音倏地传来，两个人默契地同步转头望向声音的来源。一辆黑色跑车来了个飘移后停在两人面前。易然和何科打开车门，走了下来。

镜头一转，废弃停车场里冒起白色的烟雾，原本身穿队服的四人换上了酷炫的防弹衣，身上配着不同型号的模型枪，镜头推近，给了每一个人充分的特写，后期在一旁加上了关于个人介绍的字幕。配上特效，整个视频足够吸引人眼球，令人惊叹。

片子简洁明了又酷炫帅气，再加上四位成员颜值足够出众，视频一出，粉丝们疯狂不已。

“不是我吹，这颜值，数一数二。”

“哟，我差点以为这是什么新出道的男团呢。”

“别打游戏了，你们出道吧。”

LT 官微也挺调皮，评论道：“不是说好了随便录个视频吗？这就是你们说的随便？”

KPV 官微回复：“不好意思，我们队长说人帅怎么录都好看。”

看见两家战队的官微“互怼”，粉丝喜闻乐见。

崔悦作为 KPV 的忠实粉丝，也忍不住转发：“KPV 冲呀！我永远支持你们！”

不久后，初橙登上微博，也瞧见了这个视频，同样很捧场地转发：“这也太帅了吧。比赛加油！”

易然评论：“我会的。”

陈靳回复易然：“哦。”

何科回复易然：“哦。”

小菠萝回复易然：“哦。”

初橙看见这几个人的互动，忍不住想笑，回复易然：“哦。”

易然不搭理其他人，只回了初橙一个可爱的表情。

初橙昨天睡觉前和易然聊天的时候，随意地提了一句“最近学武术身上都是瘀青”，今天回家就发现这人在她家客厅坐着，桌上还摆了几瓶药酒。

易然看见她回来，立马站起身，还不好意思地摸了摸后脑勺：“你回来了呀。”

初橙放下背包：“嗯，你今天不训练？”

“要训练，过一会儿就马上回去。”

初橙从冰箱里拿出两瓶酸奶，走到他身边，把其中一瓶递给了他：“坐呀。”

易然接过酸奶喝了一口，这才想起正事。他拿起茶几上的药酒：“这个对活血化瘀很有用的，你赶紧试试。”

初橙拿过药酒，看了看上面的使用说明，笑道：“谢谢你了。”

她随口一提，对方就放在心上了。

易然催他：“不客气。那你快点用吧。”

初橙看着他，沉默不语。

易然不明所以：“怎么了？早点用效果会更好，恢复得也快一些。”

“你是让我现在就用？”

易然点点头：“是呀，要不要我帮你涂在伤口上？”

“我的伤口都得脱了衣服才能看到，你……”

易然白皙的脸立马涨红了，一直蔓延到耳根，他倏地直起身，结结巴巴地解释：“我……我不是……不是这个意思，我先走了。”还没等初橙开口，他一个人自顾自地走到门口，慌乱地开口，“桌子上还有OGC全国赛的门票，如果你有空的话可以来看看。”语毕，赶忙开了门，又扭头说了声“再见”。

“砰”的关门声一响，还在原地的初橙无奈失笑，这人也太容易害羞了。她伸手拿起桌上的门票，仔仔细细看了几眼票上的地址和时间，记在心上。

这日，A市某体育中心座无虚席，甚至有许多为了支持自己喜爱的战队而特意从外省外市赶过来的电竞粉丝。

总决赛一共十局，为期两天，总计积分最高的前三个战队则为全国赛的冠亚季军，而获得OGC全球赛入场券的只有两名。

今天是比赛的第二天，KPV昨日的五局积分已经遥遥领先。

初橙和崔悦两个人戴着棒球帽和口罩，找到位置坐了下来。崔悦难掩激动：“四年前，KPV第一次参加OGC就是在这里，当年的KPV还没有小菠萝，今年都已经第五届了。想想时间过得真快呢。”

初橙对体育中心的印象还挺深刻的，凑近崔悦，说：“你知道吗？那时候还没认识你们之前，我作为一个前辈的伴舞来过这里，那是我第一次在全程直播的舞台上表演。”

崔悦算了算时间：“那时候你才当练习生没多久吧。”

“是啊，一个月左右。所以那时候能有机会上台，我特别珍惜，不过很倒霉，那天我还崴了脚，担心会不会把表演搞砸，事前还一个人在角落里偷偷哭呢，后来碰见了一个少年……”

这事太久远了，现在回忆起当初，她自然提起了曾经遇见的那个少年，却忽然顿住了。

思绪一闪，一帧一帧的画面在她脑海中不停地浮现。

四年前，初橙只是一个在璨星当了一个月左右的练习生。

每天的训练强度很大，老师也很严格，不仅如此，不少同期练习生经常明里暗里你来我往地斗个不停，毕竟大家都想早点争取到出道的名额，性格慢热的她则更加没有什么朋友，随之而来的是挫败感。

在这里，优秀的人太多太多了，而她不过是这群优秀之人中普通的一个，这让她的心情一天比一天沉重、压抑，也开始自我怀疑。好在她很快就想通了，她想，那她就比别人更努力好了。

努力，总是没有错的，她也可以比别人更出色。

那时候，一群练习生都住在公司提供的宿舍里，初橙与室友韩沁怡相处得并不融洽。

同期练习生里，初橙和韩沁怡的舞蹈实力最为出众，两个人经常被老师和其他练习生拿出来比较。俗话说，一山不容二虎，两者之间总要有一个“更好”，韩沁怡争强好胜，受不得自己被比下去。初橙平日里话少安静，在韩沁怡看来，她就是装清高。

一来二去，导致韩沁怡单方面看初橙不顺眼。

直到受邀参加OGC开场表演的前辈缺一个伴舞，两个人的矛盾才算真正爆发。前辈当时已经红遍大半个歌坛，就连御用伴舞团也颇受关注，连带着身价不停地涨。那次表演有个伴舞受伤了，需要一个临时顶上的伴舞。前辈对伴舞要求极高，亲自来练习室挑选，一眼就相中了初橙。要知道，对当时的练习生来说，能跟着这样一位当红艺人上台表演，简直是梦寐以求的事情。

韩沁怡却对此很不服气，语气不善地问当时负责全体练习生的经纪人：“凭什么是初橙？”

“你这是什么语气？是初橙就是初橙，只能说在这个舞蹈上，她比你优秀，凭实力说话，你有空与其在这里发脾气，不如多去练习。”经纪人指责道。

韩沁怡一口气憋了很久都咽不下去。初橙要去上台的那一天，她故意撞了撞初橙的肩膀，害得初橙从几级高的台阶上摔了下去。

初橙的性子是极为倔强的，她皱着眉，强忍着脚踝处的痛，咬咬牙，攀着扶手站起来：“你平时给我使小绊子，我不是不知道，只是不想搞得大家难堪，我不反击你，也不是承认你的做法就是对的，不过是不想为没意义的事情浪费时间。在这个舞上，我就是比你优秀，所以我有资格上台。你不想让我去，我偏偏要去。”

对方想把她拉到泥泞里，但她怎么可能让人如愿。她是不喜争抢，也不会惦记着、眼红着别人有什么，但不代表她会把靠自己努力争取而来的东西拱手让人，属于她的东西，她不会让人抢走。

她强忍着痛，在药店买了止痛药。

初橙提前到了现场，找了一个没有人经过的安全通道的楼梯自我冷静。回想起自己当练习生经历的辛苦，韩沁怡对自己的种种为难，以及脚踝上无法忽视的疼痛，初橙感到委屈而无助。明明她什么都没有做错，却要遭受无端迫害，一想到这些，她就忍不住想哭，但又怕脸上的妆花了，不得不微微仰起头，让泪水在眼眶里打转。

轻声抽泣间，她听见有人喊她。

“喂，你没事吧？”

初橙扭过头，望向声音的来源。

身形修长的少年，一头乌黑的短发，额前的碎发低垂下来，眼神冷淡，嘴唇微抿。身着一身黑色的休闲服，外套拉链拉得严严实实，领子直直竖起，遮住了下巴，尽管如此，也遮不住身上的少年感。阳光打在他的脸上，衬托出一种淡漠的帅气。

初橙这才反应过来：“我没事。”

少年皱了皱眉：“没事你哭什么？”

初橙还没来得及回答，就听见了越来越近的脚步声。来人讥笑道：“哟，这不是今年突然冒出来的新人王吗？赛区冠军又怎样？有多少人认识你们KPV啊？有多少观众是你们的粉丝啊？在这儿干吗？知道你们那个小战队迟早要输，躲起来不敢见人吗？不过输了也没关系，小战队嘛，又没有多少专门为你们而来的粉丝，输了也不用觉得丢脸。”这人身着绿色队服，语气里满是挑衅和不屑。

短短的几句话，初橙却明白了，眼前的少年大概是今年的新人，实力强劲，对手嫉妒从而来找麻烦。

她觉得这个少年的经历和自己像极了，颇有“同是天涯沦落人”的惺惺相惜之感。

初橙站起来，盯着对方：“谁说他没粉丝了？我就是。你有空在这儿说大话，不如回去好好练习，到时候输了你才丢脸。”

对方一脸好笑的表情，仿佛听见了什么天大的笑话：“小妹妹，你觉得我们这种老牌战队有可能输给这种毛还没长齐的小朋友吗？哦，对了，你懂我们电竞圈吗？不了解就不要乱替他出头。”

初橙其实并不太懂老牌战队意味着什么，她只知道身旁的少年不该被这么看轻，她反驳道：“谁管你老牌不老牌，谁有实力，谁赢了才是真理。”她的话音刚落，就有负责化妆的老师找了过来，喊她去休息室。

初橙对身旁的少年说：“加油，我相信你可以的。我先走了，拜拜。”说罢，她跟着化妆老师往后台走了，留下一个倩丽的身影。

直到那身影彻底消失不见，站在原地的少年才收回视线，抬眼看眼前的人，开口道：“赛场见。”听到这里，这人难以置信道：“你说什么？”他原本以为对方会害怕，不敢反驳。少年嘲讽般一笑：“今年的冠军，我拿定了。”

留下嚣张的一句话，少年头也不回地转身就走。

崔悦晃了晃正在出神的初橙："想什么呢？快开场了。"

初橙这才回过神来，抬起头看现场，二十支战队已经依次就座，她一眼就看见了易然。

当时的易然被外套遮住了小半张脸，再加上时间一久，她就记不清了，根本没把两个人往一块儿想。现在再仔细回忆一下当初遇见的那个少年的眉眼，她想，是易然没错了。

原来他们这么早就见过面了，那易然是不是一直记得她呢？

坐在电脑前的易然调试了一下设备，耳边是两位赛事解说员活跃气氛的对话。确认设备无误后，他望向观众席，有些远，他不太确定坐在那里的是不是初橙。

他回想起第一次参加 OGC 的全国决赛，就是在这里。他作为突然杀出的黑马，让很多战队措手不及。这些战队里，有真心实意佩服他这个新人的，也有妒忌不爽的。在他看来，这很正常，他也无所谓，他所信仰的不过是实力说话。实力够强，成绩够好，就是打这些人脸的最好方式。

但压力不是没有的。家人不支持，一人孤身闯荡，而后遇见了何科和陈靳他们，为了走这条路，他们每个人都放弃了很多。这场战役，对他们来说，无比重要。

那天正式比赛前，他想找个清静的地方待会儿，却瞥见一个女孩子坐在楼梯上偷偷地哭。对方身着白色制服衬衫和百褶裙，一头秀发披散下来，还戴着彩色的发带，表情楚楚可怜，又似有隐忍。他头一次知道，还有人可以哭得这么好看。

于是，从不多管闲事的他，上前问对方："喂，你没事吧？"

有些事似乎是冥冥之中注定的。当时如果换了另外的人，他想，他断然不会上前去关心对方。但是那天，看见初橙，他这么做了。后来，他碰上了前来挑衅的对手，在他出声反驳之前，身旁这个看起来柔柔弱弱的女孩却站出来替他说话，明明什么都不懂，却用傻乎乎的方式保护他的面子，让他觉得很可爱。

除了队友，那是他第一次亲耳听见其他人说支持他，哪怕对方只是为了替他撑场面而瞎说的。

比赛前，他在开场舞的舞台上又一次见到了她。不久前还红着眼眶偷偷躲起来哭的脆弱女孩，却在舞台上自信从容，散发着魅力，哪怕只是站在边上伴舞，也完全吸引了他的视线。

那是第一次也是至今唯一一次，让他觉得一个女孩子可以这么漂亮，也是他第一次对异性有点动心。

易然又看了一眼观众席，收回视线。比赛即将开始，他心无旁骛地投入游戏中。

第一年，他说冠军他拿定了，并不是口出狂言，他实实在在地做到了。也是那一年，他这个新人，KPV 这个新人战队打响了名号，收获了一大批粉丝。

如今是他参赛的第五年，今年的这个冠军，他依旧势在必得。

第八章
初次恋爱

赛事紧张激烈，台下的观众也都提着一口气，睁大眼睛看着实况屏幕，生怕一眨眼就错过某个精彩瞬间。

初橙手上还拿着崔悦带来的KPV应援手幅，周围大部分都是举着同样应援物的KPV粉丝。她以前见惯了粉丝给自己应援，反过来给人应援倒是头一次。不过这么做她乐意至极，别样的满足感油然而生。

导播将镜头切到了KPV四人，每个人的特写出现在另一块大屏幕上。

初橙满心满眼都是易然。只见对方一脸淡定，沉着冷静地指挥着，手上是快到令人眼花缭乱的操作。

第八局游戏结束，KPV又赢了，总积分已经遥遥领先第二名，晋级稳了。

比起周遭其他激动的粉丝，初橙反而很平静。没什么原因，KPV赢这件事，在她心中是理所当然的，就好像事先知道了剧情的走向，现在不过是看剧情一步步呈现出来而已。这是她对易然、对KPV的信任。

最后一局比赛结束，KPV总积分位列第一，LT排名第二。

解说员也难以抑制激动的心情，道："恭喜KPV又一次拿下全国总冠军，恭喜LT获得第二名，恭喜这两支战队即将代表中国赛区出征

OGC 全球赛！”

这时，镜头切到了刚上场的两位主持人身上。两支战队站在台中央，首先接受采访的是 LT 的队长孟司：“去年，LT 与 OGC 全球赛失之交臂，今年 LT 回来了！感谢一直支持我们的粉丝，希望今天没有让你们失望。”

主持人甲：“看得出来孟神是真的很激动，去年 LT 是全国第三，就差那么一点，着实可惜，今年也算是弥补了去年的遗憾，让我们再次祝贺 LT。”

主持人乙：“是，在这里再次恭喜我们的 LT。那接下来问问我们的 KPV，众所周知，KPV 已经连续五年打进全球邀请赛，请问作为队长的易神有什么想说的吗？”

刚刚才搜寻到初橙身影的易然接过话筒：“谢谢 KPV 的粉丝。”

主持人甲：“易神一如既往地简洁明了啊，前四届 OGC 全球邀请赛，KPV 拿下了二连冠，易神本人还拿下单排赛四连冠，那今年还会保持这样的成绩吗？听说欧洲赛区的强队已经在喊话 KPV，要把冠军抢回来。”

在 KPV 出现之前的冠军，几乎都是欧洲队伍。

崔悦在一旁吐槽道：“这什么主持人啊，是来砸场子的吧？问的是什么白痴问题？”

这问题确实是有些让人为难：回答得太自信，有人会添油加醋地指责他盲目自大，将来若是输了，那这些话就会被反复拿出来嘲讽他；回答得太自谦，则又会被嘲长他人志气，灭自己威风。

易然淡定地笑道：“KPV 会尽最大的努力，不负战队，也不负粉丝。”

周遭的质疑声呼啸而过，他保持自己的信仰，踽踽前行。

初橙看着易然，双眼突然有些酸涩。

正式比赛结束后，还有一场娱乐赛，官方会以第一名的名义向福利机构捐献善款。

娱乐赛开始前，有近半个小时的休息时间。在这段时间里，会有邀请而来的艺人撑场子，填补这段空白。

初橙收到易然的短信：“能来一趟后台吗？”

她和崔悦打了个招呼，猫着腰从人群中穿过，摸到了后台。董凌事先在后台入口处等着她，给了她一个临时工作证：“这个给你，等会儿出入方便点。”

初橙接过来：“好，谢谢。”

她根据董凌的指示，找到了 KPV 的休息室，敲了敲门，屋子里就易然一个人。

见到她，易然忍不住凑上来：“你今天能来，我很开心。”

“比你拿了冠军还开心？”

“拿冠军是意料之中的事，但是你来，是惊喜。”

初橙又被对方的嘴甜攻略打败了。

她刚刚听崔悦提起，比赛结束后，KPV 还要单独接受各家媒体平台和直播平台的采访。等这些结束之后，KPV 和 LT 还会一起吃庆功宴。

这些都是往年的惯例。

初橙一想到曾经的少年就是易然，心就软得一塌糊涂，她扯了扯易然的外套：“你等会儿是不是很忙呀？”

对方点点头：“还有一局娱乐赛，赛后参访，还要去吃顿饭，庆祝一下。”

初橙略有所思道：“那你今天晚上是回基地还是回你家？”

易然看着她：“回宸琅，明天战队放假。”

初橙思索了一瞬，道：“如果可以的话，你能不能早点回来？我有点事想和你说。”

易然虽然困惑，但还是毫不犹豫地点了点头。

小菠萝在外面敲了敲门，压着嗓门问道：“队长、初橙姐，你们聊完了没有？队长，我们该上场了。”

初橙拿出揣在兜里的口罩戴上：“那我先溜了。”

易然上前一步，拉住她的手，脸还有些红，不好意思道："你觉得我今天表现好吗？"

他太在意初橙的看法了，也太想得到对方的认可。

初橙转过身，面对着他，星眸微转，撩人心怀。迟疑片刻后，她摘下口罩，踮起脚，在易然的右脸上烙下一个温柔的吻："你今天很厉害，特别棒。"说罢，立马戴上口罩，跑了出去。

易然还傻愣在原地，反应迟缓地用手摸了摸脸颊，回忆起刚刚的那个吻，整张脸更红了。想起刚刚柔软的触碰，他忍不住傻笑了一下。

如果这是奖励，那也太值了。

赛后，拿了奖金的 KPV 自然要做东请 LT 和其余几个现场工作人员吃饭。

LT 和 KPV 是老朋友了，在饭桌上毫不拘束。

孟司端起杯子，说："来，干杯，先预祝咱们伦敦之行顺利。"

今年 OGC 的全球邀请赛定在英国伦敦举行。

"来，干杯！"

"比赛顺利！"

孟司感慨道："时隔两年，LT 终于又拿到了全球赛的入场券，总算没有愧对我们的粉丝。"

这两年来，LT 在几次重大赛事上的状态并不好，高开低走，可想而知，网上的舆论给了他们多大的压力。

不仅是 LT，KPV 这样常年稳居第一的强队受到的压力其实更大。对有些人来说，你曾经拿过第一，一旦你拿了第二，你就是不行了，你就是膨胀了。

蛮不讲理，却又无可奈何。

好在，KPV 这些年足够争气。

陈靳说："不说沉重的话题，现在就放开了吃。"

木子主动提起别的话题："没错。哦，对了，易神，你和月光少女的初橙是不是很熟啊？"

易然这才有了些反应，问道："怎么？"

木子挠了挠后脑勺，说："就……我挺喜欢她们那个组合的，有没有机会要个签名什么的……"

"喜欢？"易然一脸警戒，"没有机会。"

"好吧……"

他以为易然和初橙其实并没有那么熟，也就没有去深究，更没有强人所难的打算。只有 KPV 内部的人，对真相了然于心。

饭后，一群人还没玩够，纷纷提议再聚一场。易然出声拒绝："你们去吧，我就不去了。"

孟司问："为什么？"

"有点事。"

易然这么说，其他人也没有故意为难要留下他，一群人风风火火地准备赶往下一个地点。

LT 的成员坐上了他们自家的车，先走一步。此时原地只剩下 KPV 的几个人，何科开口问："你等会儿有什么事？"

易然眼中似有笑意："初橙让我早点回家。"

小菠萝嘴角抽搐："我是不是错过了什么重要剧情？"

何科摇摇头："怪我多嘴。"

陈靳叹气："算了，我们先上车吧，再见。"

易然回到宸琅名邸，摁了门铃，几秒钟后，门被打开了。看见彼此，两个人默契地想起了之前的那个吻，都有些不好意思。

初橙先开口："要喝饮料吗？"

"不用了。"

初橙犹豫了一下，说："等我一下。"说完转身就从屋里拿出一本相册，两个人并排坐在沙发上，初橙翻开相册，向易然解释道：“这是这些年对我来说比较重要的一些舞台的照片，我都打印出来留作纪念了，想着以后能拿出来回忆一下。”

易然看着那些照片，大多数他都是有印象的。毕竟初橙的表演，他几乎没有错过的，每一个视频他都不知道看了多少遍。

初橙从后往前翻，翻到第一页，指着照片上最边上的自己说：“这是我进入璨星后第一次正式上台，也就是四年前的OGC全国总决赛。那天，我和同期练习生发生了不太愉快的事，一个人找了个地方躲起来偷偷哭，后来碰见一个人……”

她抬起头，望向易然：“那个人，就是你吧。”

易然眼中满是惊喜：“你想起来了？”

初橙点点头：“嗯，你怎么不早点跟我说？”

易然微皱眉，带着点倔强：“我想让你自己记起我。”

其实他也是小孩子脾气，初橙一开始就表现得对他毫无印象，他难过、失望，却又觉得无可厚非，只是赌着气不肯松口。

“要是我一直想不起来怎么办？”

“那就等到合适的时机告诉你。”

“那你第一眼看见我，是什么印象啊？”

易然迟了好几拍，才小心翼翼地开口，生怕自己说错什么：“就看你哭得很可怜……”

“没别的了？”

听到这个问题，易然的脸红了，不自然地轻咳了一声：“一开始就觉得你很特别，很好看，看见你在舞台上跳舞，就会不由自主地被你吸引。后来知道你出道，也忍不住关注你。”

初橙抬眼，不太确定地问：“那你是从前就喜欢我了？”

“是。”

一开始是心动，了解更多之后，那份感情也日益加深。

初橙装作生气的样子："所以一开始是觉得我好看才关注我的吧？那比我好看的人多了去了，你是不是也会喜欢她们？"

易然连忙解释："不是的，我只觉得你一个人好看，我不是说过吗？你最好看了。这是真的！"

初橙被哄得开心了，也就不故意逗他了，正色道："那我问你一个问题。"

"什么？"

"你以前有没有喜欢过别人？"

"没有，只喜欢你一个。"

"好巧，我也是。"

易然听到这话，脸上布满了喜色，衬得双眸愈加熠熠发光。

初橙噙着笑："那你愿不愿意做我的男朋友？"

易然觉得自己的心脏猛地收紧，却又在不停地叫嚣着，像是随时会跳出来。

初橙注视着易然，对方从震惊到愣怔、恍惚，再到惊喜，最后回过神来，这一系列的变化，她都尽收眼底。

"愿意！"似是怕初橙没听见，易然接着重复道，"愿意愿意愿意！"

初橙失笑，捏了捏他的脸："那你就是我的男朋友了。"

易然任由对方捏着自己的脸，小心翼翼地伸出双手把她搂入怀里。

"不过，要先委屈一下我的小男朋友，恋情要暂时保密。"

他们两个都是在各自圈内有大量粉丝的人，随意曝光恋情，会有什么样的后果，没有人可以预料到。

"好，我都听你的。"易然收紧了抱着她的手臂。

对他来说，初橙喜欢他，愿意给他机会，这就够了。

清晨，阳光透过薄雾，温柔地洒进来，缱绻地在屋子里流连。

初橙醒了，先是迷迷糊糊地盯着天花板上的壁灯出神，等脑子逐渐清醒了，这才翻身拿过搁在床头柜上的手机。

六点多的时候，易然给她发了一条消息："起床了告诉我一声，给你送早餐过来。"

醒得这么早呀，初橙勾起嘴角笑了笑，这个人，现在是她的男朋友了呢。

回了一句"我醒了"之后，本来还打算赖会儿床的她，迅速从被窝里起来，溜进浴室开始洗漱。

等她收拾完毕，易然也到了门口。

易然把早餐摆放在桌上，先给了初橙一个大大的拥抱，俯下身在她耳边低语："早上好。"

被搂在怀里的初橙伸出手捏了捏他的胳膊："早。"

抱够了的易然这才心满意足地放开手臂："吃吧。"

初橙一看，道："都是我喜欢的。"

"我就知道你喜欢。"这话说得自信满满。

对于初橙的口味，他通过她之前在微博上发过的美食照及采访内容，多多少少有些了解。

两个人坐在一块儿安安静静地吃顿早饭，平平淡淡却又难能可贵。

"等会儿要出去走走吗？"

初橙抬起头："是约会吗？"

"嗯，想和我的女朋友约会。"

对方眼巴巴地看着她，初橙没法拒绝，心里也有些期待："那我去换套衣服，你等我一下。"

初橙走进房间，打开衣柜，一只手托着下巴，对着一堆衣服开始犯起了难。

该穿哪一件呢？易然喜欢什么风格呀？

思来想去，她选了一件比较清新显嫩的香芋紫裙子，化了一个淡妆。对着镜子又理了理自己的长发，她觉得好像太随意了，又从抽屉里拿出卷发棒打理头发。

初橙看着镜子里的自己，忍不住笑了。这要换了以往，她一个人偷偷出门，顶多是帽子配口罩，哪里还会费这么多心思打扮啊？

在外面等着的易然，看了看时间，思索着：女孩子换个衣服需要半个小时吗？

不过初橙换多久都没关系，他愿意等就是了。

初橙收拾好自己，在易然面前站定，用手将碎发别到耳后：“我今天这身还行吗？”

“特别好看！”

无论何时，初橙都让他惊艳。

望着对方粉嫩润泽的唇，易然喉结微动，他低下头：“我可以吻你吗？”声音低沉又带着一丝蛊惑。

没有听见初橙拒绝的话，他凑近了些，将自己的唇轻轻地贴上对方的，先是轻柔细碎地吻，浅尝之后，撬开齿关，两人唇舌交缠，交换了一个青涩温柔而又缠绵的热吻。

易然依依不舍地离开之后，初橙才有了喘息的空隙。她调整好呼吸，看着眼前这个敛眸含笑的人，嗔怪地瞪了他一眼。

对方毫不在意，嘴角的笑意越发深，还带着调笑的意味，又俯下身，在她的脸上吻了一下，在她耳旁低声道：“我真的好喜欢你。”

虽然要去约会，但是其实也没什么地方可去。毕竟两个人如今的知名度越来越高，去人多的公众场合极有可能被眼尖的路人发现。撇开这些地方，可供选择的场所也不多。

好在易然昨天是自己开着车来的，两个人出行倒也算方便。

易然那车，就算不是内行人，也能看出价值不菲。

初橙再想想自己，出道也快四年了，买了个房子之后，财产所剩无几。她不得不感叹，同人不同命。

初橙坐在副驾驶座上，系好安全带，瞅了一眼易然，问道：“你们电竞选手这么赚钱吗？”

易然认真思考了一下才回答：“别人我是不太清楚，反正我是赚得挺多的。”

“还挺不谦虚。”

“你不开心吗？”

“我有什么可开心的？”

“嗯……”易然转头看她，“我的钱迟早都是你的。”

初橙被逗笑了：“真的？以后全都给我？”

“真的，全都给你。”

两个人先去了一趟甜点屋，初橙最近很忙，已经很久没来吃甜品了，也许久没有见到慕甜了。好在今天是工作日，店里的顾客并不多。

初橙戴着口罩，易然戴着棒球帽，两个人低调地进入店里，找了角落的位置坐下。这个角落还有盆栽遮挡着，光线昏暗，隐蔽极了，平时人少的时候不会有顾客选择这个区域。

慕甜事先收到了初橙的短信，也时刻关注着店里进进出出的顾客，确认他们来了之后，她拿着两杯饮料走了过去。

“小橙，好久没见到你了。”

“最近太忙了，我想死你了。”

慕甜打趣道：“是想我家的甜品吧。”

“都想都想。”

初橙指了指坐在她对面的易然，轻声说道：“给你介绍一下，我男朋友，不过，目前要保密。”

慕甜了然，压下心头的惊讶，打量了几眼，问易然：“怎么觉得你有点眼熟呢？”

易然跟她打招呼：“慕甜姐好，我之前来你店里买过几个蛋糕。”

初橙在一旁解释：“就好久之前我来的那次，你店里员工都不在，你一个人赶做五个蛋糕。”

慕甜这才记起来：“对对对，你是那天来店里的小帅哥。哎，不是，你俩怎么就……”

她平日里并不关注娱乐圈，也不了解电竞圈，很多事情自然不知道。

初橙瞅了几眼易然，光明正大地当着他的面和慕甜说悄悄话：“等下次他不在了，我跟你细说。”

慕甜捂着嘴笑道：“好，我给你们拿吃的去。”

等慕甜走远了，易然委屈巴巴地问：“为什么要我不在的时候才可以说？”

他还想听听初橙怎么和别人讲他俩之间的故事呢。

“这种话题当然是女生之间单独聊才有意思啊，怎么能当着你的面聊呢？”

“好吧，你开心就好。”

对于她们女生的这种爱好，他是真的不明白。尽管听得云里雾里的，但初橙说的就是对的，他还是应了下来，表示赞同。

听到这句话，初橙忍不住笑了：“你知道你刚说的‘你开心就好’是女生最不想听到的直男语录之一吗？”

易然一脸茫然：“我不知道，我说错什么了吗？”

“不逗你了，你没说错。”

反正易然在她眼里，说什么都很可爱就对了。

易然问她：“那你等会儿要去我们战队的基地看一看吗？”

他的训练基地初橙并没有去过，看着满脸期待的易然，她很快答应了：“好啊。”

虽说今天战队放假一天，可何科、陈靳、小菠萝三个人，作为没有女朋友的单身人士，并没有什么多余的娱乐活动，这个点依旧如往常一样，小菠萝和陈靳还在被窝里呼呼大睡，而何科估计在健身。

易然还算有良心，临走前打包了几份蛋糕和奶茶，带给基地里的几个“留守儿童”。

KPV的训练基地在市中心的某幢别墅里，占地面积大，外观气派，初橙不得不感叹，真不愧是崔悦和初睿口中的豪门战队。

易然带着她参观，从一楼开始介绍：“这边主要是青训生和二队的训练室，旁边是餐厅，平时有专门的阿姨负责饮食这方面，最右侧是投影室，休息的时候有些队员会来看电影，那附近还有个健身房，不过去的人不多，基本被何科承包了。”

“哇，你们这里设备还挺全呀。”

他带着初橙走到二楼：“我们平时训练就在二楼，那边是会议室，一般情况下，除教练、经理、一队，其他成员不允许擅自出入。”

“三楼是我们的寝室，正式成员一个人单独一间房，青训队的小朋友们，两个人住一间。”易然的话音刚落，就看见小菠萝和陈靳打着哈欠从各自的屋子里走出来。他看了看手表，这个时间确实是他们往日里出动的点。

两个人顶着鸡窝头，穿着一身睡衣，揉着惺忪的睡眼走了过来，直到近了些，才睁开眼睛。

陈靳一向淡定的表情此刻出现了裂缝，心想：是我眼花了吗？

小菠萝揉了揉眼睛，确定没看错：“队长？初橙姐？”

这两人怎么突然出现了？

初橙笑道：“中午好！”

两个人来不及回应她的招呼，以迅雷不及掩耳盗铃之势跑回了各自的房间，换好队服，洗漱完毕，确定整理好了自己的形象后，这才走了出来。

陈靳咳了一声，道：“你们俩来也不提前说一声。”

要是提前给个消息，他和小菠萝也不至于一副不修边幅的模样。初橙打扮精致，他家队长也算是人模狗样，而他和小菠萝邋里邋遢，这么鲜明的对比让他很难接受。

易然装作没听见："买了点蛋糕和奶茶，在楼下。"说完，牵着初橙的手走回二楼。

陈靳和小菠萝面面相觑，心想：这两人的关系什么时候好到可以随意牵手了？

易然让初橙在自己的电脑位上坐下。

对于职业选手来说，他们的鼠标、键盘、耳机，一般不会轻易允许别人上手，就跟自己的宝贝似的，易然也是如此。不过，初橙对他来说，那就是个例外。

他问："要不要来一局？"

初橙想了想，说："好。"

易然把一旁的椅子拖过来，坐在初橙旁边："我看着你打。"

初橙输入自己的账号和密码，点了"开始游戏"。

"你看我玩这个，是不是觉得我的操作很像小学生？"

易然一脸笑意："不懂为什么大家要用小学生指代技术不好，实际上，现在的小学生打游戏一个比一个厉害。"

"你什么意思，是说我玩得不好，连小学生都比不上，是吗？"

追她的时候把好装备都给她，追到手了就直说她玩得不好。

呵，男人。

易然从身侧抱着她，忍不住往她身上蹭，撒娇道："哪有，你最厉害了。"

填饱肚子的小菠萝、陈靳，刚健完身的何科一同回到二楼训练室，映入眼帘的就是两个人靠得很近、姿态亲昵的样子。

听到动静，易然抬起头："都到了啊。"

"初橙来了呀。"何科跟她打招呼。

"是呀，来打扰你们了。"

"不打扰不打扰，我们欢迎至极，乐意之至。"

小菠萝跑到一旁的柜子翻出一堆零食："初橙姐，吃零食吗？我这儿有好多好多好吃的。"

陈靳毫不留情地揭穿他："平日里不舍得给我们吃，现在初橙一来就这么大方了。"

小菠萝丝毫不心虚："你管我。"

这三个人回来了，初橙忙着和他们聊天，压根儿没把注意力放在游戏上。易然把手覆在她握着鼠标的手上，操纵了几下，把屏幕中突然冒出来的敌人击杀了。

初橙不好意思地笑道："忙着聊天了。"

"没事，随你怎么玩。"

等这局游戏结束，易然缓缓开口："给你们介绍一下，这是初橙。"

陈靳心中警铃大作：莫名其妙地冒出这句话，这又是搞哪一出呢？

小菠萝歪着头："我们知道啊，这是初橙姐。"

易然勾了勾唇："嗯，现在也是我的女朋友。"

何科、陈靳、小菠萝：什么？这人，竟然就这么把女神骗到手了……

听见易然这么介绍，初橙还有点羞涩："我们已经正式在一起啦。"

易然笑道："以后我跟你们可不一样，我是有女朋友的人了。"

光棍何科冲着易然冷笑一声，又对着初橙道："以后我们帮你好好看着他，凡是身边出现其余女性，距离绝对不允许小于一米。"

小菠萝在一旁附和："初橙姐，我也帮你盯着，以前去参加比赛和活动，老有女主播想找我们队长……"意识到自己多嘴说了不该说的，小菠萝赶紧捂住嘴巴，不再出声。

初橙睨了一眼易然，眼中的警告不言而喻。

易然举手保证："我没有理她们，真的！"

"我又没说不信你。"

陈靳心想：平日里在我们这儿作威作福、说一不二的大魔王，一到初橙面前，被她瞪一眼，立马就变乖了呢。

这恋爱的酸臭味啊。

前段时间王璐替初橙接下的电影《岔路口》，本暂定于三月底开拍，然而原本出演男二的演员被曝严重性丑闻，剧组不可能再用该名演员，又不得不重新花费时间和精力去寻找另外合适又有档期的艺人。

初橙到临开拍前，才知道顶替上来扮演男二的人是徐扬。

进组前，王璐千叮咛万嘱咐：“在剧组机灵点，知道不？别只知道傻乎乎地埋头研究剧本，也要和组里的人聊聊天，热情一点。要是演得不好，导演骂你了，学会自我消化，心态好点，别动不动就觉得是自己不行。”

初橙边收拾行李，边应道：“好好好，我知道了。”

王璐哪能不知道初橙这是在敷衍她呢，叹了口气：“上次演《悲尽欢》，加起来不过是去客串几天的戏份，这次可是实打实地要拍上几个月呢。唉，等我一有空就去剧组看你。”

初橙看着眼前这个像老妈子一样操心的经纪人，不禁动容，嘴上反过来安慰她：“行了，璐姐，你放心，再说还有小芦照顾我呢。”

两人聊到一半，门铃响了。

王璐说：“你接着收拾，我去开门，应该是小芦来了。”

她打开门，发现门口站着的是易然。

“你？”看见易然，她就气不打一处来。

虽然和公司签的合约没有明文规定艺人不准谈恋爱，但很明显，现阶段绝对不是初橙谈恋爱的好时机。谁能想到眼前这人看起来年纪不大，背地里动作倒是迅速，一不留神就把人拐走了，现在还敢光明正大地出现在她面前。

看见王璐，易然有点心虚，有礼貌地喊道：“璐姐好。”

王璐表情淡淡地点了点头：“进来吧。”

初橙看见易然来了，脸上是藏不住的兴奋：“你来啦！”

王璐看着这两人，心想，要不是顾忌自己在这儿，他们怕是要更腻歪。这么一脑补，她越发头痛了：“你们两个平时给我注意点，在家里怎么样，我不管，在外面最好收敛点，不要被拍到，在屋里记得拉窗帘。”

初橙脸一红：“璐姐，你说什么呢……”

搞得他们俩会干什么见不得人的事情似的。

王璐知道初橙脸皮薄，这事她也就这样一笔带过，没有深究：“到了拍摄地就多注意点，有事就给我打电话。好了，我先走了。”她气归气，还是知道要给小情侣留点单独相处的时间。

等王璐走了之后，易然才放开了点，没有那么拘束。

初橙这会儿其实也没空招呼易然，她平日里用的护肤品、化妆品一大堆都摊放在地上，她正蹲在地上整理这些瓶瓶罐罐。

易然也蹲下来，眼见自己帮不上什么忙，就眼巴巴地看着初橙发呆。这样静静地看着对方，对他来说，也是一种享受。

初橙偶尔抬头看他一眼，他就眨一下眼睛。几次亦是如此。

她拿手指戳了戳对方的脸：“你怎么这么可爱？”

易然伸手抓住了对方不老实的手：“没有你可爱。”

初橙挣脱他的手，接着收拾地上杂乱无章的东西，拿着手机的备忘录核对道：“外套带了，驱虫水也拿了，数据线也在……”

易然看着对方只顾着检查行李，干脆直接躺到行李箱上，望着初橙，可怜兮兮道：“你把我也带走行不行？”

“不准捣乱。”

初橙试图把他拉起来，奈何对方要赖，就是不肯起来。她一个人想扯动一个一米八几的男人，也不太可能，她干脆放弃这个方法。

她换了个套路，俯下身在易然的脸上亲了几下：“听话，起来。”

脸红的易然坐起身，得了便宜还卖乖：“我这么听话，可不可以再来几下？”

“不可以。”

“我们马上要两三个月不能见面了。”

“又不是两三年。”

犹豫片刻后，易然开口：“那你要每天都想我。”

初橙接着逗他：“拍戏很忙的，可能没什么时间想你。”

易然委屈道：“每天想五分钟，不，一分钟也行。”

彻底收拾好行李，把箱子合上后，初橙站起身来：“不逗你了，我一有空就想你，好吧？”

“好。”

“那你平时就好好训练，碰见对你有好感的女主播，你就注意点，不准理她们。”

前几天，陈靳当着易然的面对初橙说：“你去看看他的微博私信，里面有不少‘好东西’呢。”

当着众人的面，初橙没说什么，只是笑笑，给足了易然面子。等只有两个人的时候，她就开始“盘问”起来。

易然很主动地把手机交给她，一副清白无辜、任她检查的模样。

初橙打开他的微博，一大串私信，大部分都是粉丝的留言。她迅速滑下去，在一众头像中找到了几个女主播。委婉一点的就是要个联系方式，问能不能一起打个游戏；直接一点的干脆发了自己的照片过来，还问易然有没有女朋友，要不要考虑一下自己。

初橙想自己小男朋友年纪还轻，万一被骗走了可怎么办，便一直把这件事放在心上。

易然从背后拥着初橙，轻嗅她发间的清香：“嗯，都听你的。”

初橙以前外出工作，并没有什么可留恋的，说走就能走，现在倒生出一些不舍，想来是因为家里有了牵挂。她转身面对着易然，将脸贴在易然的胸膛上，伸出手紧紧地搂住了他的腰。

初橙离开的第三天，易然发了一条微博——“要是能装进行李箱就好了。”

粉丝不知所以然。

“谁能解释下这是什么意思？”

“总觉得怪怪的。”

“我们弟弟现在发微博频率越来越高了，虽然看不懂什么意思，但我还是很欣慰。”

陈靳评论：“装进行李箱是不可能的，这辈子都不可能，但是你可以在游戏里变成一个盒子。”

易然回复陈靳：“你话很多。”还净说些他不爱听的。

陈靳回复易然：“天生的，没办法。”

第九章

偷亲

剧组的拍摄地在 B 市。

导演刘峰对各方面的要求都很高，初橙作为一个新人，不敢怠慢。哪怕没轮到自己的场次，她都待在片场学习，要不就是在一旁研究剧本。

初橙性子安静，一时半会儿要让她变得自来熟也不太可能，好在剧组里其他人也算好相处，和大家的关系虽然没有太熟稔，但也没有什么矛盾。

而徐扬对她一如既往地热情，哪怕她明确地表示两个人交流不要过于频繁，容易造成不必要的麻烦，对方仍旧装作听不懂的样子。

你永远叫不醒一个装睡的人，这句话真没说错。对这样的人，初橙无奈至极。

这个角色对她来说挑战非常大，她饰演一个潜伏在毒枭身边的女警，不仅考验演技，还有大量打斗场面需要亲自上场，磕磕碰碰在所难免。每天结束拍摄回到酒店总是需要麻烦小芦给她涂抹药酒、贴膏药。

初橙的皮肤向来白皙细嫩，显得这些伤口看起来更加可怖狰狞。

小芦不免心疼道："这也太辛苦了，你看你身上，大大小小的伤口加起来得有多少个。"

初橙反过来安慰她：“没事，消得很快，四五天就没了。”

“算了算了，我还是给你按摩一下吧。我最近从网上学了一套新的手法。”

“果然还是小芦最贴心。”

“那当然了。”

初橙趴在床上，拿出手机用小号登录 FCTV，进入了易然的直播间，她知道他今晚要直播。

今天易然是和 LT 的队长孟司两人搭档玩几局游戏。

孟司也是个话痨，最爱逗像易然这种闷骚性子的人，更何况大家都开着直播，多来点合时宜的段子，也更具娱乐效果。

易然和孟司两人已经相熟许久，对彼此的底线都非常了解，故而开起玩笑来也比较随意自然。

初橙和观众只听见整个游戏中，孟司不停地骚扰着易然。

“来，叫声哥哥，这把 AWM 狙击枪就给你。”

“不需要。”

“小然然，我有八倍镜，你要不要啊？”

易然选择沉默不语。

“你对人家好冷淡哟。”

易然没说话。

孟司又捏着嗓子问：“小哥哥，网恋吗？”

易然被恶心得不行，满是嫌弃：“滚。”

到了下一局，换成易然的资源更丰富些。刚刚被占了便宜，他自然要讨回来：“三级头盔要吗？”

“要。”

“哦，不给你。”

“我有一句脏话，不知该说不该说。”

“M24 狙击枪要吗？”

“要。”

“做梦。”

“小哥哥，给我吧。”

“叫哥。”

“没大没小，我年纪可比你大。”

“哦，你也就年纪比我大。”

“你什么意思？你想说我哪里比你小？”

“没什么意思。”

初橙听着两个人斗嘴，忍不住笑出了声。趁她不在，敢跟别的男人讲这些话，真是厉害，下次要好好算这笔账。

在一旁替她按摩的小芦，看着傻笑的初橙，无奈地摇摇头，感叹道：“恋爱中的女人啊。”

这时，一条带着特殊标志的弹幕引起了初橙的注意。

由于 Yi123 是易然直播间贡献排行榜第一的用户，所以他在易然的直播间发弹幕是有特殊标志的。

Yi123：“大庭广众之下聊这种少儿不宜的问题，成何体统！”

易然自然看见了这条弹幕，向来面不改色的他，也差点绷不住了。怎么把这人有空就来他直播间转一圈的事给忘了呢？

弹幕里立刻有粉丝评论。

“Yi 总是‘老干部’人设，鉴定完毕。”

“Yi 总，我们都不是少儿了。”

Yi123 接着说：“你这样是不会有女孩子喜欢的，直播间的青少年们请不要向他学习。”

易然无奈：“房管在不在？把 Yi123 禁言十分钟。”

初橙发了条弹幕：“Yi 总这么正直，为什么要禁他言？Yi 总委屈。”

不过她用的是小号，这句湮没在一堆弹幕里，一闪而过，没有什么人留意到。

她也不在意，这样自娱自乐也挺有趣的。哪怕是这样听一会儿易然的声音，都能让她的心情愉悦起来。

这几天拍戏着实辛苦，恰好今天上午没有初橙的戏份，难得可以休息一会儿。她本打算比前些天晚起个一小时，好为往后的拍摄补足精神。然而天刚蒙蒙亮，初橙就被小芦摇醒了。

“小橙，快醒一醒，璐姐让你接电话。”

初橙迷迷糊糊地坐起来，接过小芦递过来的手机。那头的王璐质问她：“你跟徐扬是怎么回事？”

“啊？”初橙一脸茫然。

小芦递过平板：“你看，现在一堆营销号说你们俩因戏生情。”

初橙迅速翻了翻，内容大致相同，几张照片加上故弄玄虚的标题，诸如“徐扬初橙《岔路口》片场互动亲密”“新生代偶像徐扬初橙或因戏生情”。然而点进照片一看，就会发觉离所谓的“亲密”差得十万八千里远，哪怕是在片场坐一起，两个人的距离也隔得非常远，最近也至少有一米远，更别说周围还有双方的助理和剧组的工作人员。

明眼人一看，就知道这是个假绯闻。

评论也多是一边倒：“啥玩意，这叫亲密？”

“请大家多多关注我们初橙的作品，不给营销号热度，谢谢。”

“我们家徐扬小哥哥是不可能谈恋爱的，抱走。”

初橙气不打一处来：“这都是什么乱七八糟的新闻啊，璐姐你帮我发个通稿澄清一下吧。”

“还用你说，当然要澄清，这种绯闻对你没有一点好处，只会让别人以为你们是在炒作。不过幸好这种没有‘实锤’的绯闻澄清起来也容易。”王璐办事效率高，早就在处理这事了。

剧组的封闭性很高，剧组的工作人员也都是签了保密协议的，不得擅自拍照，更不允许将片场的情况泄露出去，一旦被发现有以上情况，需要支付大量违约金。

初橙蹙眉思索，这些照片到底是谁拍的？又是谁流传出去的？

王璐安慰她："行了，这件事你也不用担心了，没有实料的假新闻，没什么人会信的。我现在已经在调查这件事是谁干的了，有了结果再通知你，你平常自己也注意点，防人之心不可无。"

初橙应下来："好。"

这些营销号发的不靠谱的通稿，把"徐扬初橙"送上了热搜榜，KPV几个人不可能不知道。即便知道这些内容假得很，照片中的两个人也隔得很远，可易然还是一脸怒意，连带着训练室都是一股低气压，气氛沉默而诡异。

一个个都生怕自己撞了枪口。

不过某个比较单纯的小朋友例外，小菠萝知道队长心情不好，就想着唱首歌安慰他："队长，我给你唱首歌吧。"

没等对方准许，小菠萝自顾自地唱了起来："期待着一个幸运和一个冲击，多么奇妙的际遇……"

"幸运"和"冲击"这两个词，多么适合他们战队啊。

小菠萝越唱越起劲："翻越过前面山顶和层层白云，绿光在哪里……"

唱到这里，小菠萝才意识到自己闯了大祸，赶紧捂上嘴巴，而后解释道："不，队长，你听我解释，这是我从小到大最喜欢的歌之一，没经过脑子，就下意识地唱了出来，没别的意思，也没想说你绿……"

陈靳在一旁看热闹，煽风点火道："没事，你唱得挺好的，很符合队长现在的心境。"

何科揶揄："嫌不够绿，还要再加点绿光？"

易然的脸色又冷了一分。

小菠萝委屈道："哥，你们就别坑我了！"

何科走过来捏捏易然的肩：“明星嘛，多多少少都有点绯闻，放轻松点。”

陈靳指着屏幕：“你看看这两人中间隔了多远，很明显，初橙在刻意避着他。”

易然也明白这个理，他对初橙也是百分之百的信任，不过有点生气罢了。当然，他气的是徐扬，也气这些营销号把不相关的两个人放在一起。

那头的初橙和王璐通话一结束，就立马想到了易然。她想，不管对方有没有看到这些消息，也不管他在不在意，自己作为当事人、作为他的女朋友，是一定要解释的。

电话很快就被接了起来。

“易然？”

“嗯。”易然走进无人的会议室，应了一声。

“你看到我那个八卦了吗？”

“看到了。”

“是假的，假的，假的！”

易然轻轻笑了：“嗯，我知道是假的。”

初橙松了一口气：“也不知道是谁拍的，璐姐已经在查了。”

“好，”易然犹豫了几秒，接着开口，“但还是有点不开心，那个男人就是对你有意思，我早就看出来了。”

上次的那个综艺，已经让他够吃醋的了。

初橙闻言失笑，小朋友还挺敏感的。她尽量放柔语气，耐心解释道：“在片场，我直接跟他提出过两个人之间要保持距离，但是他装作听不懂。剧组里人来人往，有些面子还是要给的，不然会让其他工作人员不好做事。”

易然懂这个道理：“嗯。”

“而且我不喜欢他这种类型的。你知道的，我只喜欢你。”

听见对方的话，易然感觉自己的心跳又快了一些。

“嗯。”

初橙听见对方明显上扬的语调，就知道这人是被自己哄开心了。

她也学着装可怜：“每天拍戏好累啊，今天还磕了一个伤口。”

对方的语气立马变了，紧张地问她：“哪里磕伤了？严不严重？去医院了没？”

“就是一个小伤口，在手上，过两天就好了，我上了药的。”

这些伤口初橙其实是不在意的，从她小时候练舞到现在，受点伤是家常便饭，比这严重的伤也多的是。可是现在，听见易然的声音，她就忍不住想示个弱，撒个娇。

“嗯，如果还疼，就去医院，知道吗？”

“好。”初橙轻声开口，“想你了。”

“我也很想你。想早点见到你，想抱抱你，还想亲亲你。”

初橙红了脸：“等我回来。”

“好。”

在两人腻歪的这会儿工夫里，公司已经发出声明。声明中解释了两个人的关系，并对这种片场偷拍、恶意散播虚假新闻的行为表示了强烈谴责。

这份声明被各路人马转发，也算是彻底澄清了两个人的“恋情”纯属无中生有。

王璐的效率很快，没过多久就查到了真相：“那些通稿和照片，是徐扬那边传出去的。”

初橙皱着眉：“徐扬？他图什么呢？”

“可能想跟你捆绑在一起。”

这种操作，王璐也觉得可笑。假的真不了，真的也假不了。不是发几个疑似恋情的通稿，两个人的关系就能成真的。

这事一闹，她已经把对方及对方团队拉入了黑名单，以后要是有合作那可得多长几个心眼。

对比之下，她还是觉得初橙的那个小男朋友比较乖，低调又听话，也不惹是生非。

出了这事，徐扬作为始作俑者，应该多多少少会觉得尴尬，或者出于心虚，会跟她保持一定的距离。这样对初橙来说完全是好事，两个人可以避免交流，她也省心。但事实并不是如此，有些人啊，你永远不明白他在想些什么。

徐扬有时候会嘱咐助理去买一些饮料、点心之类的分给剧组里的各位主演，看起来情商高，会做人。

今天也是如此。

他的助理直接从外面搞来一个冰柜，买了一些解渴的饮料和冰激凌分给大家。

因为初橙和徐扬刚闹了一出不算严重的绯闻，剧组里的人以为双方会避嫌，可没想到徐扬非但没有避嫌，心思还越发明显。

他拿了一份冰激凌和一份甜品到了初橙旁边："听说你喜欢吃这个香草味的冰激凌和这家的甜品，我特意让助理去买的。"

初橙拒绝道："谢谢，不过我最近减肥，这些热量太高了，我不能吃。"

徐扬讪讪地收回东西，殷勤道："那你还喜欢什么？我让助理给你去买。"

初橙放下手中的剧本："不必了，我有助理，如果我有需要的话，小芦会帮我解决。还有，除必要的拍摄交流，我希望我们不要有过多的交流。"

"你一定要对我这么冷漠吗？"

平心而论，初橙的长相和性格，可以说完全符合他的择偶标准。从初橙客串《悲尽欢》起，他就一直注意着对方。奈何对方虽然为人处世非常有礼貌，可真要亲近些颇有难度。他也是剑走偏锋，想了这些馊主意。

“我也不想这样，我以为我们至少可以和平相处，但你之前发通稿的事让我觉得很不被尊重。”

徐扬辩驳道：“这样炒作一番，不是挺好的吗？可以帮我们两个增加热度。”

初橙扯了一个假笑：“双方炒作难道不需要两个人都同意吗？你这样单方面擅自进行是什么意思？更何况，我不想用这种方式来炒作自己，也不需要这种方式带来的热度。如果没事的话，您请回吧。”

徐扬大约感觉面子被拂了，脸色不大好看，臭着一张脸回了休息室。

初橙内心松了一口气，虽然她刚才那样有些不给人面子，但想必徐扬也能消停了，也算解决了一件大事。至于刚刚的冰激凌和甜品，她也是想吃的，可她还是有骨气地选择了拒绝。他们这拍摄地比较偏僻，哪怕再想吃这些东西，她也不舍得让小芦大费周章地奔波一趟。

她拿出手机，点开易然的头像，给他发消息：“我刚刚超凶的，把徐扬气走了，快夸我！”

“对了，璐姐说那通稿和照片就是他找人发的，气死我了！

“他还想拿冰激凌和烧仙草贿赂我，这是不可能的，虽然我很想吃，但是我有骨气，我说我要减肥！”

对方没有回复，初橙也丝毫不介意，一个人发消息也发得很起劲。

初橙晚上收工回到酒店，洗完澡从浴室出来，发现有好几个易然的未接来电。她回拨过去：“喂？我刚刚在洗澡呢，没听见手机响。”

“你还在酒店？”

“嗯，怎么了？”

“我在酒店停车场这儿。”

从 A 市过来这儿，得好几个小时的路程。

初橙愣了一下。

没有听见对方的声音，易然小心翼翼地问道：“我可以上来吗？”

“好。”

初橙把房间号报给了他。

易然上来的时候也没碰见什么人，很顺利地进入了初橙的房间。

初橙关上门，脸上是藏不住的惊喜，问道：“你怎么突然来了呀？”

“想你了。”易然把手上的东西递给她，“你想吃的东西，我买来了。”

初橙打开一看，随即心头一暖，是她提到的冰激凌和烧仙草，由于有冰袋，还保存得很好。

“易然，你真好。”

易然把脸凑过去：“那你亲亲我。”

初橙手臂揽上他的脖子，在他脸上亲了一口。

易然还打着两个人再亲热会儿的主意，结果初橙直接抛下他，奔着他带来的甜品而去。吃了几口，她才抬起头，问他：“你今晚住哪儿？”

此刻夜已深，来回奔波，车程差不多也要三四个小时，初橙可不放心易然一个人再连夜赶回去，生怕他疲劳驾驶。

拍摄地点比较偏僻，现在住的这个酒店可是剧组好不容易找到的，离拍摄地点不远，住宿条件也不错，剧组人员基本把空房住满了。易然想在这里再开一间房，也不大方便。

其实易然来的时候已经打算好了，他再开会儿车，到了市中心，有的是酒店任他挑。不过初橙这么一开口，他又立马改变了主意：“不知道呢，这附近住的地方也不好找，我还是先回 A 市吧。”

初橙蹙着眉，似乎在纠结什么。片刻后，她开口：“你住我这儿吧。”

果然如他所想，对方心疼他，也会心软地让他留下。易然求之不得：“好啊，那我睡哪里？”

初橙指了指自己的床：“你睡我的床吧。”

“啊？”

易然瞳孔微张，眼神亮晶晶的，难掩兴奋。

能睡一个屋，哪怕睡沙发就很满足的他，现在听见初橙说让他睡她的床……

惊喜来得太突然了。

初橙从衣柜里拿出一件外套披上：“我去小芦那屋睡，你一个人乖乖的，早点睡，也别乱跑。”

易然满脸问号，这怎么跟他想的不太一样？

他拉住初橙的手腕，问她：“你不跟我一起吗？”

初橙转过身，在他脸上捏了两下：“你想什么呢？”

“想跟你一起睡。”

“你想太多了。”初橙瞪了他一眼，转身就走。

“啪嗒”一声，门关上了。

徒留易然一个人在原地懊悔。

他说的睡觉，只是单纯的睡觉——盖棉被纯聊天的那种。

像易然这样的电竞选手，作息向来不稳定，通常晚睡晚起，以至于他这会儿在床上躺了两个小时还未睡着。更别说靠着的枕头上隐隐还有初橙身上的发香，青柠味的，清新怡人，让他越发躁动难耐。

拿过手机一看，十二点都没到，这离他睡觉的点还早得很。于是他干脆放弃了睡觉的念头，想找点事情来打发时间。

易然叹了口气，他还是想他的初橙。

次日清晨五点，初橙就被闹钟叫醒。她有戏要赶，不得不早起。由于衣服之类的都在她自己的房间，她还得先回去一趟。

她打开房门，进入房间，走了两步就瞅见躺在床上的易然。易然睡相很好，很安静，额前的碎发垂落下来，睫毛长长的，还有点翘。

初橙忍不住伸出手碰了碰他的睫毛，又密又翘，令她羡慕。她跪坐在床边，一只手撑着下巴，盯着对方的睡颜发了一会儿呆，才起身开始忙正事。

她轻手轻脚地进浴室洗漱，生怕吵醒易然。洗漱完毕出来，她又在衣柜中挑了衣服换好。

临出门前，她回到床边看了看易然。对方特意过来找她，她却没有多少时间可以分出来陪他，她内心有点愧疚。

她弯下腰，在易然的侧脸上轻轻落下一个吻，起身准备离开时，手腕却被一只手牵住了。对方一使劲，她就被扯了过去，重心不稳，摔倒在床。

对方睁开眼睛，眼睛里布满笑意：“哼，偷亲我被我发现了吧。”

事实上他玩手游玩到了午夜三四点，一个小时前他还去浴室冲了个澡，这会儿睡着还不到半个小时。

初橙先是不好意思地捂了捂脸，立马反应过来，反驳道：“我亲我男朋友怎么了？这是正当权利。”

易然点点头：“嗯，你说得对。”他狡黠一笑，“那我也要行使一下我的权利。”

他翻身将初橙压在身下，从额头、眼睛、鼻子，再到嘴唇、下巴，落下一个个温柔又细碎的吻。后来，他越发情动，加深了吻，手也开始不老实起来，带着席卷一切的强势和情难自抑的爱恋，直到初橙被吻得气喘吁吁，他才放开她。

两个人几乎是严丝合缝地贴在一起，身体上产生的一丝丝异样也格外明显。

易然意识到自己的变化，微红着脸，不好意思地从初橙身上离开，趴在床上，等反应过去。

经过这么一折腾，初橙整个人都染上了一层淡淡的粉色，面带绯红，整了整自己凌乱的衣服。她扭头看了看身旁的人一眼，发现他也没好到哪里去，连耳朵都是红红的。

易然脸埋在枕头里，闷闷地开口：“没控制住。”

二十岁出头的年纪，确实是热血方刚。

初橙从床上起来，看见易然只穿着一条长裤，裸着上身，肩宽腰窄，肌肉恰到好处，不太清瘦，也不太夸张。

身材真好呀，她在心里感叹一句。

初橙收回视线，俯下身，在他耳朵上亲了一下，没心没肺地低声道："你自己解决。"

易然的耳朵更红了。

"我先走了，你再睡一会儿。"

"好的。"

结束在B市近一个月的拍摄后，剧组六月份马上要转去泰国取景，至少要待上大半个月。而粉丝们为了自家的偶像，往往会自发举办剧组应援。

《岔路口》剧组前一段时间拍摄任务紧张，导演刘峰并不允许粉丝应援，而这几日，只剩几个场次的收尾工作，刘峰便答应了。

电影的主演们，大部分是有了一定年龄的实力派，平时也不搞这一套，而年纪小的新一代，比如徐扬和初橙的粉丝圈，都是有这些"习俗"的。

剧组应援在现场布置、主题安排、礼品选择等方面都要有明确又合适的计划，不仅要耗费人力、物力，还需要一定的资金来支持。这些的背后，都是粉丝对偶像满满的爱。

初橙大大小小的应援活动，都是由她的官方后援会联合各家站子和粉丝来举办的。

后援会早早就拟定了几个应援计划和方案，并放在微博上，与其余粉丝一块儿讨论，力争商量出一个最佳方案。

他们又在某个应援软件上放出了画手们设计的周边购买链接，一共五千份，而盈利就是这次应援的资金来源。

对于粉丝来说，花钱既能买到自己喜欢的周边，又能支持偶像，也算是一举两得的好事。

易然关注初橙多年，这些事情也了解了一些。他也知晓这次即将举办的应援活动，便登录小号去看了一眼。一般来说，他习惯在链接临近关闭时再去，到时候差多少，他就补多少，就这么不动声色地在背后默默付出。

他这次同以往一样，在链接关闭前一小时登录了应援软件。按以往的惯例，这个点通常会离目标金额还差几百到几千不等。但今天不一样，他一登录，发现后援会的预期目标早就达到了，而且是在开通链接的一小时内。他研究了一下应援排行榜，发现一个用户直接购买了三千份周边，名列榜首。

这个用户名字叫“Yi321”。

易然太阳穴一跳，他感觉大事不妙。

由于这个应援软件大部分人是直接用微博账号登录的，所以这些购买者的名字和微博名是一样的。

他去微博搜了搜这个名字，头像是一片海，微博关注了他、KPV官微，以及初橙，还有与她有关的官方微博。

微博简介写着“一个普通的粉丝罢了”，微博内容几乎为经济、时政新闻，还点赞了几条与KPV、初橙等相关的微博。其中有一条是原创微博：“老婆第一次追星，天天在我耳边念叨，特意去关注了一下这个女孩，了解之后，发现真的不错。初橙，正能量偶像，新青年的榜样，她努力又低调的品质值得我们学习。”

易然无奈抚额，看这说话的语气，应该是他爸没错了。

他这又是搞哪一出？

而在易然研究他微博的这十分钟内，Yi321的粉丝数一直在涨，大部分是顶着初橙头像的用户。

其实这也不难理解，嘴上说着支持偶像是一回事，愿意花时间、花精力给偶像做数据又是另一回事。

不少粉丝在那条微博下评论——

“哈哈，叔叔和阿姨好可爱。”

“有一种教导主任训话的感觉。”

易然拿小号关注了他，没过多久又刷到了一条新微博。

Yi321：“头一次参与这种应援活动，没有什么经验，本来只是想为小橙子出一份力，却忽略了大家也想要周边和参与进来的心情，后援会来找我说明问题，我才发现是自己考虑不周，抱歉。和后援会商量之后，我决定先退一部分的量，让大家都参与进来。我们要团结一心，互帮互助，给小橙子最好的应援。”还加了一个握手的表情。

易然挑了挑眉：这语气，他是当在公司开例会吗？

粉丝却非常捧场。

“没有什么好抱歉的，理解叔叔。”

“叔叔第一次参与这种活动，不了解情况也是难免的。”

“叔叔说得对，为了橙橙，我们一起‘冲鸭’！”

Yi321回复：“为什么要冲鸭子？”

易然“扑哧”一声笑出来，他爸一个跟年轻人有代沟的中年男人追什么星呢？而还在剧组认真拍戏的初橙压根儿不知道这应援背后还有这么一出故事。

后援会的粉丝尽职尽责，不仅将现场主题布置成了和《岔路口》风格贴合的悬疑神秘风，还贴心地为剧组演员和工作人员准备了餐车，从主食到饮料、水果、甜点，应有尽有。除了这些，他们还将初橙代言过的产品包装成了一个个大礼包，送给剧组主演。

导演和主演们，也是见惯了好东西的，但这份心意难能可贵。

刘峰拍拍初橙的肩：“小初啊，你们真是有心了。”

初橙不好意思地笑了笑，说：“我得谢谢我的粉丝。”

说这句话她是真心实意的。粉丝和偶像之间的爱，其实不是单方面的。粉丝对她的付出，她都看在眼里，记在心里。她唯一可以做到的就是努力推出更好的作品，来回报他们的爱。

晚上，后援会的人将今天的现场情况整理了一番，加以文字叙述，并配上经过剧组允许贴出来的照片，发在微博上。他们还总结了这次的应援活动，将收支明细也放了出来，表示这次的盈余会作为下一次活动的资金。

粉丝对后援会这次举办的活动也很满意，纷纷夸赞长脸了。

Yi321 也是最近才知道还有“后援会”“周边”这些新名词，对他第一次参与进来的活动也非常关注。这些年纪都不大的小姑娘、小伙子，竟然能把应援活动办得如此之好，出乎他的意料，他随即在后援会微博下面评论：“优秀。”

Yi321 早前买了三千份周边，还是后援会亲自找他沟通退的货，对这名叔叔级别的粉丝也是印象深刻。

后援会官微回复 Yi321：“感谢支持。”

Yi321 回复：“以后但凡是为了小橙子的活动，资金不够就来找我。”

粉丝看到又陆陆续续跑来捧场。

易然头痛地揉揉太阳穴，给 Yi321 发了一条私信：“你低调一点。”

对方回复：“你是谁？”

他皱眉，接着打字：“你少参与后援会这些事。”

Yi321 出手如此大方，只会引起越来越多的人注意。网友神通广大，也许就能根据他微博的蛛丝马迹扒出他的真实身份。

易然觉得自己这是在好心提醒他。

手机那头的易博铭给在一旁的温毓看了这条私信：“你看这人奇奇怪怪的。”

温毓一看，这个人没有头像，就连名字也是系统默认的数字，她对易博铭说道：“他不会是我们小橙子的‘黑粉’吧，见不得这么多人喜欢初橙，特意来阻止你。不行，你不能理他。”

易博铭摇摇头，撇撇嘴道：“人心险恶。”

他回复对方："多管闲事。"

易然第一次被人骂多管闲事，还想回复什么委婉地解释一下，结果发现对方把他拉黑了。

很好，他冷笑一声，他一点都不生气。

第十章

女朋友要哄

在泰国取景拍戏的这段时间，初橙难得有一天休息时间。她和小芦去逛了逛街，买了点中意的小玩意儿回去。

最近每天忙碌又高压的工作让她整个人的状态一直紧绷着，玩了一会儿倒也轻松多了。

闲情逸致一来，她便和男朋友进行视频通话。

作为易然的女朋友，她自然清楚哪些时间点 KPV 要比赛、要训练，哪些时间点比较自由，可以随意安排。

初橙给易然看她身后的背景："你看，我在逛曼谷的集市，有好多小吃，我每个都想尝一下。"

易然巴不得她多吃些："想吃就多买点。"

"会胖。"

"你太瘦了，"易然顿了顿，接着道，"你什么样我都喜欢。"

男人通透清澈又富有磁性的嗓音，通过电流流入初橙的心里，把她的心搅得怦怦乱跳。

她被对方的"直球"撩得脸红，努努嘴，转移话题："你都不问问我今天怎么有空逛街，你不关心我了。"

易然一脸蒙，本以为这是道加分题，没想到是道送命题。他赶紧回复：“你前天不是跟我说过你今天休息吗？”

“我说过这个吗？”

“嗯，不信你看聊天记录。”

“好吧，我忘了。”

“你说过的话我都记得。”

被哄开心了的初橙一脸笑意，她拿起小叉子开始品尝面前地道的泰国小吃。

小芦叹了口气：“收一收你的笑，恋爱中的女人真是太可怕了。”说着，她默默走开，并不想当电灯泡。

两个人好久没见，有一肚子的话攒着没说。初橙便找了路边的椅子坐下，举着手机跟易然有一搭没一搭地闲聊，也不忘吃刚买的几样小吃和冷饮。

“你什么时候回国？”

“还要三四天。”

易然问道：“我来机场接你？”他其实更想飞来曼谷亲自见见初橙，可哪怕只待一天，加上一来一回的航班，至少要耗时两天，比赛在即，训练紧迫，他不能这么做。

初橙拒绝了：“那天是和剧组一块回来的，而且直接去S市，可能会有粉丝来。”

剧组的下个取景地在S市。

易然闷闷地应道：“好吧。”

初橙为了逗他开心，故意说：“我和小芦本来还打算今天去海边玩的呢，可是有点远，我们又懒得坐车，想了想还是算了。”

“去海边？”易然反应过来，立刻否决，“不行。”

“为什么？”

“不想别人看见你穿泳衣的样子。”

初橙无声失笑，打趣他："占有欲还挺强。"

"嗯。"易然丝毫不脸红，大大方方地承认，又接着道，"要去也是我们一起去。"

确认自己在泰国的戏份彻底结束后，初橙纠结再三，向导演请了假，表明自己想提前一天回一趟A市，到时候再转机去S市和大家会合。

初橙平日里没请过假，又听话，演戏也认真，这不过是个小小的请求，刘峰想也没多想就爽快地答应了。

初橙让小芦订了第二天的机票。

到了A市机场后，由于临时改了行程，没有泄露航班信息，她顺利地和小芦各自打了车，兵分两路，奔往各自的目的地。

初橙事先没有告诉易然自己提前回来了，她拎着行李箱去到KPV基地的时候，才被告知一队去LT基地观光了。

二队成员看见初橙，激动兴奋又有些拘谨，他们基地除了两个照顾他们饮食起居的阿姨，压根儿没有出现过别的女性。更何况，这是初橙，人气女团月光少女的小姐姐，多少人的女神啊！

上次初橙来，由队长带着，他们不敢多看一眼，也没什么机会和她接触，今天才算是真正意义上的第一次见面。

其中一个成员接过她的行李箱："嫂子，你先坐会儿，我给你拿瓶饮料。"

"要不我给队长打个电话，让他先回来。"

"嫂子，留下吃晚饭吗？阿姨做的菜可好吃了。"

初橙微微一窘，忙摇手，笑着婉拒："不用了，我去楼上等他好了。你们也去忙自己的训练吧。"

她其实只是想给易然一个惊喜，没想麻烦其他成员照顾她。可显然，他们对她太热情了，一口一个"嫂子"，让她招架不住。

看见初橙笑，队员们心里默默感叹队长真是好福气。

二队的路勋拎着初橙的行李箱，把她送到了三楼。初橙接过来，道：“谢谢啊，你们忙你们的吧，我去他房间等着就行。”

“嫂子，你有事就叫我们，随叫随到，不用客气！”

“好。”初橙拖着行李箱进了易然的房间，他上次带她来过，她还有印象。

易然的房间很整洁，就连床上的被子都铺得整整齐齐，难怪陈靳吐槽他有洁癖和强迫症。房间里还有一张电脑桌，初橙拉出椅子坐下，手撑着下巴发呆，等着时间一分一秒地流逝。

易然一行四人回到基地时，二队的队员和几个青训生连忙凑上来，嘴上叽叽喳喳地讨论着什么。

他皱皱眉，觉得有些异样，往日里这群家伙可没这么热情。

路勋最先开口：“队长，嫂子来了，在你房间里，嫂子她……”

路勋话还没说完，易然就往楼上跑。

陈靳在身后喊：“队长，你好歹控制一点啊！”

留在原地的众人不得不感慨：爱情的力量啊。

易然打开卧室房门，发现初橙趴在电脑桌上睡着了。想来这几天拍戏已经够辛苦了，还特意赶回来，这是为了什么，他自然清楚，不禁心头一暖。他弯下腰，打横抱起初橙，将她抱到床上，轻轻地替她盖上被子。他转而坐在初橙刚刚坐过的椅子上，胳膊支在椅背上，就这么安安静静地盯着她看。

半个多小时后，初橙才迷迷糊糊地醒来，一睁眼看见的就是易然那张帅气俊朗的脸。她揉揉眼，道：“你回来了啊。”

易然的声音带着掩藏不住的笑意：“嗯，睡醒了？”

“怎么不叫醒我？”想到易然就这么一直看着她睡觉，她还挺不好意思的。

“想让你多休息一会儿。”

初橙坐起身，后知后觉地摸了摸脸，开口：“我想洗把脸。”

易然的房间里带有洗手间，他指了指门：“在那儿。”

初橙进入洗手间，她来之前为了见易然，特意化了妆，谁知道自己竟然睡着了。对着镜子反复确认脸上的妆没有蹭花之后，她才出来。

实际上，她以前私底下很少化妆，主要是嫌麻烦，但自从和易然恋爱之后，倒是精致了起来。

看见易然，她蹲下来，打开行李箱，从箱子里拿出一个东西，抬头对易然说：“这是我在泰国的庙里求的平安符，送给你。”

六月，泰国更是炎热，而初橙向来怕热，也怕晒。往年的夏天，她总是能不出门就不出门。她也不会告诉对方，为了这个平安符，她在大太阳底下排了多长时间的队。

易然接过平安符，忍不住上前抱住初橙的腰，说道：“还是你对我最好。”

初橙笑笑，掰开他的手，接着又在箱子里翻了一通。她翻出一堆零食，这是她特意给小菠萝他们带的。

易然开口说道：“你没必要对他们这么好，想着我就够了。”

反正平日里他对他们足够照顾了。

初橙无奈地摸了摸他的脸：“真是什么醋都吃。”

易然邀请道：“晚上留下来一起吃饭吧，成员们都很喜欢你，想跟你一起吃顿饭。”

她想了想，点点头答应了。

此时的一楼，路勋问：“队长上去这么久了，他们怎么还不下来啊？”

陈靳推推眼镜，不怀好意地笑道：“小情侣这么久不见，当然是要……”

二队的队员和青训队的成员年纪普遍还小，一时半会儿没听明白。陈靳也不明说，留下别有深意的笑就往二楼走去。

何科叹了口气：“唉，你们还小。”

反应慢半拍但最后听懂了的小菠萝，红着脸跟着上了楼，留下一群小屁孩面面相觑。

晚上，负责照顾战队饮食起居的两位阿姨，得知初橙来了，做的菜也比往日更加丰盛。看着长得水灵灵的小姑娘，她们忍不住嘴角上扬，还一直念叨着要给她做顿好的。

一群人围着一张大长桌，热热闹闹的。

以小菠萝和路勋为首的小屁孩们尤为热情，一会儿帮忙倒饮料，一会儿又是拉着初橙问这问那。

这群大男孩活泼单纯，初橙倒也不会招架不住，甚至显得有些游刃有余，毕竟她可是和初睿这种熊孩子一起长大的。

吃完饭，易然自然要负责把人送回去。

一想到明天初橙又要赶往S市，两个人相处还不到二十四小时就得分别，易然心里满是不舍。

易然一回到家就抱着初橙不肯撒手，压在沙发上又是一顿亲："你回来见我，我好开心。"

初橙听见易然低声笑了几下，她甚至能感受到他胸腔的震动。

他的嘴唇拂过初橙的脖子，蹭得她有点痒，她笑着躲开了。等到亲满意了，他才放过初橙，笑着说："明天早上我送你去机场。"

初橙摇摇头："不用，明天我五点多就出发了，太早了，你还是多睡会儿吧。"

她明天要赶八点钟的飞机。

易然却不肯松手："我想送你，还想再跟你多待一会儿。"

初橙没办法，只好依他："那好吧。"

距离两个人上次见面已经有一个星期左右，今晚正好都得空，便约了一起视频聊天。

初橙依旧在酒店的房间里，而易然在自己的卧室里。两个人聊到一半，易然的房门被敲响了，他暂时放下电脑去开门：“等我一下。”

“好。”

是二队的几个小孩，一时间涌上来七嘴八舌的，听得易然一阵头疼。

他沉声开口：“停，路勋，你说。”

路勋语气还有点激动：“队长，你记得雅雅吗？”

易然丝毫没有印象：“谁？”

一旁的穆穆解释：“就是去年你带我们参加的QL大奖赛的那个女解说员啊。”

去年几个赞助商举办了QL大奖赛，邀请了人气最高的二十支战队参加，这其实不是什么正规权威的赛事，但赞助商们的面子不得不给，基本都是二队上场。

当时KPV二队组建没多久，易然一方面不放心他们，另一方面也想看看这支亲手组建的新生队伍的实战能力，于是那天亲自带着二队去了现场。

当天的解说员之一就是这个雅雅，嘴里没几句话是和游戏实况有关系的，似乎不太懂游戏。尤其是知道易然在现场之后，镜头切换到KPV二队时，雅雅极尽浮夸之势：“天哪，不愧是易神一手组建的二队，太厉害了，要是易神能亲自上场就好了。”

现场不少人满脸黑线，她之所以能上台，无非是直播平台想捧她。

比赛结束后，雅雅依旧语出惊人：“KPV连二队都那么强，不知道赛后有没有机会和易神合个影，吃个饭？”

想都不用想，当然没有机会。

路勋提到QL大奖赛和解说，易然似乎想起了点什么。

“哦，有点印象。”他对人倒是没有丝毫印象，但是对那可笑又无知的解说隐约还有点记得。

路勋为了让他家队长记起更多，接着道：“她现在也是FCTV的主播啊。”

初橙和易然的视频聊天并没有中断，几个人的说话声她听得非常清楚。没想到这样一来，还让她知道了点不得了的事，尤其是听见易然说“有点印象”。

呵，有点印象？

路勋又接着道：“今天是她二十岁生日。”

易然冷漠道：“关我什么事。”说着准备关门，他还忙着和初橙聊天呢。

穆穆伸手挡住门：“队长，她现在正开直播呢，一直在跟你表白，她的粉丝一直在喊你。”

电脑这头的初橙蹙着眉：雅雅？女主播？二十岁？身材好？

听起来好像很厉害的样子，还比她年轻。

她打开微博搜索用户，发现对方有两百万粉丝，人气挺高的，被粉丝奉为“宅男女神”，随便一搜，就能看到不少粉丝发微博表白。点进她的直播链接，脸确实长得不错，身材也足够傲人。

初橙瞅了一眼自己，自我安慰：我的也不小。

直播画面里的雅雅，娇滴滴地说道：“今天就二十岁了，希望能听见易神对我说一声生日快乐。”

弹幕有人问她为什么喜欢易然，雅雅回答：“我当主播前，曾经在漫展做模特，那天 KPV 是嘉宾，只怪易然太帅了，我一眼就相中他了。”

她的粉丝跑到易然的微博底下起哄，大概是说人家妹子都芳心暗许了，现在又当着这么多人的面表明心意，作为当事人之一的易然得给个说法。

初橙明知道这不关易然的事，可心里还是有点吃醋。

自从两人恋爱以后，她经常做出一些连自己都觉得不可理喻的幼稚行为，可又控制不住。就比如当下，她挂断了和易然的聊天视频。

路勋还在吵闹，易然彻底没了耐心，留下一句“我没空理她，让官微处理，这种无聊的事情别烦我”，赶走了这几个小朋友，关上门。

他想，终于清净了，回到电脑前却发现视频被挂断了。他重新发起视频邀请，却被拒绝了。再发一次，又被拒绝了。

他发了个问号给初橙。

初橙回他："累了。"

他以为她真是累了，回道："累了就早点睡觉吧。"

初橙：心累了。

KPV的官方微博迅速发了声明，官微小编是董凌的堂妹，是个"狠人"，也是初橙和易然的粉丝，极其护短，迅速发微博表明易然和雅雅毫无关系，还请对方不要给KPV造成不必要的困扰，也希望大家多关注成员的成绩，而不是无聊的花边新闻。最后还加了一句"还有，我们队长不喜欢这种类型的，谢谢"。

"怎么觉得今天皮皮说话有点狠？"

粉丝都叫小编皮皮。

"谁让人家炒作炒到我们易神头上来了呢。"

"请问皮皮，易神喜欢什么类型的？"

当然，也有雅雅的粉丝闻讯而来，觉得对方不给雅雅面子，话便说得难听了些："真以为自己能耐了，我们雅雅看得上你是你的福气，装什么高冷？"

而KPV的一些粉丝对这种单方面的炒作，本就是一万个排斥，这种女主播压根儿配不上他们家易然好吗？

现在他们崽崽无缘无故被这种恶心的猥琐男辱骂，简直不能忍，他们疯狂摁键盘，开启嘲讽技能，呛得对方毫无还嘴之力。

而后知后觉如易然，等两天后坐上了去伦敦的飞机才隐隐意识到，初橙好像是生他气了。

今年OGC全球邀请赛总决赛定在七月底，每支参赛队伍都格外重视，全身心投入，谁都想为自己的国家捧一个奖杯回去。

KPV 和 LT 提前一个月就到了伦敦，一方面是为了提前适应时差；另一方面，如果有机会，还能和其他同样提前抵达的战队私底下来几局娱乐赛切磋一下，毕竟实战可比研究对方的复盘视频实在多了。

董凌和教练比较开明，没有强求成员们一来就得马不停蹄地开始训练，而是让他们先适应好时差和温差，别搞得水土不服，身体不适，还给了他们两天假期去逛一逛。

其实董凌是怕这几个臭小子压力太大，要知道，国内有多少人对他们寄予厚望，又有多少眼红的人妄想他们从神坛上跌落。这时候调整好心态，至关重要。

易然安全抵达住处后，第一件事就是给初橙报备。两个人隔着近七个小时的时差，易然这边是傍晚，而初橙那边已经是深夜了。

两人没说几句话，初橙就急着要挂电话。她这两天拍的都是夜戏，太累了，沾到床就想睡觉，这会儿眼睛都快闭上了，实在是没有精力煲电话粥。

挂了电话之后，易然的脸色却不太好看，他觉得初橙似乎还在生他的气。他没有这方面的经验，一时间也不知如何是好。

LT 和 KPV 的成员在赛场上是对手，亦是惺惺相惜的朋友。在这异国他乡，他们都代表着中国。

LT 战队就住在 KPV 的隔壁。

孟司情史丰富，历届女友都被粉丝扒出来过，他时常吹嘘自己的感情史，自诩为情圣。

易然问他："你女朋友生你气了，怎么办？"

"当然是哄啊。"

易然在内心翻了个白眼，他当然知道要哄，他想知道的是怎么样才能把人哄开心了，又问道："怎么哄？"

孟司狐疑地看了他一眼，觉得颇为奇怪，往日里易然可是不会问这些问题的。难道是这小子开窍了？有女朋友了？可看着又不像，再说了，他似乎没看见易然身边有异性出现过。

易然皱了皱眉，用了激将法："其实你也不知道吧。"

果不其然，孟司上钩了："呵呵，这种小事对我来说小菜一碟，我还能不知道？女朋友生气了就买包，'包治百病'，懂吗？"

易然点点头，表示了然。

不久后，易然去逛了某奢侈品品牌店。

热情好客的导购随即迎了上来。

易然从小就受英语熏陶，两个人的交流也没什么障碍。但这满屋子的包让他头疼不已，在他看来，这些包款式都差不多。最后，他还是向店员求助道："请帮我拿一个最新款的，女孩子喜欢的。"

导购也是个人精，听见对方的描述，大抵也猜到是买来送给女朋友的，便拿出镇店之宝推荐给他。

易然瞅了瞅，觉得初橙应该会喜欢，爽快地付了钱。出了店，便有一对中国情侣走上前来。

男的先激动地开了口，手哆哆嗦嗦地从背包里掏东西："易神，我是你的粉丝！我……我能要个签名吗？"

女的也随即开口："我……我也是。"

易然心情还算不错，又折回店里借了支笔，给两人签了名。不久后，女的就发了一条微博："和男朋友去伦敦旅游，意外碰见了易神！还给了签名，太幸福了！"还发了几张易然在店里时的照片。

这条微博在电竞圈里被纷纷转发。

"我也想偶遇啊。"

"等等，你们没发现易神待的地方是家奢侈品店吗？"

粉丝们开始纷纷猜测这个包，易然是买给谁的，讨论半天也没个所以然。

易然碰到粉丝那会儿，就猜到他们有可能会拍了自己的照片放到网上去，这会儿一看，果然如此。网友的评论，画风从一开始对年轻情侣偶遇易然并得到签名的羡慕嫉妒，转到了易然为什么要买那么贵的包。

有人猜是给妈妈买的，但很快被其他网友否认了，理由是这包的款式主打年轻人市场。又有人提出，或许是给女朋友买的。

粉丝们纷纷让他闭嘴，嫌他话多，坚决声称易然没有女朋友。直到有网友猜测他是打比赛之余兼职代购，一堆人才纷纷附和，说只有这个可能了。

易然看见，直接气笑了。

他的粉丝脑回路永远这么清奇，让他不得不怀疑现在天天在网上冲浪的都是些什么人。

初橙身为FCTV的代言人之一，今天有一场平台在S市举办的活动要参加。夏瑜、崔悦、杨子涵她们，也要分别参加，不过是在其他城市。

这次的活动，说是嘉年华，其实比较像一个见面会，或者说是靠几个主播来吸金的签名会，利用代言人的人气和影响力来做宣传，从而吸引更多的观众前来。

前期是台上的采访，围绕FCTV自身平台展开，采访结束后，初橙今天的任务就到此结束。初橙离开，这活动就成了主播的主场。主播会接着和他们的粉丝互动，随后开始他们的签售会。

巧的是，今天到场的主播之一就有雅雅。

今天在现场的主播少说也有二十来个，来自FCTV直播的不同频道。而有机会同时和初橙站在台上，做她背景墙的，自然是这些人中人气最高的那几个。

就像此刻在台上站着的，除主持人和初橙以外，还有雅雅以及另外两个直播其他游戏的男主播。

尽管初橙今天在现场的时间不会超过一个小时，但仍然有不少她的粉丝特意买票前来。

在粉丝们看来，哪怕是五分钟，他们也要到场，买的都是最前排的票。粉丝们一个个举着应援牌和应援手幅，等初橙出场的时候整齐划一地喊着口号，颇有排面。

主持人说道：“今天很荣幸能邀请到我们的代言人初橙来到现场。”

初橙握着话筒，先笑着和粉丝招了招手，开口：“今天我很荣幸受邀参加 FCTV 举办的嘉年华活动，也很感谢我的粉丝特意跑来看我，你们辛苦了，爱你们！”

台下又是欢呼一片。

主持人和初橙互动了十几分钟后，就开始提到身旁的几个主播。毕竟这几个主播是自家平台准备捧的，能多给点出场镜头就要多给点。

一个是雅雅，另外两个是游戏主播杰子和阿薛。

初橙不动声色地瞥了一眼雅雅，又淡淡地收回目光。前几天她是有点生气的，不过第二天醒来反思了一下，发觉是自己在无理取闹，便把这件事抛之脑后。不过她没想到今天能在现场见到对方，就忍不住多看了一眼。

她贴心地往旁边站了站，怕自己挡到一旁的主播。

这次活动的策划人是铁了心要借代言人的人气来帮自家平台的签约主播带一波热度，这“蹭热度”的吃相难看，主持人无奈却没有办法，只能照着台本来，说道：“初橙和雅雅都是我们新生代偶像，备受粉丝瞩目，那在这里想问一下，初橙作为前辈，有什么建议想送给雅雅呢？”

这问题一出来，原本兴致高涨的“甜橙”们突然沉默了半分钟，不仅是他们，现场其他人也是如此。

无疑这个问题未免太扫兴了。

把初橙和雅雅两个人相提并论成“新生代偶像”过于可笑，两个人根本不是一个档次、一个咖位的。

初橙的粉丝相当不爽，主持人抛出这样的问题，在他们看来，是拉低了初橙的档次，是雅雅借初橙抬举自己。

一旁的雅雅却说："听说小橙姐姐比我大四岁，应该比我有经验多了，我也很想听听的。"

年龄对一个女性，尤其是女艺人来说，本就是敏感的话题，雅雅现在却拿年龄说事，现场又是一阵窃窃私语。

在雅雅的粉丝看来，她这是单纯，是耿直，在别人的粉丝看来，她就是情商低。

初橙冲台下自己的粉丝笑了笑，安抚他们的情绪，缓缓开口："其实我和雅雅属于不同的领域，这个前辈我不敢当，如果真要说建议，那就是坚持原则，好好努力。"

回答很简短，把两个人的"关系"撇清楚了，也给了一个适中的建议，足够大度。

主持人其实内心也很郁闷，但没办法，主办方是老大，她只能老老实实地照着台本来。她看了一眼台本，又问道："杰子和阿薛都是我们FCTV平台订阅量超过百万的游戏主播，有无数粉丝可谓是拜倒在你们的技术之下，那请问你们平时有自己喜欢的游戏主播吗？"

杰子和阿薛为了避嫌，回答得都很机智。

杰子回答："平时自己直播的游戏这块倒不怎么看，不过私底下也蛮喜欢玩《绝地求生》的，最喜欢的那当然是KPV了，尤其是易神，不过对方是职业选手，直播时间并不多。"

阿薛说："LT也很棒，我也关注了OGC，希望两支队伍打出风采。"

雅雅听到这里，便忍不住接话了："我超喜欢易神的。"

主持人尴尬一笑："我记得去年八月份，月光少女和KPV一起直播过游戏呢，感觉如何？"

这问题明显是抛给初橙的，然而她还没来得及开口，雅雅继续说道："我也记得，好羡慕，要是上场的人是我就好了。"在场的人越听越无语，冷场了一瞬，当事人却不自知，接着道，“结束直播后，KPV 和月光少女还一起去吃饭了，官微发了照片，我都看到了。”

初橙语气淡淡道：“和 KPV 一起直播游戏，我们双方都很愉快，而且一起玩游戏的时候，对方技术很强，让我这种不会玩游戏的人挺有安全感的。结束后确实一起聚了餐，聊得也挺开心的。”她顿了顿，看了雅雅一眼，收回视线，又道，“不过，这是代言人的福利，还是要谢谢 FCTV。”

初橙说这话尽显情商，既不会显得自我标榜，又委婉地捧了一通 FCTV，也压了压雅雅的威风。

要是王璐在现场，她以后绝对不会骂她家傻孩子不会说话了。

主持人接过话：“确实，选我们 FCTV 就对了。”

安静了没一分钟的雅雅再次开口道：“那我能做 FCTV 的代言人吗？”

主持人经验不足，面对这样不按常理出牌的嘉宾，当场愣了，满脸问号。

第十一章

这是我的小男朋友

到了事先和主办方说好的时间点，初橙就先回了后台休息室。

七月份，三十七摄氏度的高温，在外面走几步就汗流浃背。她格外心疼从各地赶来的粉丝，提前让小芦订了一辆冷饮车来，自掏腰包给粉丝们送福利。

现在小芦正忙着联系组织粉丝参与这次活动的负责人，告诉大家可以去指定的地方领取饮品。就在这时，休息室的门被敲响了。

小芦边接电话边走过去开了门，来人是雅雅。

小芦转头看初橙，初橙做了个手势，示意让对方进来，小芦便侧开身，邀请她进来，自己则去一旁继续打电话。

雅雅走进休息室，初橙拉开旁边的椅子，道：“坐会儿吧。”

“谢谢，打扰你了。”她说这话的时候，眼神与在台上完全不一样。

主播圈的竞争其实非常激烈，摆在他们面前的机会就这么多，没个心眼，早就被吃得一干二净。雅雅能在这么多人里混出头，自然不像她表现出来的那样无脑。她深知自己的优势，也知道自己不受同性欢迎，干脆把男性作为粉丝受众。她的傻白甜人设，无非是为了迎合她的某些男性粉丝而装出来的。

往日里，在一众主播中，她也算是风头颇盛，在直播间也是备受粉丝吹捧。可今天全场的焦点明显不是她，大部分人的注意力都放在了初橙身上。更何况今天来到现场的初橙的粉丝，大部分是女性。就像俗话说的那样，得到女性认可的女性才是优秀的，雅雅打从心里嫉妒。越嫉妒，就越想让人把目光放在她的身上。

但她今天没把握好度，装得过头了，说是单纯，其实显得更像无脑，也没控制住自己，不分场合地抢了几次话。明明给自己安上了单纯可爱的人设，却又因为自己的野心和嫉妒差点暴露了真面目，只能怪自己的道行还不够深，好在后来她挽回了一点形象。

这会儿她来找初橙，也是有目的而来。

初橙坐在椅子上，喝着冷饮，没有出声，很明显是在等对方先开口。

雅雅先委婉地客套了几句："今天我表现得不好，多谢前辈帮我解围。"刚刚她好几次说错话，都是初橙帮忙打圆场。

"都说了不用这么客气，还喊我前辈，举手之劳而已，别放在心上。"

两个人似是而非地兜圈子。

没过多久，雅雅就忍不住了："初橙前辈，请问你有易然的联系方式吗？"

初橙挑了挑眉，回答："有。"

"那请问，可以给我吗？"

初橙毫不犹豫地拒绝了："不可以。没有经过他的同意，把他的联系方式擅自给你，这样不好。"

雅雅不死心地接着开口："主要是我太崇拜 KPV 了，想和他们一起打游戏，看你们微博都有互动，想想你们关系应该不错，我很羡慕。"

是崇拜 KPV 还是崇拜易然，两个人心知肚明。

虽然王璐老说初橙傻乎乎的，一根筋又不知道变通，但其实她真不傻，大抵只是"知世故而不世故"。

雅雅表里不一，还有她的心思，初橙一清二楚。

虽然雅雅算不上她的情敌，但当下，初橙决定快刀斩乱麻，还是把任何不好的可能性扼杀在摇篮里比较可靠。她笑道：“KPV 说挺喜欢月光少女的，我们也挺佩服 KPV 的技术，上次我们合作得很愉快，私底下也聊得来，都是朋友，微博有些互动很正常。”

雅雅妄图动之以情，晓之以“礼”，摆出一副楚楚可怜的模样：“实不相瞒，我喜欢易然很久了，可是一直没有机会认识他，上次好不容易一起参加一个活动，结果他理都不理我，连句话都说不上，我真的很想联系到他。”

理都不理？初橙心里暗自为易然的冷漠点了个赞。

眼前的雅雅，看起来似乎真有点可怜，初橙明白那是装的。

初橙微蹙眉，纠结再三后，对这个觊觎她男朋友的人，还是狠下心，淡淡一笑，道：“易然不喜欢你这样的，你还是放弃吧。”

雅雅收起刚刚的表情，心里很不爽，再开口语气就有点生硬：“你怎么知道？”

初橙心里暗道：我是他的女朋友，我当然知道啊。

她看着眼前的雅雅，想想对方不过二十岁，确实还小，有些话不能说得太过，也算是照顾对方的心情，便换了一种说法：“我和他挺熟的，这点我还是挺了解的。”

“那你知道他喜欢什么类型的吗？”

初橙沉默了几秒，似乎在认真思考，而后启唇缓缓道：“他应该喜欢我这种类型的。”说完自己轻轻笑了一下，让人一时分辨不出是认真的还是在开玩笑。

对方是还小，却明目张胆地惦记着她的男朋友，她不能太心软。

雅雅还想开口再问一些什么，却被打完电话回来的小芦打断了。

“橙橙，我联系好了，到时候粉丝会凭票去领取的，你放心吧。”

初橙看了眼手表：“那我们走吧，等会儿还有戏要拍。”

小芦收拾背包，准备走人。

初橙看了一眼雅雅："不好意思，我们还有事就先走了。"

雅雅看着两人离开的背影，脸上的表情越发不好看，她总觉得初橙虽然是那副云淡风轻的样子，可似乎每句话都别有深意，底下波涛汹涌。还没等她思索出个所以然来，两个人的身影已经彻底消失在拐角处。

初橙最近的夜戏比较多，每次结束都是在凌晨。好在今天拍摄比较顺利，提前收工。

前几天太忙，连和易然多聊会儿电话的时间都没有。她看了看时间，想起前几日易然发给她的训练表，想他这个时候应该在休息，便拨了视频通话过去。

易然接到电话显然很惊喜，一开口就问："你不生气了？"

初橙想了想，她也就那天晚上不开心了那么一会儿，压根儿不算生气，反问道："我什么时候生气了？"

那头的人稍显委屈："你最近对我很冷淡，我以为你生我气了。"

初橙无奈又好笑："我只是最近太忙了，没有力气，一到床上就想睡觉。"

初橙这么辛苦，易然也很心疼。

初橙似乎想到什么："要是我真生气了，你打算怎么哄我？"

易然轻咳了一下，道："我给你买了包，孟司说这招儿管用。"他毫不犹豫地把孟司给供了出来。

"不用包，以后要是我生气了，你哄我几句就可以了。"她还是很好哄的，比如夸夸她就可以了。

"好。"其实他想说的是，以后他不会惹她生气，也不舍得。

易然想起他买的包，便从柜子上拿过包装袋拆开，问她："喜欢吗？"

初橙自己很少大手笔买奢侈品，但她在娱乐圈，免不了要和时尚圈的人打交道，对这方面很了解。她随便看了几眼就认出这是最新款，对大概的价格也有数。

“这个太贵了，你要不退回去？唉，不对，退回去也不合适，我把钱给你。”初橙也不是非要跟易然计较，只是这东西太贵重了，更何况她知道职业选手其实也不容易，她担心她家小朋友花钱这么大手大脚，会把钱都花光了。

易然自然是不会要这钱的，又怕初橙生气，小心翼翼地开口：“其实你男朋友赚得挺多的，真的！你不用担心我会把钱花光。”看见对方还是沉默，易然接着撒娇，“你就收下吧，好不好？”

初橙想了想，觉得拗不过易然，便没再推辞：“那我下次也送你个礼物。”

“好。”

初橙一开始坐在沙发上，嫌沙发靠背太硬，硌得慌，便举着手机，边和易然聊天边往床那边走。

她沾到床了，随意地往床上那么一趴，和易然接着聊天。

而视频那头的人以肉眼可见的速度瞬间红了脸：“你……”

初橙不明所以：“我怎么了？”

“你的领口。”

初橙低头一看，她的睡衣领口有点宽松，而她就这么在床上趴着，手机视频画面里，胸口的风光几乎一览无遗。

屏幕上的易然虽然脸红了，却没有把视线移开。

初橙捂住领口，内心崩溃，哀号道：你脸都红了，那你倒是别看得那么认真啊！

初橙一时间觉得没脸见人，“啪”的一声，把通话中断了。而那头突然被挂了电话的易然懊悔不已，早知道他就不开口提醒了。

初橙捂着脸在床上滚了两下，这真是太尴尬了！

初橙曾经在脑海中设想过很多种公开恋情的可能，但万万没有想到是现下这种情况。她还没来得及有所准备，一觉醒来，关于初橙和易然恋情的话题已经铺天盖地传开来。

比起上次她和徐扬没有真材实料、一看就很假的绯闻，这次几乎都是实打实的证据——

两个人的微博互动是证据；易然来B市酒店看她那次是证据；她从泰国提前回到A市，又去了KPV训练基地是证据；两人共回宸琅名邸是证据；易然送她去机场亦是证据。

有图有短视频，很明显是有人在一直盯着他们，长期跟拍的结果。

粉丝和网友已经讨论得沸沸扬扬，初橙点开了几条评论后就不敢再多看。她唯一庆幸的是，易然前两天和她说最近要全身心备战OGC，没有什么时间看手机，这个消息目前还不会影响到易然。

手机的提示音一直没断过，亲人、朋友纷纷给她发来消息，询问恋情是否是真的。

这事打得她猝不及防，初橙的脑子一团乱，一时间不知该做何回应。

王璐已经坐了最近的一班航班抵达她在S市暂住的酒店。

酒店周围已经有不少闻风而来的记者和狗仔蹲点等候着，都想从她身上拿下几个头条。

王璐做事向来雷厉风行："这事要尽快处理，不能拖。两个选择，一是承认恋情，后果我不说，你也清楚；二是否认恋情，至于这些照片，也没办法否认了，但是可以把黑的说成白的，到时候公关部再推波助澜一把，虽然不厚道，但还是有机会逆转风向，也保险一点。作为你的经纪人，我建议你选择后者。"

把黑的说成白的，也就是甩锅给对方，把一切责任都推给易然——探班是他要来的，送机也是他要送的，至于她去KPV的基地不过是以普通朋友的身份而已。

如果她真要采用这种方案，凭易然对她的喜欢，他不仅不会翻脸，甚至会傻乎乎地配合她，委屈自己，和她谈着地下恋。

可问题是，她舍得吗？

公布恋情，初橙最大的顾忌不是怕影响自身，而是怕影响月光少女，也怕影响易然。更何况现在KPV处于如此关键的时刻，队长被曝出恋情，如果到时候比赛成绩不好，那么很多人会指责易然是因为恋情而影响了训练、影响了比赛。哪怕事实不是那样的，他们也不会听，因为他们只是为了宣泄情绪。可如今选择迫在眉睫，容不得她慢慢想出一个两全其美的方案。

她回想两个人相处的时光，她知道，其实易然经常没有安全感，也渴望两个人恋爱是光明正大的，可为了她，他没有提过。

初橙先是和其他成员通了电话，夏瑜她们其实早就预料到会有这么一天。

“橙橙，你想做什么就去做，我们支持你的决定。”

“你不要担心对组合有影响，以前发生那么多事，我们不都熬过来了吗？”

“出了事我们一起扛，别怕。”

初橙心头一暖，一时间不知说些什么。既然事情发展至此，将来也总会有这么一天，她想了想，那就公布恋情吧。

她想勇敢一次。

“我选第一种。”不管前路充满多少荆棘，她还是想踏出这一步。

王璐的表情不冷不热：“我就知道你会选这种。公关部已经在制订计划了。”

在选择公布恋情的前提下，将两个人的爱情塑造得浪漫甜蜜些，越是美好的爱情，大众的接受程度越高。

初橙深思片刻，说：“在公关稿出来之前，我自己先发一条微博吧，我得对我的粉丝有个交代。”

网友的评论她可以装作视若无睹，但是自己的粉丝，她在乎。

不久后，初橙编辑好了微博，发送出去：“没有想到是以这样突如其来的方式和大家分享这个消息，我一直觉得感情是私人的事情，不想拿出来说太多。我的确在恋爱中，我不知道你们会不会接受，是愿意留下还是选择离开，但我依旧感谢你们对我的支持，也谢谢你们来过。除了这些，也顺便解释一下，易然最近正在备战 OGC，他为了这次比赛付出了很多，现在这件事他还不知情，我也不想让他知道，所以他暂时不会有所回应，并不是没有担当，大家不要错怪他，也不要打扰他。最后，向大家介绍一下，这是我的小男朋友易然，我很喜欢他。”

不少电竞粉都对 KPV 寄予厚望，想让他们再拿一个冠军回来，也有人唱衰他们，董凌怕 KPV 的队员看了这些言论糟心，故而比赛临近这段时间不准他们上网。

国内发生这么大的事，他们远在伦敦，一时半会儿也不能马上听到消息。

初橙明白，易然短时间内不会上网，但不代表战队的其他工作人员不会。于是她联系了董凌，无非就是让大家瞒着易然，有什么事她这边先处理。

董凌挂了电话后，拿出口袋里的烟盒，抽出一支烟点燃，在窗边站了一会儿。初橙的意思他很明白，她想一个人扛下来，不想一丝一毫的外在原因影响 KPV 的比赛。

他吐出一口烟，作为战队的经理，没有人比他更希望战队赢，也没有人比他更不想易然受到影响。

烟雾缭绕，衬得他神色不明。最后，董凌将烟蒂摁灭。让一个女孩子扛下网络舆论，那叫什么事呀？他相信易然作为一个职业选手，有足够的职业素质，能够在训练和比赛时全身心投入，不为外界因素所扰。

他走进训练室，朝易然走过去。

初橙处理完这些事，又和父母老实坦白，表明两人在一起还没有太长时间，所以没有告诉他们，等稳定以后，会正式带易然回家介绍给他们。初睿一下子难以接受，自己一向崇拜的选手竟然和他姐姐在一起了，这消息让他不知是惊还是喜。

和家人敞开心扉聊了会儿，她的心情平静了很多。

夏瑜、崔悦、杨子涵，还有曾经带过的练习生，与她合作过关系还算可以的朋友纷纷转发她的微博，表示支持。

有了亲朋好友的支持，她也敢点开评论了。

一开始初橙之所以害怕恋情不被接受，是因为微博上各大营销号的通稿——

指责她作为偶像不能擅自恋爱；易然作为电竞选手势必会被恋情耽误训练和比赛；一个人在娱乐圈，一个人在电竞圈，还是姐弟恋，差距太大走不远……

靠前的评论，像是有人刻意为之，都是一模一样的套话。

“偶像恋爱？是不想要事业了吗？”

“易然忙着谈恋爱，还有时间训练吗？”

再好的恋情也禁不住一大批营销号和键盘侠带节奏。

初橙深吸一口气，再次点开这些营销号下面的评论，她已经做好被骂的准备了。然而评论的画风出乎她的意料，与一开始大相径庭。

“橙橙和易然的微博互动，粉丝又不傻，早就看出猫腻了。这是我们小心翼翼维护的秘密，你为什么要发出来？”

“KPV 的队员一群‘光棍’，易然好不容易有个女朋友了，你别给我搞事行不行？”

“就你话多，一天到晚瞎吵，别人恋爱，关你什么事？”

初橙又鼓起勇气点开自己微博下面的评论。

“别傻了，谁说要走了，永远陪着你。”

“不准乱想，不会走的，爱你。”

“我是 KPV 的粉丝，恋情曝光了，小姐姐竟然还想着维护易然，不让易然比赛受影响，不多说了，爱了。”

初橙刷微博没多久，发现易然发微博了。他发了一条很简短的微博：“很久之前就喜欢她了，好不容易追上的。初橙是我的女神，也是我的女朋友。没有耽误训练，比赛也会好好打。有什么事冲我来，别伤害她。”

易然的微博一出，电竞圈的朋友纷纷转发，表示支持，还嚷嚷着“谁说我们打游戏的找不到女朋友”。

KPV的成员发声：“KPV最有天赋的成员是易然，每天训练时间最久的人也是易然，是队长，也是我们的信仰。不多说，兄弟们一直都在。”

“有了女朋友的队长，每天都跟打了鸡血一样训练！荒废训练？不存在的。”

“队长好不容易追上的女神，我们好不容易有的队嫂，别给整没了。别瞎带节奏，凭实力说话。”

初橙正看着评论就接到了易然的电话，对方一开口就安慰她：“没什么，别担心。”

鼻子微酸，初橙忍住想哭的冲动：“嗯，好好训练了吗？”

那头的人笑道：“当然了，等着我拿冠军回来。”

击碎质疑最好的方式，就是用实力说话。

这是易然一直信奉的方式。

初橙心里踏实了：“好，那你要加油。”

这条路布满荆棘，但她不是一个人，有人陪她、保护她，令她心安。

当事人迅速发声，粉丝控制评论，加上璨星公关部的通稿，网上的风向朝着好的方向而去，尽管还有少部分人持反对意见，但大部分人表示支持，这让双方都松了一口气。

让王璐奇怪的是，之前明显有预谋的大批营销号发的黑稿，通通被删除了。她作为经纪人，自认为还没有这个能力和财力，但她清楚，肯定是有人私底下帮了忙，然而对方处事干净，不留一丝痕迹，她一时半会儿也查不出来。

易博铭挂了助理的电话后，对旁边的温毓道：“那些胡说八道的稿子，我已经让助理联系对方删了，放心吧。”

“那就好，看谁还敢乱说。”

温毓拿出手机，打电话给易然：“儿子呀，你有女朋友了怎么不跟妈妈说呀？妈妈跟你讲，我可喜欢初橙了。能不能给我她的联系方式呀？”她知道这个消息之后，可是高兴得一整晚没睡着。

易然怕初橙会害羞，想了想，拒绝道：“妈，你这样太热情会吓着人家，等下次我带她回家。”

温毓想想，觉得也是这个理，她沉浸在自家儿子竟然把她喜欢的小姑娘追到手的喜悦中，也不计较这点事，反正早晚都要见面的。

她转头对易博铭说：“你有没有什么话要对儿子说的？”

易博铭傲娇道：“没有，我和他无话可说。”

“哦。”

母子俩对他的嘴硬，早就习惯了，懒得拆穿。易然开口：“爸，妈，你们多注意身体，等我打完比赛，回来看你们。”

瞧，儿子还是贴心的。

易博铭说道：“行了，你好好打比赛，别丢人。”

“您放心。”

初橙这边，由于闹出了那么大的新闻，记者恨不得把眼睛和镜头都粘在她身上，不仅将酒店围得水泄不通，连剧组片场也难逃围堵。

无可奈何之下，导演刘峰给她放了几天假。

初橙深感抱歉，觉得给剧组添麻烦了。导演反过来安慰她：“别放在心上，好好休息，养好精神。”

这事也没办法，确实得等。最近新闻头条都是他们俩的恋情话题，以至于她成为大众焦点。幸好易然远在国外，又是全封闭式训练，记者的镜头伸不到他那儿。

等几天后，这个话题的风头过了，热度散了，也就能恢复正常了。

初橙纠结再三，做了决定，既然导演给她放了几天假，那她干脆去现场看易然的比赛好了。

无论成败与否，无论高峰抑或低谷，她都想陪着他。更何况她对易然、对 KPV 有信心。

她不想给战队添麻烦，于是自己一个人整理好行李箱，没有知会他们，低调地上了飞往英国伦敦的飞机。

她拖着行李箱，找了附近的酒店入住，又费了很大的周折，花了大价钱从别人那儿买到了门票。

她在这异国他乡的酒店里，静待着比赛的到来。

比赛总共四天，前两天是单排赛，后两天是重头戏——四排组队模式，每个比赛日有五局。

赛场有来自各国的解说员，比赛实况在多个平台上直播。这次来自中国的解说员是小凯和林周。

单排赛第一日。

初橙坐在台下，周围有金发碧眼的外国人，也有黑发黄皮肤的中国人，每个人都在为自己喜欢的战队呐喊，这让她感觉很新奇。她望向台上，一颗心紧张得如擂鼓，喃喃道："一定要加油啊。"

第一局刚开始没多久，易然就淘汰了一名来自欧洲强队的选手。在前期资源已经富足的情况下，后期稳健地赢了。

小凯感叹道："不愧是易神，来了一个开门红。"

第二局，易然依然选择了去人多的 G 港，淘汰了六个人。

"我们可以看到的是易然的技术和战术依然很稳，至于网上说的恋情影响训练，看来是丝毫不存在的事。"

"没错，而且很明显，易然比去年更强了。"

易然的恋情公开，这几天在外网上也传得沸沸扬扬，毕竟他在国外也是赫赫有名的电竞选手，又恰逢 OGC 决赛之际，国外的粉丝也好，对手也罢，都在猜测他会不会受到影响，但今天五局比赛下来，他给出了答案——不会。

易然势如破竹的状态，延续到了第二天。

小凯站起身欢呼：“今年的单排塞冠军诞生了！恭喜中国选手易然！恭喜易然五连冠！”

初橙坐在台下，隐藏在人群中，和身旁的粉丝一样，为易然鼓掌，也为他骄傲。

她的男朋友，真的很厉害呀。

四排赛当天，初橙提前到了观众席，她今天的位置很好，坐得比较靠前。刚坐下没多久，就听见外国的观众用英语议论道：“今年的欧洲战队太强了，他们新加入的狙击手也很猛，听说专门针对 KPV 研究了一系列的战术。”

初橙微蹙着眉，抓紧包上的肩带，在心里祈祷。然而今天第一局，KPV 就开门不利，被两支战队前后包围，虽然带走三个敌人，但寡不敌众，最后全员被灭；第二局到了决赛圈，却地势不佳，没有拿到第一名。

五局下来，KPV 总积分暂列第二。

赛后复盘，陈靳先自我检讨：“今天打得不好怪我，我几次选点和勘测都出了错误。”他顿了顿，接着道，“如果不是我的失误，肯定不会被这么压着打。”

小菠萝说：“运气太背了，每一次都是被几支队伍围着打。”

这几局只要 KPV 碰上敌人，周围的战队都要凑上来“围观”。就算他们再强，也架不住三支队伍的同时围攻。

何科吐出一口浊气：“今天真是打得不爽啊。”

易然淡淡地看了陈靳和小菠萝一眼：“这些状况也无法预料。明天想拿冠军，就拿出真正的实力。”

教练说：“只差了 275 分，又不是差了 2750 分，都别给我丧气，现在重新分析一下。”

电子竞技，没有第二，他们可是奔着冠军去的。

最后一个比赛日，KPV 较之昨天，完全换了一个打法，从原先压着安全区边缘的保守打法，转为比较猛进的打法，化被动为主动。

易然指挥着队友，然后往二楼丢了两个手雷，炸倒了一个人，发现是之前那支欧洲队伍的人。他扯了扯嘴角，道：“有意思了。”

小凯说：“KPV 今天这第一局，有点复仇的意思啊。”

这一局，KPV 顺利拿到第一名。

最后一局，易然打算一个人潜伏过去打近战。他问小菠萝：“你信我吗？”

小菠萝笑了笑，说：“当然信你了，队长。”长久以来并肩作战，两个人之间培养了足够的默契，他不信队长还能信谁？

通过紧张刺激的搏斗，今年的 OGC 冠军诞生了。

台下的中国粉丝不停地喊着：“KPV！”

第十二章

冠军和你，我都要

镜头锁定KPV的成员，四个人在座位上互相击掌，同时松了一口气。

他们被邀请到舞台中央，身披五星红旗，笑得肆意而张扬，被主持人、翻译簇拥着，发表赛后感言。

四个大男孩扬起手中的奖杯，浑身洋溢着胜利的喜悦，还不忘亲吻国旗。

主持人眨了眨眼，突然说："请转身看身后的大屏幕。"

四个人不明所以，但依旧照着主持人说的那样往大屏幕看去。镜头在现场的观众席不停地扫，快得让人眼花缭乱，一分钟后，镜头锁定一个女孩。大屏幕上出现了初橙略带惊讶的脸，手上还拿着一面小国旗。

主持人八卦道："前几天有关易然女朋友的话题在网上很热闹，略有耳闻，现场的工作人员无意中发现你的女朋友也在现场。有女朋友陪同的比赛，真是幸福！很让人羡慕！"

易然往观众席扫了几眼，可是人太多了，密密麻麻，他不可能在几万人中一下子就找到初橙。

他转回头去紧紧地盯着大屏幕，嘴角的弧度不停地上扬。

初橙望着自己突然出现在大屏幕上的脸，也很惊讶，身旁的观众一直看着她，善意地和她打招呼。

她淡淡地笑了笑，垂了垂眼眸，又抬眸看着台中央认真注视着自己的易然，对他说了三个字，脸上还挂着两个浅浅的酒窝。

台下的观众中突然响起一阵又一阵尖叫声。

主持人一头雾水，翻译在她耳边轻声解释，她才了然一笑。

易然的笑意越发明显，藏也藏不住。他的心怦怦直跳，满脑子都是抱一抱她的念头。就在刚刚，初橙当着现场几万观众、全球直播平台上亿网友的面，对他说“我爱你”。

赛后采访结束后，在伦敦时间的凌晨，即北京时间的大早上，易然久违地发了一条微博，仍旧是那两个字——“感谢”。

四年前，年仅十七岁的易然第一次参加 OGC，拿下冠军一战成名后，发的第一条微博就是“感谢”。时隔这么久，同样的两个字让不少喜欢他很久的粉丝热泪盈眶。

岁月匆匆，世事多变，他们所支持的易然依旧强大，也依旧纯粹。

这一次比当初还多了两张照片。

第一张照片是 KPV 四个人和董凌、教练的合影，就是他们，为中国的电竞带来了新的荣耀。第二张照片是易然和初橙的合影，初橙捧着奖杯，冲着镜头笑，而易然微微侧头，一脸宠爱地注视着初橙。

有些事不必多言，他要告诉所有人，强者无须做选择，冠军他要拿，女朋友他也要。

KPV 的人知道初橙一个人住在酒店之后，非要把她接到他们暂时租住的别墅里。

初橙婉言拒绝道：“不用了，反正没几天就要回去了，不给你们添麻烦了。”

董凌坚决不同意，说道：“这哪叫添麻烦啊？你是我弟妹，是咱们成员的队嫂，都是自家人，哪能让你一个人在外面住酒店？走走走，跟我们一起回去。”

易然揽过初橙的肩，在她耳边低语道：“走吧，就跟我们一起回去吧，好不好？”

初橙一听对方撒娇就没辙，应了下来：“那好吧。”

易然陪着初橙回了她的酒店。

初橙刷了房卡，进门转头对易然说：“你先坐会儿，我收拾一下。”

易然却执意要帮忙：“我帮你。”

“不用，你去休息一会儿吧。”

初橙知道易然最近身体上和心理上压力都很大，肯定没好好休息。

听见她这么说，易然也不客气，直接扑到床上，又翻了个身，大大咧咧地仰躺着，歪着头，视线随着初橙移动。

初橙忙着收拾，偶尔抬头瞅他一眼，两个人相视一笑。她把最后一件外套塞进行李箱，易然调整姿势，侧着身，一只胳膊撑着头，静静地看着初橙。

“收拾完毕！我们现在走吗？”初橙伸了个懒腰。

“等一下。”易然长臂一伸，揽过初橙的腰，稍稍用力，就把人带到床上。

初橙没有准备，惊呼一声。

易然翻身，把初橙压在身下，把头枕在她的脖颈儿间，轻声道：“好开心。”他向来内敛，哪怕是几个小时前接受采访，也始终保持着一种不骄不躁的淡定，现在这么直白地说开心，倒是很难得，“赢了比赛很开心，你来看我，我也很开心。”

初橙故意道：“谁说我是来看你的？”

“哼，那你还能来看谁？”

“看何科，看陈靳，看小菠萝啊……”

易然轻笑一声，俯下身，吻住初橙。

易然和初橙赶到战队居住的别墅时，已经是凌晨四点了。

这几天太劳累，承受了高压的队员们，有几个早早地睡下了，只有董凌还在客厅抽着烟，忙着开视频会议，和国内的赞助商沟通事宜。看见他们来了，董凌立马将烟掐灭，对着电脑喊了一句“稍等我一下”。他起身，向他们打招呼：“回来了，赶紧上去休息吧，这几天都辛苦了。”

易然应道：“嗯，我们先上去了，你也早点睡吧。”

董凌摆摆手：“行了行了，别管我了，还忙着呢。”

“董哥，那我们先上去了。”初橙挽着易然的手臂。

董凌看着紧紧靠在一起的两个人，催促道：“去吧去吧，好好休息。”

上了二楼，初橙才发现没有多余的空房，她扭头问易然：“那我住哪儿？”

易然揽着她的肩：“睡我那儿。”他话一说完，就把初橙推进房间。

初橙无奈，没人跟她说是两个人住啊！其他成员都睡着了，她也不想大动干戈地麻烦大家，更何况她和易然都是男女朋友了，也没必要太扭捏，便妥协了。

易然的房间里有洗手间，他从柜子里随便拿了一套自己的衣服，对初橙说：“我去走廊那个洗手间，你用里面的吧。”

“好。”

初橙也不客气，从行李箱中找出睡衣。易然回到房间的时候，浴室里还响着“哗啦哗啦”的水声。

他仰躺在床上，双手交叉着枕在脑后，望着天花板，思绪飘散。

水声停止了，几分钟后传来吹风机的声音。他想象着初橙略微侧头，垂眸认真吹着秀发的模样。

没多久后，“啪嗒”一声，浴室门开了。

初橙穿着一件白色睡裙，白皙的皮肤被水汽蒸得微微泛着粉红。在昏黄的灯光下，整个人看起来眉目如画，肤若凝脂。易然想，“清水出芙蓉，天然去雕饰”大抵就是这个样子。

感受到对方直勾勾的视线，初橙觉得怪不好意思的，低着头，掀起被子，坐到床上，说：“我把灯关了？”

“嗯。”

房间里一下子就陷入黑暗，也缓解了初橙的尴尬。两个人各躺在床的一边，中间空出的位置足足能再躺下一个人。

初橙轻轻舒了一口气，闭上眼睛准备入睡，没多久后，却听见身后传来窸窸窣窣的响声。

一个温热的胸膛贴上她的后背，一只手臂搭在她的腰上，身上还有股清爽的薄荷味，好闻极了。

初橙转身面对易然，稍微一动，调整了一个舒服点的姿势，整个人被圈入他的怀里，两个人都没有开口说话。

初橙重新闭上眼睛，在温暖的怀抱里渐渐入睡。

第二天近中午，KPV 的人才陆陆续续地醒来，下楼吃饭。

陈靳边啃三明治边吐槽：“想回国吃中国菜了。”

他们其实带了阿姨出来，只不过在异乡，总感觉有点不一样。

小菠萝一口气喝了一大杯牛奶：“队长今天怎么还没起来？”

往日里，易然每天都是最早醒的那个。

何科简洁明了地指出重点：“初橙在呢。”

小菠萝嚼着华夫饼含混不清地说道：“我知道小橙姐姐来了呀，但是这不能成为队长赖床的理由，连我都起床了呢！”

以前小菠萝和陈靳总是最迟起床的人，偶尔易然心情不爽，还要拿他们懒这件事开刀。今天好不容易抓到队长睡懒觉的“小辫子”，他可嘚瑟了。

何科拍了拍小菠萝的肩膀，说：“你还小，不懂。”

小菠萝疑惑地望向陈靳，满脸的求知欲，问道：“什么意思？”

陈靳轻咳一声，解释道：“意思就是你队长和你初橙姐可能‘忙活’到大半夜。”

听了陈靳的话，小菠萝更加困惑了，干脆全身心投入眼前的食物中去。吃到一半，住在隔壁的LT过来串门。

LT在决赛中得了第十，对他们来说，这比预期的目标好多了。

孟司先往客厅扫了一眼：“易然呢？”

陈靳回道：“楼上睡觉。”

“女朋友都来了，他不陪女朋友，还在那儿睡懒觉，是不是男人？”

人家女朋友就在他床上呢，KPV三个人沉默不语。

木子出声请求：“那个，你们能不能帮我跟易神说说，帮我要个初橙小姐姐的签名啊？”

“签名？就易然那个吃醋劲，我看悬。”

LT的一名队员开玩笑道：“以前听说一队年纪最小的小菠萝是团宠，深得‘大魔王’的宠爱，啧啧，果然有了女朋友就不一样了。”

小菠萝是易然一手从青训队带出来的，枪法都是易然亲自教的。

有人不怀好意地笑了笑：“那能一样吗？”

二十岁上下的男人，一点就通，除了少根筋的小菠萝。

“看来小菠萝失宠咯。”

孟司搭着木子的肩：“行了，我们下午再来，先出去逛逛。”

LT的四个人走了，小菠萝这才后知后觉地反应过来，明白刚刚陈靳和何科说的话是什么意思，顿时羞得涨红了脸。

而老老实实睡了一觉的两个人完全不知道楼下这几个人想歪了。

初橙不明白为什么他们下楼的时候，小菠萝看她和易然的眼神躲躲闪闪的，似乎还有点脸红。

易然也发觉小菠萝不对劲，把他扯了过来，问：“你心虚什么呢？”

小菠萝从易然的禁锢中挣脱出来，留下一句“没有”，就往自己的房间跑去。

初橙和易然对视一眼："这孩子今天怎么奇奇怪怪的？"

"莫名其妙，别管他，揍一顿就好了。"

坐在客厅沙发上的陈靳朝着楼上大喊："小菠萝，队长说你不听话，要揍你。"

小菠萝想到木子说的失宠，立刻打开房门，探出头来，用超大音量朝楼下黏在一起的两个人"哼"了一声。

在伦敦的最后两日，易然带着初橙漫步剑桥，去康河泛舟赏景，在海德公园喂天鹅，于音乐厅听音乐会，又坐在伦敦眼上欣赏夕阳下的泰晤士河。

他们在半空中相拥，呼吸逐渐灼热，唇瓣贴合，交换了一个缠绵又热情的吻。

周遭的一切无声而寂静，只剩下彼此的心跳声。

KPV 回国的那一天，一大批接机的粉丝早就等候在机场，还有不少媒体平台的记者守在那里，等着拍照取材，FCTV 甚至特意安排了工作人员前来直播 KPV 回国，许多不能抵达机场的粉丝早早地守候在官方直播间，热度不停地上涨。

董凌和助理们走在前面开路，KPV 四人跟在后面，初橙也在他们的队伍中。

初橙穿着 KPV 统一的队服，身上的外套明显大了好几码，不用多想就知道是身旁那人的。

易然牵着她的手，面对着镜头，没有多余的表情，只是握着她的手紧了一些。

这段时间，初橙和易然的恋情闹得沸沸扬扬，在场记者看见两位当事人同框出现，恨不得把镜头凑他们脸上。

"请问再次击败欧洲强队拿下冠军，有什么感想？比赛前想到自己会赢吗？”

易然的表情没有太大的波澜：“每个队伍都很强，KPV 只是尽自己最大的努力去获取胜利。”

“初橙，请问你对男朋友今年又拿下两个世界冠军有什么想法？”

初橙侧头看了一眼易然，又认真地看着记者回答：“我为他、为 KPV 骄傲。”

易然听到这话，嘴角稍弯，扯出一抹淡淡的笑。

其他记者接连递上话筒，问题接踵而至——

“两个人在一起多久了呢？”

“会担心恋情对你们的事业产生影响吗？”

“请问 KPV 接下来的计划是什么？会扩大青训队招募吗？”

“初橙，你的新电影《岔路口》何时能和大家见面？”

好在王璐知道初橙和易然会同时回国，提前在机场安排了保镖，以保证她的安全，能让他们在一堆记者中脱身。

这一头，正在看直播的徐扬一脸怒气地把电脑屏幕合上了。

初橙和易然关系不一般，他是无意中发现的，这得从几个月前易然来酒店找初橙的那一次说起。

想到自己被拒绝，怕是因为人家已经有了男朋友，徐扬不服气又嫉妒，于是从那时起就安排了狗仔偷拍易然和初橙。他还特意选在 OGC 决赛期间放出风声，联系了一堆营销号和水军，想要顺势报复他们。

本以为曝光两人的恋情会对他们造成致命一击，没想到对方转危为安，与他料想的结果完全不一样，这让他更加生气。

现在两个人同时归国，初橙穿着易然的队服，更加坐实了两个人的恋情，也对网上“两个人关系其实岌岌可危，迟早要分手”的谣言做出了回应。有些事无须多言，他们就是要向公众证明，他们很恩爱。

徐扬看着屏幕上的两人，恨得牙痒痒。

初橙和易然回到A市，很快又忙于各自的工作。

《岔路口》的取景地又转移到了A市，初橙的戏份马上要在此结束。而KPV在国内还要接受不同的赛后采访，不久后又是接二连三的活动和新赛程。

王璐陪着初橙回到片场，带了一大堆礼物，还邀请剧组的人吃饭：“这段时间真是给大家添麻烦了，这是初橙给大家准备的礼物，一点小意思，不成敬意。”

“不麻烦，不麻烦。”

初橙的恋情确实多多少少给剧组带来了不便，但她本人平时认真敬业，为人又很乖巧，早就获得了大家的好感。现在，她又在人情往来上做足功夫，大家压根儿没想计较什么。

十天后，初橙在电影中的戏份儿彻底结束，导演对她很满意，剧组工作人员还特意为她办了杀青宴。

徐扬拿着一杯酒，走过来敬她，摆出两人很熟稔的姿态，道：“恭喜，杀青了。”

初橙抬头望向他，似笑非笑，眼神有点冷淡。

前两天王璐刚刚查到曝光他们恋情的幕后主使就是徐扬的团队，这样一来，这事是谁在搞鬼，他们心里都清楚了。

初橙一向不喜欢虚与委蛇，也明白有些面子不得不给，但徐扬再三触碰她的底线，甚至想把易然拉下水，这让她难以忍受，也难以再和他装出若无其事的样子。她压低声音说道：“以前的事情我可以不计较，如果你还要在背后搞小动作，那我也不会客气。”

王璐不是吃素的，一番调查之后，手上掌握了不少徐扬的“黑料”，若在网上曝光，那对他如今塑造出来的人设无疑是致命的。

初橙威胁他，不过是不想他再阴魂不散地纠缠自己。

徐扬几秒前脸上还挂着假笑，听到这话当场就愣住了，反应过来后，恢复了刚才的公式化笑容：“好。”

初橙笑了笑，说道：“谢谢你这段时间在剧组对我的照顾，这杯酒我敬你，也祝你接下来拍摄顺利。”

在旁人看来，初橙似乎是在真心实意地感谢徐扬的照顾，毕竟徐扬平日里对她有多殷勤，大家都是看在眼里的。但徐扬心里清楚，初橙足够大度，是在告诉他杯酒泯恩仇，以前的事她可以不再计较，但如果他还不老实，她也不会客气。

更何况当初他找营销号全网发的通稿，第二天就被删得干干净净，这一般人可做不到。他不得不怀疑其实初橙身后有强大的靠山，也不得不忌惮几分。

徐扬抬抬酒杯，一口饮尽。

初橙的主意，他今后不会再打了。

正在接受采访的 KPV 聊完了关于比赛的正事，主持人把话题转移到了易然的恋情上。

“其实现在 KPV 的粉丝都很关注易然的恋情，我这边有些问题想问问你，可以吗？”

这些采访的问题，董凌事先浏览过，易然相信他已经删掉了那些不该问的。

粉丝关注他的恋情，不管是出于关心他的私人感情，还是关心他的战队，他的确都该有个清楚的正面回应。

他点点头，示意对方继续问。

主持人问道：“你在微博上说很久之前就开始喜欢初橙了，很多网友好奇，这是一个怎样的契机呢？”

在大多数人看来，几年前的他们，各自所处的圈子千差万别，不会有交集。

“当时参加全国赛，在后台碰上的，发生了一些事。”

主持人看易然没有打算详细描述当时情景的意愿，便跳到下一题：“作为一名职业选手，可以说大部分时间都在训练和比赛，很多人开玩笑，说打职业竞赛的找不到女朋友，没时间其实是一个主要原因。你觉得你有足够的时间来陪女朋友吗？谈恋爱会影响训练吗？你怎么平衡二者之间的关系，如何做好时间安排？”

这也是粉丝最担心的。

“我们两个都很忙，但是我们会尽量挤出时间来陪对方。确实，现在我的私人时间并不多，也委屈初橙了，但我在努力，也会在以后的日子里慢慢补上。至于训练和比赛，以前怎么来，现在还是老样子，甚至会花更多的时间和精力训练。因为我比你们更希望 KPV 赢，我是队长，成员们信任我，我不能辜负他们。现在有了女朋友，想赢的欲望又强了几分，我想让她为我骄傲。”

易然很难得肯在采访中说这么长一串话，主持人倒是惊讶了。

他的话，一字一句，掷地有声，饱含对 KPV 的责任感和忠诚，也是对初橙满腔的爱意。

主持人转而采访其他三位成员的看法。

何科伸了个懒腰：“易然虽然年纪不大，但不管是作为一个战队的队长，还是作为一个男朋友，他都很有责任感。我从他十七岁就跟他一起打比赛，这么多年了，我一直把他当我的亲弟弟，初橙也是个很好的女孩子，没什么多说的，支持他们。”

小菠萝忍不住抢答：“那我就是非常非常支持啦！我跟你们说，小橙姐姐本人比电视上好看十倍、百倍哦，而且人特别好，对我也很好。上次队长心情不好骂我，小橙姐姐还帮我说话，然后队长就不敢骂我了！哦，对了，她还经常给我买好吃的，前两天还给我买了两大箱零食。”

陈靳拍了拍小菠萝的肩，示意这是在录节目，要他稍微控制一下自己，他接过话：“两个人很般配，什么都好，就是天天秀恩爱，我们基地的光棍都不用吃饭了，光看他们就饱了。”

镜头给了易然一个特写。所有人发现，只要一提到初橙，他脸上总是带着几分温柔的笑意；若是遇到其他话题，他又保持着平常那副不冷不热的表情。

冬天的一泓冰雪，遇上初春的暖阳，也会逐渐融化。

这大概是恋爱中的大魔王。

月光少女空出近期大部分的档期，专心准备新专辑的录制。

在正式开始录音之前，璨星部门高层和四个人开了会。会议室里坐着演艺部的总监高鹏、璨星的金牌制作人王新武，还有宣传策划部和设计部的几个员工。

近两个小时之后，高鹏才发话："今天会议就到这里吧，散会。"又对着初橙她们道，"你们四个人留一下。"

王璐作为经纪人，自然也陪着留了下来。

高鹏拿起手机打了个电话，说："你进来吧。"

不久后，会议室的门被推开，走进来一个面容姣好的年轻女孩，收腰的短裙尽显窈窕的好身材，显得青春感十足。

高鹏介绍道："这是苏依姗，小姗前段时间刚从韩国回来，现在是你们的师妹，小姗年纪小，国内的圈子也不熟，你们平日里多照顾点。"

月光少女的四个人客气地笑了笑，算是打了招呼。

高鹏接着说道："公司现在的计划是打算让你们上节目多带带小姗，都是一个公司的，作为公司出道几年的师姐，做这些也是理所应当的。"

夏瑜作为队长，不冷不热地回答："明白了。"语气听不出是乐意还是不乐意。

高鹏这话的意思是公司明摆着要捧苏依姗，要来分她们的一杯羹。然而公司高层的这些决定，她们无权干涉，只能配合。

苏依姗听到这里，露出一个明艳的笑容，道："那就麻烦师姐们照顾了。"

高鹏又道：“行了，我还有事情要忙，小姗你也回去训练吧。”

苏依姗和她们摆了摆手，先离开了。

等外人走完之后，王璐头疼地揉了揉太阳穴，显然心情不好。

杨子涵递给她一杯水：“璐姐，怎么了，看起来这么烦？”

王璐皱着眉道：“你们知道苏依姗什么来头吗？”

夏瑜努力回忆着，但还是没想起来。

“总觉得在哪里听过这个名字。”

王璐这才细细地介绍：“苏依姗在韩国当过几个月的练习生，也参加过韩国一个很火的选秀节目，人气还挺高的，拿了第四名，在比赛期间也积累了一定的粉丝。不过可惜的是，她所在的公司后续不给力，发展不好，就回国了。最重要的是，她爸是苏建宏，咱们璨星的股东之一。”

苏依姗今年不过二十出头，青春正好的年纪，外表出色，再加上在韩国当过练习生，有一定的业务能力，参加过选秀节目，有粉丝基础，若是公司下定心思捧她，那她将来的发展绝对不会差，给公司带来的利益也不会小。

更何况还有这么强的背景，不用多想也知道璨星捧定她了。

这就是王璐头疼的原因，新人来，那不就意味着公司“老人”的地位会动摇，资源会减少？而且高鹏的话已经初见端倪，似乎要拿月光少女组合做苏依姗的垫脚石。

初橙安慰王璐道：“璐姐，别担心了，我们是组合，她是单人发展，走的也不是一条路啊。”

崔悦摆弄着桌子上的小盆栽，道：“这几年来，我们替公司也挣了不少钱，璨星不至于这么无情吧。再说，我们又没有人气下滑，不至于被抛弃。”

夏瑜觉得崔悦说得有道理：“公司不傻，光从利益来说，我们四个人总比一个人赚得多，孰轻孰重，总该分得清。”

王璐听了她们的话，也稍微安心了点。想想也是，无论是从利益还是旧情来说，璨星都不至于这么无情。或许公司只是想将苏依姗和月光少女捆绑在一起，利用月光少女已有的人气来拉她一把。

杨子涵看王璐脸色有所缓和，拉着她的胳膊道："别想了，走，璐姐，我们吃火锅去。"

"大夏天吃什么火锅？"

"大夏天吃火锅才爽啊。"

"马上就要拍MV了，不天天待健身房减肥就算了，还想着吃火锅？"

初橙拉起王璐："璐姐，走吧，这叫工作前的最后一次放纵。"

崔悦拎起包就说："走。"

易然开车去璨星公司接初橙，他在一家粤菜馆订了包厢。

两人最近时间充足，很难得能有一次机会可以像普通小情侣一样，在外面约会吃顿饭。

等服务员上完菜关上门之后，易然神神秘秘地掏出手机，递给初橙，说："你看。"

"什么？"初橙边问边低头看屏幕，发现是某个海城的旅游攻略，图片与文字相配，甚至详细到每日如何安排，以及所住酒店、交通方式的介绍。

"你做的？"

易然点点头，说："你不是想去海边玩吗？最近人少，我们可以去。"

随口一说的话被对方放在心上，初橙心头一暖，却只能忍痛拒绝："璐姐今天又给我接了几个新通告，我走不开，对不起啊……"

易然失望地垂下眼眸，一副可怜巴巴的模样。

初橙找话题安慰他："忘记跟你说啦，我其实是个旱鸭子，虽然小时候学过游泳，但很多年没游了，估计早忘了，去海边说不定不敢下水，只能看别人玩。"

听到这里，易然眼神一亮，丝毫不见刚才的失落，说："那我教你游泳好了。”

初橙失笑，心想这人真是好哄。她问：“你去哪里教我？”

易然自信道：“这事就交给我吧。”

初橙乐得当甩手掌柜，备好自己的泳衣，凡事都不过问，全权交给易然处理。

两天之后，便是两人约好的日子。

初橙以为易然打算在附近的游泳馆包个场，没想到车子越开越远。

“我们去哪儿？”

“去我家。”易然淡淡地开口。

初橙反应极大，坐直了身子，问：“你家？”

“别紧张，是我以前买的房子，平时没人住。”

初橙这才松了一口气。

大约四十分钟的路程，车子在一幢独栋别墅前停下，初橙觉得自己对男朋友的财力好像了解得还不够深入。

别墅自带泳池，易然提前让人放好水，隐私性强且安全。定时来打扫的钟点工还贴心地在一旁备着一些饮料和水果，准备好后又识趣地先行离开。

初橙去房间换了身泳衣，款式比较保守，倒也没令她不自在。

涂防晒霜花了点时间，等她下楼到泳池时，易然已经先行在池子里游了一圈。

易然抬头看向在阳光下皮肤白皙微微发着光的初橙，愣怔了一瞬，从水中上岸。他半裸着上身，穿着一条宽松的泳裤，微湿的头发随意垂下来，几滴水珠顺着胸膛滑落，隐没在紧致结实的腹肌中。

他伸出右手，说：“我们开始吧。”

初橙看这泳池的水挺深，有些担忧：“真的可以吗？我有点怕。”

“我会好好教你的，别担心。”

“好。”初橙把手放在他的掌心，放心地把自己交给他。

结果在泳池待了两个小时，她游泳技巧没学会多少，反而被“不务正业”的易然吃了不少豆腐。

初橙得出结论——男人的鬼话果然不能信。

没多久后，初橙和杨子涵上了一档谈话性娱乐节目，在公司的要求下，捎上了苏依姗。

不久前，璨星还特意为苏依姗在微博买了几个“苏依姗归国”“元气少女苏依姗”“苏依姗甜美嗓音”之类的话题，在热搜榜待了几天之后，这个名字算在网友中混了个眼熟。

节目一开始，初橙和杨子涵就认真地照顾苏依姗这个“新人”，尽量把话题往她身上带，甚至创造机会让她多表现自己的才艺。几个环节下来，原本对她陌生的观众也有了几分了解。

主持人挑起一个话题：“我了解过，你们都是从练习生开始的，在练习生期间有什么印象特别深刻的事情吗？有没有留下遗憾？”

杨子涵先回答：“我那时候看到了璨星招练习生的广告，因为这个练习生也是要考核的，广告上说通过考核的练习生可以获得五千元奖金和一部新手机，再加上我学音乐也学了很多年，我觉得为了这个奖励，我可以去试试。”

主持人被逗笑：“所以你当时纯粹是为了奖励去的吗？”

杨子涵点点头：“可以这么说，虽然我学了不少年的音乐，但我妈说我这性格大大咧咧的，怕我糟蹋了艺术，所以我高考时报考的专业跟音乐一点关系都没有。至于遗憾，也没有吧，毕竟都顺利出道了，还拥有这么好的队友，我挺满足的。”

话题又转移到了初橙身上，初橙笑了笑，开口道：“我和涵涵有点不太一样，我是从小学舞蹈，大学也是上的音乐学院，很偶然的一次机会，遇上了璨星的星探，我当时对未来也没什么计划，就想着这个工作内容是我喜欢的，去试试也不是不可以。”

主持人问：“这样的话，初橙可以说从小到大一直在沿着这条轨道走。那练习生期间有什么觉得遗憾的吗？”

初橙点点头，肯定了主持人的说法，又接着回答她的问题：“其他的事倒还好，如果说遗憾的话，应该是没有什么时间陪家人，现在也是。”

在事业上获得了一些成就的同时，也必然失去了一些东西。

初橙没有说出口的是，等忙完这段时间，她想多空出一些时间来陪陪家人、陪陪易然。

苏依姗道：“我小时候练的是钢琴，直到初中毕业才接触街舞，老师说我很有天赋，而且我也挺喜欢的，就这么学了下去，再后来就去韩国当练习生了。如果要说有什么遗憾的话，那就是没机会谈恋爱。初中毕业就去了韩国当练习生，公司在这方面还挺严格的，更何况想当偶像就要有偶像的自觉，很难展开一段恋情，所以这个还蛮遗憾的。”

苏依姗的话好像没有任何毛病，也很符合公司给她塑造的“初恋人设”。可偶像谈恋爱这个话题，对初橙来说是有些尴尬的，毕竟她就是那个公开恋情的偶像。

主持人觉得这段话有些敏感，想让初橙避免尴尬，于是接过话：“那我们国内就好很多，不像韩国那么严格，如果公司没有明文规定的话，我觉得真爱来了，还是要勇于去追求的。”

初橙脸上依旧挂着淡淡的笑容，似是而非地带过话题：“我二十岁的时候也没谈过恋爱，所以小姗也不用遗憾这个，等再过几年，也许你就遇到了真爱呢。”

苏依姗似乎也意识到自己说错话了，忙开口：“师姐说得对。”

杨子涵吐了吐舌头，搞怪道：“那我的真命天子什么时候能出现？”

初橙往她身上靠了靠：“要不你再等等？”

杨子涵装作生气地说道：“那我也等太久了吧！”

节目有一个环节类似于大冒险，嘉宾要从纸箱中抽签，抽取到哪个任务就要去执行。

苏依娜先抽签，比较幸运，抽中了一个简单的任务，在现场唱一首儿歌。她甜美的嗓音配上娇俏的小表情，看起来十分可爱，现场的观众也十分捧场。

杨子涵则要在现场选取一个观众，猜出对方的职业，只有三次机会，如果猜错就要接受干冰喷脸的惩罚。

轮到初橙，她把手伸进纸箱里，心里祈祷着抽中一个简单点的任务。她拿出纸条后，主持人接了过去，念道："打给手机最近通话的第五个人，询问他能不能买一个八万八千零八十八元的包包送给你，注意不能告诉对方你是在录节目。如果对方说能，任务成功；否则就是任务失败，接受惩罚，要喝下一大杯苦瓜汁。"

小芦经过初橙同意之后，把手机递给了节目组，而节目组显然没想到他们这次搞大了。

初橙最近通话的第五个人，正好是易然。

主持人都被这么戏剧性的设定惊到了，却也不忘安抚台下激动的粉丝："好了好了，我们准备拨电话了，现场的观众记得保持安静，不能露馅了。"

节目组拨通了易然的电话。

听筒那头传来"嘟嘟嘟"的声音。

初橙的心也跟着一跳一跳的。

没多久，手机就接通了，对方的声音传了过来，现场的每一位都听得清清楚楚。

"橙橙？"易然的声音在现场设备的传播下，更富有磁性，也更加性感。

主持人作为一个声控，率先控制不住自己，捂住嘴巴，让自己不发出尖叫声来。

初橙红着脸"嗯"了一声，照着纸条上的台词开口："我今天逛街，去了一家包包的专卖店……”

她话还没说完，易然就打断道：“你去逛街为什么不找我？”听起来还有点委屈。

像他这样肯主动陪女朋友逛街的男人，还挺少见。

初橙开始编造借口：“今天是有工作，顺便逛了一下街！”

“哦，这样啊。那你和谁一起逛街？”

“和涵涵一起。”

“嗯，替我向子涵姐问好。”

“好，还有就是……刚刚有一款包包我特别喜欢，但是要八万八千零八十八，好贵哟。”

“喜欢就买。”

“很贵。”

“我给你买。”

现场的人都倒吸一口气，这样的男朋友也太爽快了！

初橙也没想到任务会执行得这么顺利，不过想想也没什么好惊讶的，她家易然给她买个六位数的包包都不带眨眼的。

既然任务完成了，初橙就想立即挂断电话，生怕易然说出什么不该说的话。

“嗯，那我先挂了。”

“等等，你还没告诉我是哪家店、哪个款式呢，要不你直接用我的卡付了？”

易然花钱的积极性让初橙哭笑不得：“再说吧，我现在好像没有那么喜欢了。”

“好吧。”

“那我挂了？”

对方没有作声。

初橙轻轻地喊他：“易然？”

“嗯。”

“怎么突然不应声了？我说我要挂电话了。”

对方闷闷不乐的声音传来：“我们三天没有见面了，你都不说想我，好不容易聊会儿天就要挂了。”

易然向初橙撒娇的时候，带着点小奶音，声音听起来又乖又可怜。

在场的观众都捂住了嘴，尽量不让自己发出激动的声音来。

初橙的脸越来越脸红，当着这么多人的面听这种话，真是太羞耻了。她尽量让自己淡定些，说道：“我现在还有点工作，等会儿再打给你好不好？”

“那好吧，我等你电话。”

“挂了哟。”

“还没亲亲。”

易然这话一出来，初橙当场羞得想找条地缝钻进去。

前段时间也不知道易然是从哪里学来的，说挂电话前要冲着话筒亲一下。

初橙虽然觉得挺羞耻的，但是最后拗不过易然就答应了。于是他们最近私底下的几次通话，都是以这样的方式结束的。

可现在在录节目啊……

初橙不得不老实坦白：“易然，我现在在录节目。”

易然顿时不敢说话了。

杨子涵在一旁笑到肚子痛，也不忘补刀：“易然，我们在演播室呢，现场观众大概也就两千个人吧，不多不多。”

全场安静了半分钟后，易然才开口：“大家好，我是易然，嗯，是初橙的男朋友。”

初橙猜到易然也有点不好意思，忙着接话：“好啦好啦，打完招呼就挂电话吧。”

通话结束后，初橙的整张脸烫得不像话。

现场观众发出此起彼伏的尖叫声，连主持人和杨子涵都忍不住少女心泛滥。

“你们小情侣真是太甜了，我这个老阿姨都要心动了。”

“老实交代，你们平时私底下相处是不是比这个还要肉麻？”

初橙羞得说不出话，捂住脸一个劲儿地往杨子涵身后躲。

第十三章
你送的我都喜欢

月光少女四人正在练习室练舞。

今年的这张专辑——《Precious》（珍贵的），对她们来说非常重要，也极具意义。这是她们出道五周年的纪念专辑，也是送给粉丝的礼物。其中同名主打歌的编曲、作词、编舞，再到MV的剧情设计，都由她们四个人创作。

她们很久以前就有这个想法，想亲手做点原创的东西送给粉丝。而她们现在正在排练的这首歌就是她们新专辑的主打歌，她们前几天刚在录音室录制好这首歌的音频。

崔悦作曲，夏瑜和杨子涵作词，初橙编舞。

创作过程中，四个人互相提出建议又一起修改，最后的成品连公司有名的制作老师都颇为震惊，连连夸赞。

四个人练习到一半，练习室的房门被敲响了，来人是苏依姗，还特意带来了一些小蛋糕和奶茶。

“师姐们好，我听高总监说你们正在练舞，就想着过来学习一下。”

“是小姗啊，进来坐会儿吧。”

几个人停下动作，招呼苏依姗坐下。实际上，她们即将录制MV，为了上镜好看点，最近在严格控制饮食。这么备受煎熬的时期，苏依姗却带了高热量的食物来，可人家这么客气，她们也不好意思拂了面子，象征性地喝了几口奶茶。

队内年纪最大的夏瑜，自觉要关心一下这个刚回国没多久的小师妹：“最近怎么样？在公司还习惯吗？”

苏依姗随意地捋了捋头发，说：“在公司挺好的，大家都还蛮照顾我的。”

崔悦撇撇嘴，在心里嘀咕：你可是我们公司大股东的千金，谁敢对你不好啊？

初橙没忍住，又偷偷吃了一勺焦糖布丁，被崔悦看到了。

崔悦笑着伸出手，去捏初橙的腰：“还偷吃呢，小心你家然然嫌你胖的。”

她佯装生气，反驳道：“不会的！”

自从上次录制综艺节目之后，杨子涵彻底改变了对易然的印象：“弟弟挺闷骚的啊，说不定会说‘胖一点，手感更好’。”

被打趣的初橙赶紧转移话题，对苏依姗说：“你的新单曲最近很火，恭喜呀。”

苏依姗一个星期前发布了一首单曲——《Rebirth》（新生），由璨星花重金打造，歌曲的质量不用多说，再加上苏依姗有实力，整首歌被她演绎得相当不错。璨星花了大价钱做宣传，再加上她在韩国参加选秀节目出道，有粉丝基础，如今回国没多久就发新歌，她的粉丝自然积极捧场，她最近可谓红遍网络。

杨子涵说道：“我最近刷微博都经常能听到你这首歌，师妹厉害啊。”

苏依姗摆手谦虚道：“没有的事，比不上师姐们。”

崔悦勾了勾嘴角：“你就别谦虚了，现在你的粉丝可都在说‘长江后浪推前浪’呢。”

苏依姗确实靠这首歌大大打响了在国内的知名度。崔悦的话没有说完，苏依姗粉丝的原话是“长江后浪推前浪，前浪被拍死在沙滩上，我们姗姗一个顶四”。

顶的是哪四个，不言而喻，毕竟在璨星，四个人的女子组合只有月光少女。

还有更过分的，某些粉丝发表了典型的白眼狼式言论：“不懂我们姗姗为什么要一直和月光少女捆绑在一起，璨星就不能给我们姗姗安排点个人资源吗？”

崔悦当时看到的时候，又好气又好笑，和苏依姗一起捆绑着，还不都是公司安排的？好好的团体活动非得凑一个“外人”上来，尴尬又别扭，她们也不乐意，她现在说话就带着点讽刺意味，可一想粉丝言论和苏依姗本人也没多大关系，她这暴脾气也就忍住了。

几个人坐着聊了一会儿，夏瑜看看时间，站起来拍拍手：“接着练吧。”又转头看向苏依姗，“你要是忙，就先回去。”

苏依姗说：“我可以在这儿坐会儿吗？我想向师姐们学习一下。”

“可以，随你。”

练习室中央的四个人舞步轻盈，身体收放自如，动作时而用力，时而轻柔，每一个点都踩在节奏上，配合默契，走位灵活。

苏依姗双手抱胸，坐在座椅上看着她们。她回想起自己当初执意要去韩国当练习生，家人其实是不同意的，她爸有璨星的股份，完全可以让她在国内顺利出道，但是她没有选择留下来，她有更大的野心，她认为韩国更适合自己发展。韩国的造星能力世界闻名，她觉得在那条路上她可以走得更远。但现实狠狠地打了她的脸，确实，韩国打造了很多国际性的高人气偶像，可那里并没有她的一席之地。

她最终选择了回国，找了个想回国发展的借口，其实只有她自己知道这是狼狈收场。令她愤懑的是，她没想到璨星这半大的公司竟然能打造出月光少女这样的偶像女团，也万万没有想到她们的人气会这么高，发展势头一年比一年好。

四个人练习完准备休息的时候，发现苏依姗已经不在了。她们也没有过多在意，直接在地板上坐了下来。

夏瑜拧开矿泉水瓶的瓶盖，问道："苏依姗这个人你们怎么看？"

崔悦摇摇头，说："不简单，我不喜欢她，别问我为什么，直觉罢了。"

见聊起了正事，杨子涵变得一本正经："虽然她是单人发展，但总觉得风格跟我们有点相似，而且现在她已经有一定的知名度了，公司所有的好资源都以她为先，璐姐说得没错，会对我们有威胁。"

夏瑜用胳膊撞撞初橙："你觉得呢？"

正在仰头拿纸巾擦着额头上汗水的初橙猛地一低头："反正感觉这小姑娘挺有野心的，她眼神里的东西是藏不住的。"

话点到为止，四个人对视了一眼，耸耸肩，多年的默契让她们心里的想法瞬间达成一致。

初橙、杨子涵和苏依姗前些日子录制的综艺节目今晚首播。

初橙今天练了大半天的舞，从浴室洗完澡出来后，累得直接扑倒在床，拿出手机看大家的评论。

观众的言论分为几派——杨子涵的粉丝，苏依姗的粉丝，她的粉丝。

"我们橙橙太好看了吧，一害羞就往涵涵身上靠，要不就是往涵涵身后躲，两个人的关系也太好了，团魂燃起来呀！"

"要打电话给易然！"

"哈哈哈，听说是在录制节目，易然表示尴尬得不想说话。"

易然的粉丝说："那个曾经不近女色的易神竟然是这样的？你的高冷人设崩了，你知道吗？"

而在训练基地的易然也在看评论。当时通电话听见初橙说是在录节目时，他的内心是崩溃的。

嗯，崩溃到差点想直接挂断。

后来想了想，他还是硬着头皮和观众打了声招呼，直接挂女朋友的电话，他不敢。

他看了一下粉丝的评论，几乎都在嘲笑他的人设崩塌，看着这群不停“哈哈哈”的粉丝，他在考虑要不要把他们拉黑。

他又去Yi321的微博看了看，近一个月没看，他爸这个账号的粉丝已经涨到三万多了。

易然“啧”了一声，细细浏览，看易博铭最近发了些什么微博。

大部分依旧是时政、经济内容，还有一些风景照，他记起来了，他爸好像陪他妈去欧洲玩了一个月。

易然看下去，发现Yi321还转发了粉丝剪辑的他和初橙恋爱的视频，并评论“很配”。

易然微博刷到一半，陈靳凑过来，一脸坏笑：“队长，丢脸丢到全国去了啊。”

他挑挑眉，道：“怎么？”

“这么黏女朋友，全国人民都知道了，KPV粉丝眼中的大魔王形象也彻底崩塌了，恭喜恭喜。”

易然毫不在意地冷笑一声：“哦，黏女朋友，那是一个男朋友应该做的。你懂什么？你有女朋友吗？”

陈靳被呛得说不出话来，在心里默默骂了一声。

九月底是易然的生日，他将直播时间移到下午，带粉丝打了几局游戏。临近直播结束，易然开口道：“从十七岁那年第一次打比赛，到现在也快五年了，你们知道，我不擅长说些好听的，但还是想感谢你们一直以来的支持，我和KPV全体成员都会努力打出好成绩。就这样，今天直播就到这里，先下了。”

一向冷淡的大魔王说出这样的话，已经很不可思议了。

粉丝不得不感叹，这样感情细腻的易然实在难得一见，大抵是因为恋爱了，整个人的棱角也开始变得柔和起来。

晚上特意空出来的时间，易然则请大家出去吃了一顿。

不仅初橙在场，夏瑜、崔悦、杨子涵也来了，可谓足够捧场。

KPV 二队的队员和青训生这群小朋友显然很激动，用董凌的话来说，就像脱了缰在大草原上奔跑的野马。

原本只出现在电视画面里，遥不可及的小姐姐们，现在竟然和他们同桌吃饭，激动一下无可厚非。

说起来还是沾了他们队长的光，一想到这里，小朋友们看向易然时不自觉地切换成了带着崇拜的星星眼。饭桌上的初橙和易然自然而然地成为大家调侃的对象。

易然突然凑近初橙，在她耳边低声问道：“我二十二岁了。”

“嗯，我知道。”

“那你有没有什么礼物要送给我？”

初橙愣了一下，想到昨天在练习室的时候，夏瑜问她：“你和易然发展到哪一步了？”

初橙当时脸一红，支支吾吾：“唔……就……”就牵牵手，抱一抱，亲一亲这种事，但她不好意思说啊。

夏瑜看着她吞吞吐吐的模样，直截了当地问：“你们没那个吧？”

“没。”

夏瑜突然笑了：“啧，你俩真纯情，就像小学生，易然小朋友还挺能忍。”

初橙上前就要捂住她的嘴：“不准胡说啊。”

夏瑜扯开她的手：“真的，他的生日你要不要考虑一下，憋坏了可不好。”

初橙干脆捂住自己的耳朵：“我不听，我不听。”她家易然才没有憋着呢！

初橙回过神来，看着眼前的易然，不禁红了耳朵，轻声问：“那你想要什么礼物？”

其实她前些天托人从国外买了一对情侣手表，样式简洁大方，价格不菲。

“你送的，我都喜欢。”易然的声音温柔低沉，充满蛊惑气息。

初橙直起身，在位子上坐正，装作没听见的样子。

易然轻轻笑了一声，伸出手，在桌子下紧紧握住她的手。

初橙抬眸看他一眼，易然也侧头望着她，眼神在灯光的照耀下明若朗星。她看着他，嘴角忍不住扯起一个淡淡的弧度，眉眼弯弯，浅浅的酒窝若隐若现。

管理 KPV 官微的董一一今天也在现场，她几乎时时刻刻关注着这两人，看见两人对视一眼，忍不住拿起手机拍了下来。

董一一走到初橙和易然的身边，把手机递给他们看：“今天发这张照片好不好？我觉得超甜的。”

今天是易然的生日，官微自然要发几张照片纪念一下，也是给粉丝一个交代。

初橙接过手机，发现拍得挺不错的，尤其是易然，随便一拍都是画报级别的，又在心里感叹了一下他的脸比娱乐圈好多流量小生的脸都要精致。

“可以呀，这张照片拍得挺好看的。”

初橙的夸奖董一一显然很受用，平时一向大大咧咧的她开始谦虚起来：“哎呀，主要是你们长得好看，怎么拍都好看。”

易然也看了几眼，初橙说好，那他自然不会有意见，点了点头。

聚会散了，两个人回到宸琅名邸已经是深夜。

易然喝了点果酒，度数很低，不至于醉，但脸上还是染了一层淡淡的带着酒意的红，眼底倒是一片清亮。

两个人先坐着电梯直达初橙家。易然站在房门前，低头问：“等会儿我洗完澡能下来找你吗？”

初橙正低头忙着刷手机消息，想也没多想，回了声“好”。

易然松开抵着门的手：“那你先进去吧。”

初橙“嗯”了一声，边走进屋子，边滑动屏幕。

她看的正是董一一在KPV官微发的微博：“今天大帅哥生日，KPV全体成员出来聚餐啦，还有我喜欢的小姐姐们。”

粉丝纷纷发表评论——

“易神生日快乐，永远支持你们。”

“当年的大男孩已经是能撑起一片天的第一强队队长了，鼻子有点酸酸的是怎么回事……”

初橙刚才从董一一那儿要了几张她和易然两个人的合照，选了一张最满意的出来，也发了一条微博：“二十二岁了。”还加了一个爱心表情。

照片中的两人面对而立，由于身高差，易然微俯下身低着头在初橙的耳边说着什么，两人笑意盈盈，眼眸流转，顾盼生辉。

灿烂星辰，不及眼前心上人一笑。

微博一发出，评论不停增加，初橙把手机放到一边，进浴室洗澡。

她出来的时候，易然已经在她家客厅的沙发上坐着了，微低着头，头发半干，刘海垂了下来，刚好遮住眼眸，神色不明。

初橙在他旁边坐下，伸出两只手捧着他的脸，让他正对着自己：“想什么呢？”

易然任由她的手在自己脸上胡乱作弄，笑着回答：“在想去年的生日，那时候你刚认识我没多久。”

初橙回忆了一下一年前的光景，也忍不住笑出了声：“想想也挺神奇的，本来以为就是合作过一次的弟弟，现在竟然是我男朋友了。”

曾经日思夜想的人，现在就陪伴在自己的身边，他以前从未这么想过，也从未奢望自己付出的感情能得到一点回应。但好在，对方是初橙，也好在，他足够幸运。

易然注视着她，眼里是藏不住的情愫，就像幽幽山谷，深不见底。他问初橙：“那我可以再要一点生日礼物吗？”

初橙被他那眼神盯得失了神，问道：“嗯？还要什么？”

易然慢慢俯下身，把人往沙发上压，从额头、眼睛、鼻子，再到嘴唇，一一落下细致轻柔的吻，抬眸，双眼晶亮，他道：“要这个。”

温柔的细吻不停落下，易然的双眼渐渐染上情欲的色彩。

他的身体在沙发上完全舒展不开来，重要的是他怕压到初橙。他起身又弯下腰，把人抱了起来，往房间走去。

初橙被易然放到床上，他的手从睡裙下摆处伸了进来，在她腰间流连了一会儿后，慢慢向上。听着他越来越重的呼吸声，感受到他的变化，初橙这才反应过来，握住他覆在胸口的手，轻声道：“易然，我明天还要练舞。”

易然闷闷地应了一声，片刻后恢复了一些理智。他把头靠在初橙的肩上，沉声问道：“那你帮帮我好不好？”

第二天清晨，初橙是在易然的怀里醒的。

易然闭着眼，头发有些凌乱，皮肤白皙，睫毛鬈翘，鼻梁高挺，怎么看都是一副“睡美人”的模样。

初橙用手指戳了戳他的脸，觉得有趣极了。突然又想起昨晚的画面，她竟然鬼使神差地答应了易然，忍不住羞红了脸。

原来夏瑜说得一点都没错啊。

初橙冷静下来，想先起身去做早饭，却发现易然的手牢牢地箍在自己的腰上，她稍微一用力挣扎，他就醒了。

易然双眼惺忪，揽着她的手又收紧了几分，说：“再抱一会儿。”

“我想起来给你做早餐。”

“不想吃早餐，只想抱着你。”

初橙拿他没办法，只好由他去。结果没多久，刚刚还睡得迷迷糊糊的人两只手又开始不老实起来，四处乱摸，到处点火。

初橙仰起头望了一眼天花板，又歪头看了一眼压在她身上不停亲吻的人。易然似乎察觉到了她的视线，找到她的双唇落下一个湿吻，甜腻的呻吟声在安静的房间里显得格外动听。

被吻得涨红了脸的初橙无语望天，心里嘀咕：二十二岁的男人太可怕了。

今天是MV拍摄的前一天，月光少女在练习室最后一次确认了她们设计的剧情，并和导演短暂地开了一个会议，商讨完之后，准备再练习一次舞蹈。

练习到途中，王璐象征性地敲了敲门，脸色不善地开口："你们不用练了。"

四个人停下动作，驻足望向王璐，一脸不解。

夏瑜把背景乐关了，问："璐姐，怎么了？"

没有音乐的练习室显得格外安静。

五双眼睛对望着，几年合作下来，彼此之间的默契让几个女生在王璐的眼睛里捕捉到很多复杂的情绪。

没有人开口说话，外面偶尔传来脚步声，突兀又沉重，就像敲打在心口上的钟摆，压抑而沉闷。

初橙戴着棒球帽和口罩，裹了裹身上的外套，打了辆车直奔慕甜的甜品店。她对店里的甜品已经熟得不能再熟，不用看菜单都能直接报出一大串名字来。

慕甜的店里最近新收了一名员工，她也轻松了许多，便拉开初橙面前的椅子坐了下来："一个人点这么多？"

初橙笑道："这不是给你多来点生意吗，还嫌我吃得多？"

慕甜问："心情不好？"

初橙刚出道那会儿，但凡压力大，总喜欢去她的店里点上一大堆甜品，大吃一顿。

生活已经太苦了，吃点甜的才算治愈。

经过一次又一次历练，初橙自嘲玻璃心已经进化成了钢化玻璃心，不会那么容易被外界所影响，哪怕遇见不公，也会调节好情绪，今天这样的情况已经很少见了。

“嗯，工作上有点不顺利。”

初橙低着头，舀了一口柠檬蜜豆玛芬，一副心事重重的模样。

“你这段时间不是在忙新专辑的事情吗？”

前段时间两个人聊天的时候，初橙提起过，慕甜记得当时初橙的语气既兴奋又激动，那是做着自己喜欢的事情才会有的发自内心的喜悦。

“是呀，不过新专辑应该要推迟发布了。”说是推迟，就连她本人也不清楚到底要等到什么时候。

慕甜清楚初橙的工作性质，有些事情属于公司机密，人多口杂，不方便说，她也没追问下去：“今天随便你怎么吃，全部免单。”

初橙扬起一个笑容：“我们慕甜对我真好。”

慕甜抿了一口柠檬水，突然开口：“哦，对了，我要结婚了。”

初橙被西米露呛到，慕甜起身拍了拍她的后背，打趣道：“怎么，我结婚这件事把你激动成这样？还是吓到你了？”

“不是，之前也没听说你交男朋友了呀，太突然了。”

慕甜依旧淡淡地笑道：“嗯，因为家里有点事，催得急。”

初橙皱了皱眉：“家里逼你相亲了？对方是什么人？如果不愿意，也不能迫于家里的压力随便嫁了啊。”

慕甜看着眼前满脸担心的人，忍不住笑了：“对方是我的高中同学，各方面都很优秀。”

“高中同学？他长什么样啊？”

“长得很帅，我们高中的校草。”

慕甜为了让初橙放心，掏出手机给她看照片：“你看！”

照片上的人五官精致，神色冷淡，上身穿着一件简单的白衬衫，气质清冷。

“哇，很帅，一看就是那种精英人士。”

慕甜笑了，收起手机，反问道：“那你和易然呢？”

“我和易然？我们现在挺好的。”

“我是说你有没有想过你们的未来？”

初橙还在想这个问题，不知如何作答，慕甜的手机就响了。

“我和朋友在聊天呢。”

“店里不忙。”

“不用来接我了。”

“那好吧，你五点半过来吧。”

慕甜挂了电话，眼前的初橙一脸戏谑：“未婚夫？”

慕甜被这个称呼闹得羞红了脸，点了点头：“嗯。”

初橙脸上的笑意越发深了，刚刚慕甜接电话时的模样，看起来分明洋溢着幸福，想到这里，她对好友的婚姻也稍微放心了点。

她望向窗外，天阴沉沉的，这大概就是山雨欲来风满楼。

初橙转回头，双手撑着脸垂眸沉思。她自认现在的心情比窗外的天气还要低沉，也不想一个人独自回家面对空荡荡的屋子，纠结再三，又点了几份甜品打包带走。

等到了 KPV 训练基地的门口，初橙不得不承认，她现在遇到了事，第一个想见到的人是易然。

二队和青训队的小朋友们在一楼，显然没想到初橙会突然“造访”，一个个都很惊喜，忙着招呼她。

初橙放下甜品：“别管我了，你们训练吧，我上楼去找你们队长。”

穆穆表示了解：“队嫂去吧。”他用战绩做担保，要是谁耽误了队长和初橙两个人单独相处，大魔王一定会秋后算账。

初橙轻车熟路地上了二楼，转了一圈没看到易然，陈靳和何科也不在。小菠萝刚从会议室出来，一眼就看到了她，招呼道：“初橙姐，你来了呀。”

“嗯。”初橙抬了抬头，“小菠萝你好像又长高了……”

初橙比了比两个人的身高。

小菠萝不好意思地摸摸后脑勺：“是呀。”

“年轻真好。”

“嘿嘿。”

“易然呢？”

“队长啊，他在楼上房间睡觉呢。”

初橙瞅了一眼时间，三点半，这算下午觉？

“那我上去找他吧。”

初橙记得他的房间，直接来到门口，门没锁，她打开门，放轻脚步悄悄地走到床边。

KPV这两天刚结束一个比赛，确实很辛苦。

初橙脱下外套，轻轻地钻进被子里，把易然的一只手搭到自己腰上。

“怎么突然来了？”她身旁躺着的人突然开口。

“吵醒你了？”

她以为她的动作足够轻，易然睡得这么沉，不会被吵到。

“没有。”易然凑近初橙，在她耳边轻声道，“只是你突然出现，我还以为在做梦呢。”初橙没有出声，易然也无所谓，自顾自地说下去，“我经常梦见你，在梦里我们可以做很多事。”

初橙捂住易然的嘴：“行了，别说了。”

“你还没回答我呢，今天怎么有空过来，不是忙着准备新专辑吗？”

“有点事，要推迟新专辑录制，最近公司给我放假了。”

易然皱了皱眉：“发生什么事了吗？”

初橙把大致的情况说了一下：“我们公司前段时间新回来的小师妹

苏依娜，你记得吗？跟我和涵涵一起上过综艺节目的那个，她看上我们这次的主打歌了，公司高层要求我们把这首歌卖给他们，我们不同意。公司觉得我们不听话，我们不答应，公司也不让步，所以现在僵持着。”

其实事情远没有初橙所说的那么简单，她们的合约在璨星，公司不同意，出专辑，擅自接其余活动都算违约，而璨星的违约金向来是天价，真要算起来，比她们这些年赚的钱都要多，不过好在著作权归她们自己。

夏瑜还算好点，家里背景硬，可以不在乎合约，说走就走，违约金也承担得起，可她舍不得这个组合，舍不得她们，舍不得真心喜欢月光少女的粉丝。

令她们心寒的是公司的态度，没有背景，没有靠山，她们什么都不是，公司丝毫不顾及这么些年的情分和她们为公司带来的利益，大股东的女儿说要她们的作品，她们就得让。

可是凭什么？

更何况，屈于压迫而放弃自己的原则甚至落荒而逃，从来都不是她们的选择。

双方不欢而散，而月光少女得罪了高层，这段时间免不了被雪藏，没有通告，没有资源，四舍五入等于放了个无限期长假。

易然拿出手机，刷了刷微博，璨星官微已经发了声明，表示月光少女因为成员的身体状况，会推迟新专辑录制，并减少工作量，请大家耐心等待。

相信这种说辞的粉丝纷纷在官微下面担心自家偶像的身体，而不相信这种说法的粉丝开始质疑：好好的，怎么突然要推迟录制新专辑？前几天不是还忙着排练吗？四个人突然同时生病了？

易然皱着眉说道：“有什么事就告诉我，我帮你解决。”

初橙被逗笑了，觉得易然纯粹是在安慰自己，毕竟大家都不是一个圈子的，要怎么帮？

易然又道：“你别笑，我说真的。”

"好好好，我不笑。不过这事我们能处理，等解决不了再告诉你，让你帮我好吧？"

易然哼了一声，算是勉强同意了。

"再说了，我工作少一点，就能多陪陪你，你不开心？"

"开心。"

初橙往易然的怀里拱了拱，抬起头道："还睡不睡啊？这几天都快把我累死了。"

易然放在初橙腰上的手又收紧了几分："睡，当然睡了。"

自从和公司闹得不愉快之后，月光少女近段时间可以说消失在大众的视野里。不肯退让就没有工作，除了她们，最担心的就是粉丝了。

可她们又不能给粉丝一个合适的说辞，从她们的立场和局势来看，坦白事实，和公司公开撕破脸，不是明智的选择。更何况王璐正忙着和公司交涉，她们心里还存着一丝希冀，期望公司不会那么狠心。

好在几个人心态够好，权当放了个长假。

随着她们的人气越来越高，私人时间大打折扣，她们干脆趁着这个空当儿去把以前想做但一直没机会完成的事尝试个遍。

初橙先是回了一趟老家，回去陪陪家人。

初睿得知她回来，倒是挺惊讶的："姐，你怎么突然有空回来了？"

"最近比较有空。"

"网上说的你们和公司不和的事情是真的吗？"

初橙不想让家人担心，巧妙地转移了话题："网上的消息真真假假，不都和你说了别多看吗？对了，听妈说你前段时间学习有进步哟。"

初橙一家都是高学历，个个是学霸，就算初橙是艺术生，但她当年的文化课成绩在艺术生中也是全省前几名的。

"当然了，我发誓要好好学习的。"

初橙挑挑眉："那下次争取考九十八分？"

初睿摸了摸后脑勺，应了下来：“我努力。”

晚上，一家人难得坐在一起吃顿饭，初励晔问她：“你和你那个小男朋友怎么样了？”

初橙咽下嘴里的米饭后才开口回答：“挺好的呀。”

“我和你妈去了解了一下他的职业，说起来也算是吃‘青春饭’的，以后的打算呢？”

在外行人眼里，电竞选手像是不务正业只会打游戏的人，初励晔和傅茜都是大学教授，思想比较传统，对这些也不大了解，特意去查了查资料，倒也不排斥，但作为父母，肯定要想得长远一些。

初橙还没回答，初睿先开了口：“爸，妈，易然哥赚得可多了，就拿几个月前的OGC全球邀请赛来说，他们冠军的奖金就有几百万，而且是美金！平时国内的赛事，奖金少说也有几十万呢。”

初橙笑了笑，接话：“易然跟我提过他平日里还有别的投资，所以这个不是大问题。”

傅茜夹了一块牛肉到初橙的碗里，说道：“爸爸妈妈不要求你们多大富大贵，以后生活有保障就行，重要的是你不会受委屈。”

“好，”初橙尝了一口，夸奖道，“妈，你的手艺又进步了。”

“就你嘴甜。”

初励晔又问道：“你那公司怎么回事？”

初橙嚼着牛肉含糊道：“跟公司有点理念不合，没什么大事，你们别担心。”在外面打拼久了，她已经习惯报喜不报忧了。

傅茜慈爱地看着女儿：“爸爸妈妈只希望你能做自己喜欢的事，不开心了就回家，还有我们呢。”她又转头对初睿说，“你考得差，爸爸妈妈也不是存心要批评你，只是想告诉你，学习好，以后好歹能多条出路，多个选择。我们也不要求你们将来事业有多成功，能赚多少钱，最重要的是，你们都能健健康康、开开心心。”

“爸，妈，我们知道。”

初睿自个儿也不好意思：“我会好好学习的。”

初励晔看向初橙，说：“如果真的喜欢那孩子，有空就带回家来看看吧。”

初橙笑着应下：“嗯！”

初橙去了初睿的房间，发现他正躺在床上玩手游。

“姐，有事吗？”

“没事我就不能来你房间了？”

“不是这个意思，哎哟……”画面里的游戏人物被淘汰了，初睿干脆把手机丢到一旁，坐起来给初橙按摩肩膀，“姐，你这次准备在家待多久啊？”

“一个星期吧。”

“可惜我要上学，不然从早到晚都陪着你。”

“你就是不想好好上课呗。”

初橙拿出手机，当着初睿的面，给易然拨了个电话：“干什么呢？”

“刚吃完饭。”

“哦，”初橙抬头看了一眼初睿，问易然，“你以前哪个高中的啊？”

“A 大附中国际部。”

哪怕初橙不是 A 市当地人，也知道 A 大附属高中国际部的名号。

“你以前高中成绩好吗？”

易然顿了顿，回答：“高中？还行吧。”

初睿听到这里来了兴趣，毕竟网上可没有关于易然高中时的资料。

初橙道：“哦，那你数学好吗？小睿考了八十八分，尾巴都快翘到天上去了。”

易然不太明白初橙这话的意思，沉默了几秒，说：“我以前数学是满分。”

初睿惊呆了，大声道：“易然哥，真的假的？”

“没骗你。”

易然说的是实话，他的成绩向来不错，如果按正常的轨道来，他应该是先出国留学，再回来继承家业，但他偏偏选择了一条并不容易的路去闯荡。

初橙扯了扯初睿的耳朵：“听见没有，你还不好好学习？”

“学，我学还不行吗？”他要以偶像为目标。

初睿突然想到什么，又问：“易然哥，那你以前上学那会儿，是不是有很多女生来问你问题呀？”

想想也是，长得好看，成绩又好，可不就是大家想方设法搭话的对象吗？

初橙皱着眉，心想，自己上高三的时候，易然还在上初三呢，等易然上了高一，自己已经读大学了，年龄差总归摆在那里。

一想到易然和年纪相仿的同学聊天说笑，或许还会产生少年间懵懂的情愫，让她说不在意那是不可能的。

易然在那头轻笑了一声：“我在学校的时间不多。”

在别人开始琢磨男女之情、讨论如何追女孩子的时候，易然对这些完全没有兴趣。他又解释道：“我在学校也不怎么和女生说话。”

初睿一脸八卦。

初橙推开初睿的脸，边接电话边往自己房间走，她还能听见初睿的声音。他在那儿独自嘟囔：“什么嘛，有什么话是不能让我听见的？”

初橙转头凶跟在自己身后的初睿：“我们俩要讲悄悄话，你不要跟过来。”

“好吧。”

回家没几天后，宋珍来了一趟初橙家。她寒暄了几句之后，又开始问东问西，美其名曰关心：“初橙啊，你那个男朋友比你还小呢。哎呀，年纪小点的，不够成熟，你以后会很累的。对了，听说他是什么电竞选手，就是打游戏的嘛，这个职业不好啊，不稳定，听起来就不靠谱……”

初橙打断她的话：“舅妈，易然他虽然年纪比我小，但是处理事情很成熟，也很有担当，而且电竞选手不是不务正业的，是新兴职业，能为国争光。”

“那他家里什么情况？父母是做什么的？有没有钱？有没有房？房子在哪儿，多大？”

初睿听不下去了：“舅妈，易然哥赚得很多，房子也很大，你就别瞎操心了。”

宋珍听到这里就不开心了：“你这孩子怎么说话的呢？我这是关心你姐，什么叫瞎操心？合着你们就是这么看我的？”

初橙拍了拍初睿的肩，示意他别说话：“舅妈，小睿不是这个意思，你别跟他计较。易然有房子，有一套跟我一个小区，户型挺好的。”

至于易然父母是做什么的，她倒是没有具体了解过，隐约记得易然提起过，总之不差。

宋珍的脸色稍微缓和一点，又提到她的工作：“那你最近怎么这么闲呀？是不是工作上出了问题？”

初励晔呵斥：“孩子好不容易休个长假回趟家，难得放松几天，问工作上的事干什么！”

宋珍这才闭了嘴，把话题转移到别的上面去了。

初睿偷偷溜进房间，把刚刚的事“添油加醋”地向易然报备了一遍。

易然了然，也觉得无语，为什么这么多人觉得他赚不了钱？他们到底为什么会有这种错觉？

至于他父母，他得找个合适的机会和初橙正式介绍一下。

初睿语气有点冲，怕是烦死了这个嘴碎的舅妈，还在不停地抱怨：“天天说她女儿、她女儿男朋友怎么怎么厉害，我耳朵都快起茧了。”

公司高管又怎么样，有什么可炫耀的？还没他易然哥厉害呢。那是他爸妈和他姐低调，不然说出来吓死他们。

易然安慰他："行了，没事，随她说。"

大不了下次他登门拜访一下，以正视听。

初橙许久没有打开的QQ响起了消息提示音，肖峪发来消息："听你舅妈说你回家了？"

初橙看了一眼，没有回复，接着收拾自己的行李。

"要出来吃顿饭吗？我们老同学聚聚。"

无话可讲，没有什么可聚的，初橙在心里回答。

"你在忙吗？怎么不回我消息？"

忙着收拾行李呢，哪有时间回你？初橙又在心里吐槽。

这会儿，微信的提示音也响了，易然问道："出发了吗？"

初橙放下手中的东西，低头打字回复："还在收拾行李，半小时后出发。"

"真的不用我来机场接你吗？"

"小芦会来接我的，你来的话就太高调了。"

"嗯，那我在家里等你。"

"好的。"

几个小时后他们就能见面了，一想到这里，初橙的心情瞬间愉悦了几分。而肖峪的消息还在不停地发来："网上说你最近工作上出了点麻烦？我还听说你们组合要解散了，别太难过了，反正这种'青春饭'也吃不了几年。"

都是从哪里听来的乱七八糟的小道消息？

"其实我早就想和你说娱乐圈水太深了，没必要去蹚这浑水，女孩子找个稳定点的工作就行了，何必想着出名呢！"

初橙深吸一口气，不与傻瓜论长短，直接点了"删除好友"。

第十四章

我帮你欺负回来

易然头一次在他这套房子里开直播，调试设备还花了会儿工夫。

直播间里的房管问："易神不戴耳机？"

"在家里的书房，这个耳机设备有点问题，我开外放了，今天就随便打打。"

自从他上次开了一次摄像头之后，直播间里的粉丝闹得更起劲了，天天喊着要他开摄像头。

"今天又不开摄像头？"

"女朋友随便一说就开，我在这里喊，你就听不见？求你做个人。"

易然说话语气淡淡的："你又不是我女朋友，我为什么要听你的？"

"那请问你缺个男朋友吗？"粉丝开玩笑道。

"我对男人没兴趣。"

聊到一半，直播间涌入一大批初橙的粉丝。这些粉丝不是刻意来刷存在感的，只是太担心自己的偶像，想来易然这儿打听点消息："好久没有我们橙橙的消息了，小哥哥能透露一下橙橙最近在忙啥吗？"

"是不是真的身体不舒服啊？好担心啊。"

"新专辑是发不了了吗？"

易然选择性地回答了几个问题：“身体没有问题。”

“最近休假了，在陪家人，大家不用担心。”

“甜橙”们一来，人数大批量地增加，直播间的热度也在不断上升。

易然看了几眼弹幕，没吭声，把注意力放在游戏上，解决敌人之后才缓缓开口：“谢谢我女朋友的粉丝送的礼物，感谢‘甜橙’。”

他轻笑一声，心情很好的样子。

“听说橙橙的男朋友很帅，可以开一下摄像头吗？”

“想看看橙橙的男朋友。”

易然沉默了一会儿才回答：“可以。”

他的粉丝闹了起来：“FCTV 什么时候能出一个‘主播不做人’的举报选项？”

易然摆弄了一下设备，漫不经心地回答：“我女朋友的粉丝来看我直播，我当然要替她照顾好。”

初橙抵达机场，快走到门口的时候，突然围上来一群举着相机的记者。她试图后退几步，却被他们围了个水泄不通。她皱眉，护住自己和行李，这群记者显然是有备而来，且伺机已久。

她不明白为什么今天的行程又被泄露了。

相机的闪光灯不停地晃着她的眼，“咔嚓咔嚓”的快门声一直响个不停，记者们举着小话筒和录音笔凑到她面前，七嘴八舌地问了一个又一个问题——

“请问新专辑真正推迟的原因是什么？”

“有员工爆料，称月光少女是被公司雪藏了，这是真的吗？”

“听说因为恋情公开，公司不满是吗？”

“有知情人称你已经和易然分手了，请问为什么分手呢？”

初橙从小到大回答问题的时候都习惯性地看着对方，这是傅茜教她的礼节。她摘下墨镜，循着声音找到了刚刚开口提出问题的记者，盯着她的眼睛，一字一句认真地回答道：“我和易然目前感情稳定，没有分手，至于其他问题，涉及公司，不方便回答。”她低下头把墨镜戴了回去，想要努力摆脱人群，“麻烦让一让。”

这群记者收到风声后在机场等了好几个小时，怎么可能放过这么好的采访机会？

初橙挣扎着想从外套里拿出手机，给小芦拨个电话。在她翻找手机的时候，突然出现了几个身材魁梧的男人，脸上面无表情，身上是统一的黑色西装，很不好惹的模样，看起来瘆人极了。

这几个突然冒出来的保镖模样的男人，扯开围着的记者，迅速在初橙周围形成了一个保护圈，并护着她往外面走，坚实有力的手臂把记者们挡在外圈，不让他们靠近。

看到现在这个场面，初橙是蒙的，一边不停地说着“谢谢”，一边小声地问身旁的人：“不好意思，请问你们是？我好像不认识你们？”

站在最前面领路的男人回过头，礼貌地回答：“初小姐，你好，我们是易董的保镖，恰好在机场遇上您，易董让我们来帮忙。”

“啊？易董？”

这是谁啊？她好像不认识这号人物啊。

还没来得及想出个所以然来，这群保镖已经护着她安全脱离了记者们的围堵，把她送到了小芦停在外面的商务车旁。

小芦看到这架势，赶紧下车，用眼神向初橙表达了她的困惑。

初橙看着她摇摇头，又转回身再次道谢：“谢谢你们，也……谢谢易董。”

“不用客气，这是我们该做的，请初小姐上车吧。”

上了车，小芦启动车子，边开车边问：“刚刚那架势怎么回事啊？这么大阵仗。”

初橙揉揉太阳穴，道：“我也不清楚，不知道怎么回事，今天的航班被那些记者知道了，一出来就被堵着了，然后就出现了那群保镖大哥。”

“那他们说的易董又是谁？”

初橙想了想，道：“可能是易然？”

小芦瞥了她一眼：“你真是没救了，全天下就你们家易然一个人姓‘易’吗？”

初橙笑了笑，反正在她心里差不多是这样。

初橙知道易然在家，直接乘电梯上楼，输入密码，轻轻关上门，把行李箱放在玄关处，人往屋里走。她往客厅扫了一眼，没有人，预感他在书房，走过去一看，果然如此。

初橙在门口看到坐在电脑桌前的易然，忍不住小跑着过去，弯下腰，双手揽住他的脖子，在他的侧脸上亲了一口。

易然刚刚打游戏打得正入神，注意力都放在游戏上，再加上房间隔音效果好，他压根儿没听见家里的关门声，这会儿初橙突然出现倒是让他惊了一下，准确来说是惊喜。

刚刚初橙小跑着过来，他怕她摔了，下意识地揽过她的腰，让她侧坐在自己的腿上。

初橙转头面对着易然，笑着问他：“一星期没见，有没有想我？”

“当然想了。”

听到这句话，初橙笑了。

易然温柔地捏了捏初橙的手，道：“跟你说一件事。”

“什么事？”

“我在直播……还开着摄像头……”

空气突然安静了。

初橙转过头对着电脑，屏幕上果然出现了她和易然的脸。

为什么不早说？

她迅速捂住脸，立马直起身，离开了书房。

此时的弹幕已经爆炸了——

“竟然真的在小哥哥直播间蹲到我们橙橙了。”

“这是什么秀恩爱的主播？你们考虑过我们这种没对象的人的心情吗？”

“我激动得满地打滚，请你们立马结婚。”

易然没空管弹幕在说些什么，他看了眼书房外，关了摄像头：“她应该害羞了，我去哄一下女朋友，今天就先下播了。”

他一出书房门就看到初橙趴在沙发上，把脸压在靠枕上。他无声地笑了笑，走过去在她身旁坐下，把她整个人拉起来，说道：“偶尔秀恩爱，粉丝也能理解。”

可她没有想过要在直播的时候当着这么多人的面秀恩爱啊，而且她毫无心理准备。

“你这么主动，我很高兴。”

呜呜呜，这么主动，都被大家看到了。

“好想你。”

初橙这才闷声开口：“我饿了。”

“那我给你叫外卖吃。”

初橙心想，这人怎么不按常理出牌？

“想吃什么？”易然摸了摸她的头发。

“这时候的台词，难道不应该是‘你想吃什么，我给你做’吗？”

易然顿了一下，老实回答：“我不会做。”他低头亲了亲初橙的脸，“你要是想吃，我就去学，但是今天先委屈一下，吃个外卖好不好？”

初橙双手搂着他的脖子：“我跟你开玩笑呢，你这双手可是打比赛的，家里有一个会厨艺的就够了。”

反正她会，也挺喜欢料理，这样就行了。

易然俯下身，在她唇上落下一个吻，眼底布满笑意：“怎么办？越来越喜欢你了。”

初橙捏了捏他的脸：“好肉麻啊。”

易然握住她的手，用脸轻蹭着她的掌心，她的手都酥软了。

“只对你这样。”

连带着她的心，也是酥软一片。

初橙在家里没待多久，就被王璐的一个电话紧急召回了公司。

办公室里坐着高鹏、陈莉、王璐、苏依姗，还有崔悦，夏瑜和杨子涵还在国外，没有出现。

陈莉是苏依姗的经纪人，也是璨星最能干的经纪人，她在圈内的能力有目共睹，不久前被璨星花了大价钱挖过来，如今想来这是大股东苏建宏为自己女儿提前铺好的路。

初橙打了个招呼，便在王璐和崔悦中间坐下，等着对方开口。

高鹏脸色不善，把平板从桌子上滑过去：“你看看现在网上是怎么说的！”

初橙接过平板，低下头浏览屏幕，一下就看到她今天上午在机场被拍到的照片，热搜标题是“初橙双眼通红，疑似恋情生变”。

“胡扯，我都解释了，我们感情没问题。”

至于她眼睛有些发红，是因为在家熬夜看了几个晚上的韩剧，被剧情虐得流了不少眼泪。

高鹏又道：“你再看看。”

另一个标题是“初橙闭口不谈公司，似有解约意向”。

这名记者是从哪里看出来的？就算想，她也付不起天价违约金。

通稿中提到“机场突现专业级保镖，疑似初橙新东家大手笔”。

“唉，这个我要解释一下，这几位保镖大哥顶多算路见不平，拔刀相助，可没有什么新东家。”

苏依姗撑着脑袋说：“师姐真厉害，不过是随随便便出现在机场，就有那么多通稿紧随而来，微博热搜榜上可都是你。”

初橙客气地笑了笑，说：“这些通稿都是踩我呢，没人想要这些吧。”

崔悦嗤笑一声："不过我倒是很好奇，怎么会有一群记者提前守在机场？莫不是从谁那里走漏了风声？"

一直没开口的陈莉凑过来滑了滑屏幕："你看这条，'初橙易然直播秀恩爱'……作为偶像，公开恋情已是自找麻烦，还想雪上加霜？"

初橙喝水被呛到了，咳嗽几声才解释道："这个是意外。"

王璐说："初橙的粉丝和月光少女的大多数粉丝都是支持她的恋情的，这个对她、对月光少女没有多大影响。"

事实上，还有不少路人被两人的颜值吸引，每天都闹着要嗑糖。

苏依姗突然咯咯地笑了："那师姐真的很厉害。"

"厉害不敢说，顶多算幸运。"

双方之间的火药味越来越重。

苏依姗被崔悦的话刺激到了，连表面功夫都懒得做，收敛了笑容："工作顺利，爱情得意，哪有这么两全的事情呀？我现在只是想向师姐们要一个你们的作品，会给你们满意的报酬，这难道不是互利互惠吗？师姐们连这小小的要求都不愿意满足我这个小师妹吗？"

初橙皱了皱眉，道："你这个'小小的要求'就是把别人的作品抢来当作自己的原创吗？"

崔悦"啧"了一声，一脸不屑。

高鹏替她说话："小姗刚回国，需要一首原创歌曲来打开国内市场，商量之后，《Precious》是最合适的。"

什么是最合适的，说得倒是好听，说到底还不是因为她喜欢？

"你们也别犟了，你们在公司也四五年了，只要听话，公司绝对不会亏待你们，你们现在这样，让我们很为难啊。"

陈莉更加直白："现在公司只是要一首歌，你们就不肯，态度这么强硬，你们觉得公司会喜欢你们这么不听话的艺人吗？"

换而言之，公司喜欢听话的艺人，听话就给你资源，不听话就封杀、雪藏你，他们可以转头去捧那些更乖的人。

自从公司股东有所变更之后，公司上头的决策越来越唯利是图。他们现在需要的是可以利用并任他们摆布的摇钱树，而不是有自己思想和原则的“叛逆者”。

王璐看向高鹏：“高总监，现在公司要的只是月光少女的一首歌，以后呢？以后公司是不是还会有更多无理的要求？这种事，有了第一次就会有第二次，你觉得呢？”

高鹏嗤笑一声：“那你们能不给吗？不给的后果你们清楚吧。女艺人有多少年青春？有多少时间可以浪费？一年还是两年？你们等得起吗？粉丝等得起吗？”

初橙在璨星的这段时间里，易然也在浏览网上的消息，越看脸色越差。他拿起手机，拨了个电话。

正在公司给众高层开会的易博铭放在桌上的手机开始振动，他瞥了一眼屏幕，来电显示是易然。他在心里闷哼了一声，这臭小子一年到头都不见得会给他打几个电话，这会儿倒好，偏偏选择他忙正事的时候打过来。

儿子的电话重要，还是开会重要？

易博铭抬手示意正在汇报报表的财务部经理：“等等，会议暂停，我儿子给我打电话了，我接一下。”

众高层内心：易董，您想接电话随便接，不用特意解释是您儿子的电话。

坐在一旁的特助在易博铭身边待久了，对他的性子也知晓两三分，他能看得出来，易博铭虽然没有表现出来，但接到儿子的电话其实是很高兴的。

易博铭问：“找我什么事？”

“你未来儿媳妇被人欺负了。”

“什么？”

易博铭这段时间都在国外忙分公司的事，今天上午才回国。

说来也巧，他在机场碰见了初橙，看见小姑娘被一群狗仔围着，身边也没有保镖和助理，可小姑娘涵养极好，仍是礼貌待人、举止得体，让人颇为心疼，他便喊了自己的人过去帮忙。

易然很简洁地回答："她公司的事。"

由于最近在忙公事，易博铭好久没上微博，再加上他一个中年人，平日里对娱乐圈的事情就不怎么关注，所以一时半会儿没明白。

"说具体点。"

易然解释几句后，似乎觉察到他那头在开会，又看了看时间："我先挂了，我要出门接初橙，你把这事解决了。"

"臭小子，怎么说话呢？"臭小子这语气是在使唤谁啊？

易然笑了笑，说："爸，我以后能不能早点娶到老婆就看你的了，再说了，你舍得自家人被外人欺负？"

易博铭哼了一声："行了，挂了，我心里有数。"

挂了电话之后，易博铭派了特助去调查这件事，抬手示意继续开会。他边听汇报，边刷微博，刷到那些糟心事，越看越生气。

这都是些什么玩意儿？

就在半小时前，璨星官微正式发了声明，表示要暂停月光少女的工作，原因是艺人不服从公司管理。

很多人纷纷猜测，到底是怎么个不服从法？提到最多的就是初橙公开恋情这件事，公司这次回应的态度含混不清，似乎在暗示就是这件事导致月光少女被暂停工作。但明眼人都知道，初橙这是被拿出来当枪使了。当初公开恋情的时候，公司还委婉地站在她那一边，也声明合约中没有"不允许恋爱"这一条。

不久后有个自称是璨星公司内部的人爆料："跟夏瑜不肯接高片酬烂片没关系，也不是因为初橙公开恋情，只能说某个新人后台太硬，想要月光少女的原创歌曲，双方闹翻了。唉，月光少女也挺可怜的，这些年辛辛苦苦给公司赚了不少钱，到头来却比不上有背景的‘空降兵’。”

这条评论在论坛被翻了出来，又被截图放到微博上。字里行间的意思够直白，这新人是谁，大家都心知肚明。

月光少女的粉丝和苏依姗的粉丝很快就吵了起来。

月光少女的粉丝多，但他们不想以多欺少，只想要一个事实，要一个交代。苏依姗的粉丝却表示他们的偶像不是这种人，还谴责月光少女打压新人。

苏依姗的粉丝偏低龄化，甚至开始人身攻击。

月光少女的粉丝一看到人身攻击就不乐意了。

易博铭看到这里，发了条微博："请公司合理对待，‘店大欺客’真是无耻，如果做不好就换人。”

他的粉丝数现在已有五万，他一发微博，其余粉丝就跟着转发，转发的人数多了，被苏依姗的粉丝看见了，他们纷纷评论——

“大叔口气真大，笑死我了。”

“哪儿来的大叔？哈哈哈，别吹牛了，回家种田吧。”

“真是什么人都敢上网了，还说什么‘换人’，搞笑。”

“我们姗姗就是背景强啊，怎么了？嫉妒吗？”

易博铭抽了抽嘴角，现在的年轻人说话怎么都这么难听？

易博铭转发了一网友攻击他的微博，并通知了星海律师事务所："这些人对我进行人身攻击，准备律师函。”

星海律师事务所是国内顶尖律所，个个都是大状，请得起这里律师的人都是非富即贵。但众所周知，星海律师事务所又名“易氏法务部”，完全服务于易氏集团，也归属于易氏集团，只有事务所里最有资历、胜率最高的大律师才能进入易氏法务部。

“大叔吹牛还没完没了了，你看人家理你吗？”

“星海律师事务所的内心：这点小事都敢找我。”

五分钟后，星海律师事务所官微转发微博，并配文："收到，正在处理中，请易董放心。”

“易董？能让星海律师事务所喊‘易董’的应该只有一个吧……”

“感觉知道了个大新闻。”

刚刚嘲笑得最起劲的苏依姗的粉丝“保护我方小姗”评论：“你到底是谁？”

Yi321 回复：“没看见我的简介吗？一个普通的粉丝罢了。”

有几个苏依姗的粉丝没听说过星海律师事务所，也不清楚易董是谁：“这到底是谁啊？在这一个劲儿地拍马屁。”

一网友回复：“姐姐今天心情好，为无知的你科普一下：易博铭，易氏集团股份有限公司董事长。易氏集团股份有限公司经营范围涉及商业地产、高级酒店、连锁百货、文化旅游……详情请上网查找，谢谢。”

被易然接回家的初橙压根儿不知道网上发生的这些事，也不知道璨星即将大变天。两个人坐在沙发上，她靠在易然的怀里，有一搭没一搭地聊天。

“今天去公司说了些什么？看你心情不太好。”

初橙把易然衣服的一角揪在手里，开口道：“苏依姗想要我们的原创作品，我们不答应，公司就威逼利诱，没谈成，现在打算雪藏我们。我可能会很长一段时间没有工作，怎么办？”

“没事，我养你。”

初橙被逗笑了，整个人钻进他怀里。

易然摸了摸她的头发，示意她接着说。

初橙小声嘟囔：“说好给粉丝的礼物，也没有了。生气，他们都欺负我们。”

易然侧头吻了吻她的额头，说：“我帮你欺负回来。”

“这么厉害？”

“不厉害怎么保护你呀？”

初橙嘴角含着笑意，没有出声。

“哦，对了，一直想跟你说的，易博铭是我爸。”

“什么？”初橙惊得坐了起来。

“他还是你的粉丝，也是我直播间那个名字叫‘Yi123’的粉丝。我跟他说这事了，告诉他未来儿媳妇被欺负了，让他出个面。以后你想干什么就干什么，有咱爸给你收拾烂摊子呢。”

咱爸？

初橙一脸茫然。

易然低下头吻了吻她的侧脸：“怎么，傻了？”

初橙捏了捏自己的手臂，确认自己没听错。

易然的父亲是易博铭？那个经常出现在财经新闻上的易博铭？他还是她的粉丝？

这个世界太神奇了吧。

初橙愣怔了大半天才回过神来，说：“会不会太麻烦叔叔了？”

“不会，都是自家人，他很乐意的。”

初橙微蹙着眉道：“那这样会不会看起来很像仗势欺人？”

“别人不就是仗势欺负你吗？现在这样顶多叫‘以其人之道还治其人之身’，你难道不想和夏瑜姐姐她们早日恢复工作，把新专辑录好吗？你们的粉丝等很久了。”易然轻轻捏了捏初橙的手，在她的手背上轻轻一吻，继续“忽悠”道，“而且我爸那人要面子，他未来儿媳妇被人欺负了，他肯定要讨回来，不然说出去会被他那群朋友嘲笑的。年纪大了就这样，你体谅体谅他，不这么做，他心里不舒服。”

初橙在易然面前耳根子极软，而且对方的每一句话都戳中了她的“要害”，她最后还是被说服了。

“不过易叔叔一点都不老啊。”

她在财经杂志上看过易博铭的照片，四十好几的男人，脸上却没落下多少岁月的痕迹，成熟稳重，一派上流人士的模样，看起来高不可攀。

易然笑了笑，两只手撑在沙发靠背上，把她搂在怀里：“最近别上网，也别做回应，乖。”

璨星最近怕是要来一场大换血，网上的舆论自然会随之产生，或好或坏，他都不想让初橙看见。他的初橙，受的委屈已经够多了。如果她愿意的话，他倒是想为她建一个温室，不再让任何人伤害她。

那些糟糕的东西，留给其他人解决就好。

虽说易然让她不要上网，可有些事情，她还是要亲自解释一下。

当夏瑜、崔悦、杨子涵，以及已经见惯了大世面的王璐在电话里听到初橙说易博铭是易然父亲的时候，都是一脸震惊。

“我的天，初橙，你男朋友真是个宝。”

王璐被最近的事情烦得人都憔悴了几分，现在难得知道这个让她心情大好的消息，打趣道：“妥了妥了，以后有易氏罩着，初橙，你等着在娱乐圈横着走吧。”

初橙瞅了一眼身旁的易然，回答道：“我才不要横着走，那多难看啊，又不是螃蟹，顶多仰着头走。”

易然忍不住轻笑一声，初橙睨了他一眼，他立马恢复一脸严肃。

王璐打听到了一点内幕消息：“我听说璨星要被收购了。”

初橙看了一眼易然，他摊摊手。

王璐在那头接着说：“如果消息是真的，那易氏不久后就是璨星的最大股东。”

初橙冲易然用唇语说道：“你知道吗？”

易然无辜地看着她：“我不知道。”

王璐现在越看易然越满意：“啧，你家小男朋友还挺厉害的，记得看好了。他的身份估计也藏不了多久了，到时候他可是个香饽饽。”

易氏集团董事长易博铭之子，光是这个名号，就能让无数人前赴后继地扑上去。多少人挤破了头，想跟易氏扯上点关系，娱乐圈、商圈，都是如此。

年轻、帅气、技术强，有那么多的冠军加冕，粉丝数直逼娱乐圈的流量小生，本来就是电竞圈的传奇。这样的易然，有多少人觊觎，可想而知。

好在易然的身份目前还没被公开。

初橙也明白这些道理，虽然多多少少会有危机感，但她信任易然：“听见没有？璐姐让我好好看着你。”

“嗯，最好一天二十四小时都看着我。”

“又不是小狗，还要我好好看着？”

易然似乎在很认真地思考。

初橙被逗笑了，双手捧着易然的脸，说道：“易少爷，你以后可要老实点。”

“嗯？”

初橙一字一句道：“不能多看别的女人，别人来勾搭你，你也不准理。尤其是漂亮的女人，都不准看，知道吗？”

易然自然知道初橙在担心什么，他搂住她的腰：“你放心。”

他的眼里、心里，向来只有初橙一个人。

易然嘴上说不想让初橙看到网上的消息，自己却时刻关注着。

“易氏集团收购璨星”“易博铭初橙”“璨星月光少女”等话题在微博热搜榜上挂了很久，热度丝毫没有降低的趋势。

在这样的形势下，璨星的高层们恐怕自身难保，也拿出了一贯的看风使舵的招数，不是选择闭口不言，就是开始往月光少女这方倒戈。

苏依姗的某些粉丝却不懂及时止损，有些粉丝甚至开始恶意造谣，企图误导网友。

“没有人好奇为什么那么大集团的董事长会追星吗？初橙不过是事业上出了点小问题，易董就要如此大动干戈，又是发律师函又是要收购公司，你们就不怀疑两个人的关系？粉丝关系，谁信？”

其实不只是苏依姗的粉丝为了给初橙泼脏水提出这个疑问，有些路人也很困惑。

娱乐圈的水很深，不怪他们多想。

这些人的评论加上营销号的助力，“易博铭初橙关系”已经高高挂在热搜榜首位。

易然在心里嗤笑，这届网友不行啊，他的身份竟然还没被扒出来。算了，他直接发微博回应一下好了：“我爸喜欢初橙很奇怪吗？”

“什么，然崽你在说什么？”

“震惊！电竞冠军竟然是豪门之子……”

初橙从浴室出来，正好看见易然手机屏幕上的评论，冷笑一声：“易少爷真受欢迎。”

易然把手机丢在一旁：“他们闹着玩的。”

她当然知道是粉丝开的玩笑，不过忍不住有点吃醋。

“不过，既然你都喊我易少爷了——”易然把尾音拖长，在初橙耳边低语道，“现在想关灯睡觉，请问可不可以？”

初橙被易然压在身下，身上的睡衣扣子被一一解开，他修长的双手在她身上四处游走，而吻从她的额头依次落下，每一个落在她身上的吻看起来都虔诚极了。

易然俯身望着她，那眼神深不见底，似乎要把她卷入一个无底的旋涡中。他扯着自己T恤衫的下摆，往上用力一脱，露出线条紧致的上半身。

初橙微扬着视线，落入她眼里的，是男人上下滚动的喉结，因轻喘而略微起伏的胸口以及结实紧绷的腹肌。初橙脑子一片迷惘，羞涩得红了脸，迅速移开视线。

易然仿佛有所察觉，半眯着眼睛盯着她，眼里满是侵略性。初橙完完全全地暴露在他的身下，让他几近失控。他弯下腰，吻得很温柔，蜻蜓点水般碰了碰初橙的双唇，边吻边握着她的手，宛若握着世界上最珍贵的宝贝。

初橙望向他，眼底满是信任，似乎在说："我现在把我的全部都交给你了。"

春光旖旎，满室暧昧。

第二天睡到中午才醒的初橙揉了揉酸痛的腰，易然到底是二十出头的年轻人，精力旺盛，食髓知味，一旦开始就很难停下来。

她在心里嘀咕：哪儿来那么多力气？

易然从客厅走进房间，一脸神清气爽。见她醒了，他坐到床边，弯下腰亲吻她，问："饿了吧？起床去吃个饭吧，我刚热好的。"

他特意让家里的阿姨做了饭送来，全都是滋补身体的菜。

初橙嗔怪道："腰酸，走不动。"

"那我抱你去。"

"不要。"

初橙推开他，起身去浴室洗澡。她走进浴室，看着镜子里的自己，身上密密麻麻的吻痕不忍直视，回想起昨晚的场景，她又忍不住脸红了。而这一切的始作俑者还厚脸皮地跟在她身后，从背后拥着她，将下巴搁在她的肩膀上，与她一起看着镜子里的两人，道："我们一起洗吧。"

还没等初橙拒绝，易然就动手脱起她的衣服来。

初橙的身体还没缓过来，去哪儿都不方便，也懒得动，干脆老老实实地在家窝了好几天，但她没想到这么快就恢复了工作。

她到了公司，王璐的心情看起来很好。俗话说背靠大树好乘凉，现在有了易氏这棵大树，她还愁什么啊？以前好的资源她得动用一切人脉去争取，现在却是资源自动送上门来。

王璐摸着下巴打量着初橙，这才十一月份，初橙就穿上了高领衣服，而且面色红润，作为过来人，王璐说道："啧，可疑。"

初橙被打量得心虚了，主动提起别的话题：“没想到这么快就可以接着录制新专辑了。”

王璐爽朗地大笑道：“大公司就是大公司，办事效率就是高。”

当初在璨星说一不二的苏建宏和苏依姗黯淡收场，整个公司已经改姓易。不管将来初橙和易然结果如何，但现在，她的的确确顶着“易氏继承人女朋友”的名号，也的的确确是易氏维护着的人。

王璐和初橙边聊天边往练习室走去，一路上碰见的人都热情地跟她们打着招呼，就连之前巴结苏建宏和苏依姗的高层们，现在也变成了墙头草，献着殷勤，仿佛忘了之前助纣为虐、上前踩一脚的事。

初橙不得不感叹物是人非，有时候钱和权确实是好东西，娱乐圈尤其残酷，更被这些东西支配着，但她能保证的就是坚持自己的原则，不存害人之心。

夏瑜、崔悦、杨子涵三个人已经等在练习室，看见初橙来，忍不住打趣道：“易少爷呢？怎么不跟来？”

初橙在一旁坐下，解释道：“他忙着打练习赛呢。”

崔悦调侃道：“啧，我们易神要是比赛打不好，那可得回家继承家业啊。”

杨子涵往初橙肩膀上一靠：“那我们橙橙是什么？”

夏瑜笑笑：“那可不就是易太太了？”

初橙捂住耳朵：“不准闹了，练舞练舞！后天就要拍摄了！”

夏瑜倒是没揪着这个话题不放，但是她眼尖：“你穿着高领不怕热死吗？”

她们在练习室一般都穿得比较单薄，平常就是一件T恤衫，冬天就换成卫衣，哪有穿得这么严实的？

“不会啊。”她就是热死也得穿着，脖子和锁骨上全是易然留下的痕迹，擦了粉也遮不住。

结果这天下午，初橙练舞被闷出了一身汗。

她打电话向易然抱怨：“都怪你！都怪你！都怪你！”

易然乖乖地认错：“嗯，怪我怪我，我也不知道你这么快就恢复工作了。”

他爸真是的，办事效率也太高了，两个人单独相处的时间硬生生被缩短了一大半。

“下次不准这样了。”

“好。”

易然嘴上虽然答应着，但心里也有他的小算盘。反正在床上，他能装失忆。

初橙转而关心他的比赛：“训练赛打得怎么样？”

另一个知名的国内直播平台最近举办了一个《绝地求生》的大奖赛，KPV自然受邀在列。这次比赛，易然和陈靳带着二队的两个“小朋友”上场。

“还不错，新人蛮稳的。”

“嗯，那就好，后天我要去拍MV，你猜在哪里拍？”

“我不知道。”

“哼！”易然不配合着猜一猜，初橙表示不屑，嘟囔道，“在你的高中母校拍。”

易然说话的语气听不出多大起伏：“哦，那还挺有意思的。”

第十五章

还有一辈子

虽说易博铭当初收购璨星主要是为了给初橙出气，但他到底是个生意人，习惯做到物尽其用，善于让任何东西给他带来最大的效益。

他花大价钱挖了一大批真正的金牌制作团队过来。在他看来，既然把璨星收购了，那也是易氏旗下的一部分，要让它盈利，高投入高回报，为集团带来利益。

经历这场风波之后，《Precious》这首歌的制作团队彻底大换血，却更靠谱，名下作品的口碑一直很好。

主打歌的MV剧情围绕月光少女四个人展开，记录了她们高中时代、练习生时期和成为艺人后五年间的点滴。

这首歌的MV里有四个人回不去的青春，有难忘的回忆，有彼此的鼓励和信任，有粉丝不离不弃的支持和陪伴，有这条路上遇见的所有可贵的人。

MV第一场拍摄的是她们的高中时代，拍摄地选择了A大附中国际部。四个人穿着制服，白色短袖衬衫配上百褶裙，画着淡妆，扎着高马尾，看起来青春洋溢，一点也看不出真实年龄。

初橙是第一次来这所校园，再加上是易然的母校，她兴致盎然地逛了个遍。不得不感叹，无论是建筑风格还是校园景观，都极具艺术性和观赏性。

其中有一个镜头是四个人坐在教室里，翻看着课桌上的书本，认真地记着笔记，如同普通高中生一般。

初橙坐在窗户边的位子上，她突然想，也许当初的易然就坐在窗边，一只手撑着脑袋，另一只手转着笔，神情冷淡地望向窗外，或许天马行空地想象，或许只是盯着树上的鸟儿发呆。

取景地从教室转移到了操场，四个人沐浴着阳光，手牵着手，说说笑笑。

初橙望向操场旁边的篮球场——易然也许会在课间和同学们来这里打篮球，按他的颜值来说，估计还会有一大群来看他的小女生，胆子大一点的，大概还会在中场休息或者结束后，给他递上一瓶矿泉水。

易然会接吗？

初橙想，应该是不会的，他可能会说句“谢谢”，然后礼貌地走开。

从校门到教学楼，穿过林间小路，走过操场，逛过食堂，就好像她把易然曾经走过的路都走了一遍。

片场休息的时候，小芦赶紧递上外套，让四个人穿上。

A市最近大幅度降温，寒风凛冽。她们穿着单薄的上衣和短裙，露出的双腿已经被冻得通红。

好不容易能休息会儿，几个人坐下来聊着天，突然响起一阵骚动。

初橙往远处一望，发现是易然来了。

虽然他不在娱乐圈混，但是前段时间发生的事情，剧组这些人精不可能不了解。加上他穿着印着“KPV”的队服，大家自然知道这人就是易氏的少爷。

这一趟，明显是来探女朋友的班的。

易然虽然不太懂娱乐圈那套，但也不是空手而来，特意找人给剧组买了热饮。

他一来，大家的注意力就放在他身上。易氏集团将来的继承人，人生能有几次机会可以亲眼见到？

剧组有些人不免蠢蠢欲动，妄想上去攀上点关系。

然而易然一心直奔他的初橙而去，压根儿不在意别人的小心思。

夏瑜她们见易然来了，打了声招呼后，就自觉地去另一边椅子上休息，特意给这对小情侣创造单独相处的机会。

易然递给初橙一杯热奶茶："暖暖身子。"他在她身旁坐下。

他望向一直跟着他的MV导演，说："你怎么还跟着我？"

导演也是一脸蒙，为什么跟着他，这不是很明显吗？

易然对他们来说是大老板的儿子，那就是他们的小老板。老板一来，他可不得小心伺候着？这是客套礼貌，也是想献点殷勤。可易然不吃这套，他本身不是这个圈子的人，也不搞他爸应酬那一套，随心而来，不按常理出牌。

他现在只想和初橙两个人单独待会儿，而不是身旁还有个电灯泡。

初橙重重地拍了拍易然的肩，示意他闭嘴，转而对导演说："他的意思是，我们俩有点私事要单独说。"

实际上易然是嫌他烦。

导演恍然大悟道："哦，对对对，是我没想周全。你们两个小年轻说悄悄话，我一个电灯泡在旁边杵着算什么呀！你们聊，你们聊！我先走了！"

易然望向导演离开的背影，撇撇嘴，伸手裹了裹初橙身上的外套，替她拢紧了一些，问："冷不冷？"

"现在不冷，刚刚没穿外套才冷。"

她们身上的制服是剧组自己设计的，和附中的校服差不了多少，都是白色衬衫加裙子。

初橙忍不住幻想了一下易然穿着男生制服的样子：青葱少年，配上白色衬衫和黑色长裤，应该挺帅的。她羡慕道："你们学校真好，校服还是漂亮的小裙子，你以前的女同学穿着是不是都特好看啊？"她顺便给他挖了个坑。

在最美好的年纪穿着漂亮的衣服，本身就是一件美好的事，初橙是这么觉得的。

易然虽然之前没有什么和异性相处的经验，可他不傻，也知道这明摆着是道送命题，一本正经地回答："我没关注过她们，不过肯定都没有你好看。"

初橙顿了顿，道："我们学校以前是那种宽松肥大的运动服，穿着特别丑。"

易然笑道："你穿什么都好看。"又附在她耳边加了一句，"不穿更好看。"

初橙瞬时羞红了脸："闭嘴！"

易然立马委屈道："你凶我！"

他凑近初橙，使得两个人靠得极近："不过你凶我，我也喜欢。"

易博铭高薪聘请的金牌团队办事效率极高，赶在年前就完成了整张专辑的制作，且品质精良。

组合成员的原创主打歌获得了不少业内好评，撇去易氏的面子不谈，光是从歌曲、编舞、MV剧情的质量来谈，确实是很不错的作品，且风格独树一帜，有着独属于月光少女的灵气。

而粉丝们早就等着这张专辑，专辑一预售就被抢了个空，不少没抢到专辑的粉丝纷纷催着卖家赶紧补上库存。由此可见粉丝的热情有多高涨，也证明了月光少女的人气和影响力还在增加。

其中出手最大方、购买最高调的莫过于易博铭。

易博铭在商界是那种随便咳一声，整个商场都要跟着抖一抖的大佬级人物，平日里被阿谀奉承惯了，面对那些人假惺惺又别有目的的殷勤，他其实是不耐烦的。可在粉丝圈不一样，不管是他，还是其他粉丝，不论男女、年纪大小、身份地位，他们都欣赏、喜欢、支持着同一个偶像，也只有一个目的，那就是为了初橙。

平日里他发个微博或者晒个购买代言产品的截图，其他的“小甜橙”都会在他的微博下面一个劲儿地夸他。用易然的话讲，他爸这是董事长当够了，迷恋上当“饭圈小粉头”的感觉了。

他爸在他直播间里天天送礼物也是这个道理：一方面是怕他钱不够用，暗暗地通过这种方式来帮他；另一方面也是喜欢这种新奇的感觉。

说到底，他爸在某些方面幼稚得跟小孩子一样。

在新专辑预售的第一天，易博铭就火速晒了购买专辑的订单，并配文：“今年公司优秀员工的奖品安排上了！”

他买的专辑数量不算太夸张，不会落人口实，否则可能会有人嘲笑：“你们月光少女专辑销量高，估计都是易博铭买的吧，有什么可吹的！”

但对一般人来说，那也算是一笔不小的数目。

“注意！优秀员工才有的奖品！”

“易董实力宠儿媳妇！”

初橙在这头看得哭笑不得，转头对身旁的易然说：“这样是不是太让叔叔破费了？感觉怪不好意思的。”

易然毫不在意道：“你随他折腾，他本来就喜欢你，你让他多体会一下追星的感觉。哦，我妈也很喜欢你。”

男朋友的父母是自己的粉丝是种什么感觉？

初橙觉得她解锁了一种新知识。

转眼间又是一年年底，月光少女在跨年晚会上表演了新专辑里的三首歌曲。

易然就坐在台下前排视野最好的位置，眼神深情似水，望向台上。以前这个时候，他还只能一个人偷偷摸摸地坐在台下，做一个最普通的观众，以他的方式单方面地陪着初橙跨年。可现在，他是初橙的男朋友，他可以光明正大地看着她、陪着她。他很庆幸自己当初勇敢迈出的每一步，也很庆幸他的感情得到了回应。

念念不忘，必有回响，大抵就是如此。

舞台上的初橙光芒万丈，冷淡如他，却总能被她吸引视线，无论是几年前的匆匆一见，或是现在。

她在舞台上耀眼发光，他就坐在台下默默守护，这一切都很美好。

如果非要说有什么美中不足，那便是她们的舞台服装太单薄了，他似乎能看到初橙露在外面的皮肤已经冻得通红。

等月光少女的节目一结束，他就赶到后台去了。

初橙之前让小芦给他弄了一张员工证，方便他出入。

休息室里暖气很足，再披上外套，几个人很快就暖和了起来。

易然看见初橙的脸色红润多了，才放心了些。

夏瑜在一旁打趣道："易然弟弟，真是操着老妈子的心呀。"

易然正色道："我女朋友我当然要好好关心呀。"说完，低头看了一眼初橙，两人相视而笑。

崔悦插科打诨："有生之年能看到大魔王关心人，我也算是了了一个心愿。"

杨子涵听了这话，差点把刚喝下的水喷出来："你不如操心操心你自己。"

崔悦叉腰凶她："杨子涵！你给我闭嘴！"

几个人正热热闹闹聊天的时候，休息室的门被敲响了。

小芦去开了门，发现是徐扬和徐扬的助理，助理手上还拎着一大袋热饮。这次跨年演唱会有徐扬的一个节目，他是嘉宾之一。

虽然之前初橙和他闹过不愉快，但这会儿人家亲自带着"礼"上门打招呼，她也没有甩脸色给人看的道理。更何况，现在她是月光少女的一员，代表着组合，哪怕要摆谱，也绝不是这个时候。

之前徐扬和初橙的绯闻及曝光初橙恋情的幕后推手是谁，在场的人都心知肚明。可在圈子里，大家低头不见抬头见，有些事不能表现得太过明显，不然明天的头条很有可能是"月光少女与徐扬不和"，恐怕又是一场腥风血雨。

所以除了易然，在场的人都客套地互相打了声招呼，不算太冷漠，但也不热络。

易然的不开心全都摆在脸上，一副看徐扬不爽的样子。

在徐扬从袋子里单独拿出两杯饮料递给初橙和易然的时候，他的不爽尤为强烈。

徐扬似乎也感受到了这点，强装无事发生，热情地跟易然打招呼："这位就是易董事长家的少爷吧。"

易然似笑非笑地说："易博铭是易博铭，我是我。我有名字，还是你不知道我叫什么？"

本想奉承，结果反被呛的徐扬不自然地咳嗽了一声，道："自然是知道的。"

"哦，不过我不认识你。"

徐扬极力掩饰自己的尴尬："哈哈，我叫徐扬，前段时间和初橙合作了一部电影，我这个小人物，您不知道也正常。"

易然"啧"了一声："想起来了，我和橙橙的恋情被曝光，就是你弄的吧。"

徐扬心想：这是要找我秋后算账吗？

他皱着眉，想解释一下，结果易然又说："还得谢谢你帮我们公布，我终于有名分了。"

徐扬干笑道："不客气不客气。"

他为什么要自讨没趣来这里啊？和易然聊天好烦啊！他应付不了

这种人！他转头看向一旁没出声的初橙：“咱们的电影快上了，到时候应该要一起去路演做做宣传。”

《岔路口》会在寒假档上映。

易然皱着眉，他很不喜欢刚刚徐扬说的“咱们”。

初橙憋住笑，明白易然为什么不爽，她扯了扯易然的衣角，示意他别随便开口。她一副公事公办的样子，回答徐扬的问题：“我知道，一切看剧组和公司的安排。”

徐扬点点头：“那就不打扰你们了，我先走了。”

易然看到徐扬和他助理的身影彻底消失后，才低头对初橙说：“我不喜欢他，也不喜欢他来找你，他真烦。”

初橙捏了捏他的脸，心里感叹这个人有时候真是小孩子脾气，嘴上却说道：“放心，我也不喜欢他，也觉得他很烦。”

夏瑜摸了摸身上的鸡皮疙瘩，说道：“你们两个够了！当我们不存在是不是？”

杨子涵瘫倒在沙发上：“累了，我累了，年底要工作没有假期不说，还要负责当电灯泡，呵呵。”

易然贴心地说：“子涵姐，你累了就早点回家休息吧。”

要不是易然一脸关心和认真，杨子涵都觉得他是故意气她的。

崔悦捧腹大笑：“我的妈呀，易神也太‘直男’了。”

初橙忍不住笑出声，同样的话，她曾经也听到过，太能体会那种无语了。

易然明显不懂她们的笑点在哪里，凑近初橙，在她耳边用只能两个人听见的音量问她：“我们现在可以回家了吗？”

跨年演唱会的工作内容已经结束了，她们可以先行离开了。

初橙“嗯”了一声，眉眼弯弯地说道：“可以回家了。”

回属于他们两个人的家。

年关将至，所有的事情都等着收尾，各个行业的人都忙得不可开交。易博铭作为一个大集团的董事长，也不例外，有些活动也得象征性地露个面。他出席活动的频率愈高，记者采访的机会就愈多。

易博铭作为一个董事长，本来就有很多值得采访的点。而如今被曝出儿子是电竞圈鼎鼎有名的职业选手易然，易然的女朋友初橙又是娱乐圈正当红的女团成员，他身上的新闻数不胜数。

就像今天的这场年会，记者就揪着他问个不停。

某个记者在他面前举着话筒问道："请问明年易氏集团有什么新的计划吗？"

易博铭略微颔首，道："明年会考虑拓展一下传媒业务。"

"是因为您的儿子正在和女艺人交往吗？"

"往传媒方向发展本来就在易氏的计划之中。"

"您对初橙满意吗？初橙会如外界所说的那样嫁入易家吗？据消息称，初橙的父母职业普通，您会觉得门不当户不对吗？"

易博铭瞅了她一眼："你是哪个杂志社的？"

刚刚提问的记者心下一惊，不敢随便出声了，自己似乎不小心触到了对方的逆鳞。

易博铭皱了皱眉，又道："初教授和傅教授，也就是小橙的父母，才高八斗，干的是教书育人的高尚职业，而我易某不过是会赚点小钱的粗俗生意人，说起来还是我们易家高攀了。"

记者：您赚的那叫小钱吗？

易博铭的采访一出，又引起一阵热议。

苏依姗带着满腔的怨气看完采访视频，一脸妒恨地把屏幕关了。她的如意算盘本来打得很好：先是捆绑和她定位相似的月光少女为自己增加曝光率和话题度，接着推出一首先行曲证明自己的实力。

第一次接触到她们的原创歌曲时，她是震惊的，她没有想到月光少女竟然有这样的实力，能写出这么好的一首歌。

这个作品出乎她的意料，她也很喜欢，更预感到这首歌会火。

她嫉妒月光少女的人气，于是想着把它抢过来。

仗着苏建宏在璨星的股份，再加上月光少女合约在身，这件事完全是苏依姗说了算，月光少女被打碎了牙也只能往肚子里咽，但她万万没有想到初橙背后还有一个家世、身份都惹不起的男朋友。

易博铭没有彻底封杀她算是仁慈了，她只知道她爸的事业遭受了不小的打击，以后也不敢再有什么小动作。

当初她选择背井离乡，是为了更好的发展，她有野心，也有自信，可事实证明她想错了。她也后悔过，如果当初留在国内，火的也许不是月光少女，而是她。

苏依姗心思百转千回，打电话给初橙，质问她："为什么是你？"

初橙愣了愣，又很快反应过来。

毕竟前段时间，有不少眼红的网友嚷嚷着易家不可能接受一个女艺人进门，双方门不当户不对，初橙嫁入豪门的梦迟早会破碎。

初橙也看到过类似的字眼，虽然有些硌硬，但始终没有放在心上。在她看来，爱情是两个人的事，婚姻是两家人的事，但绝对和这些网友没有关系。

易博铭是什么人？记者就算再想拿个头条也不敢在他面前瞎问。他特意搞这么一出，就是为了告诉大众易家对初橙及她家人的尊重，省得网上流言四起。

初橙觉得暖心。她对电话那头的苏依姗说："我只信奉努力，如果有点运气也不错，但是从来没想过要靠不正当的手段来获取成功。其实就算没有易然和易叔叔，公司太过分，我们也做好了违约的打算，哪怕要背上天价违约金。"

名利的洪流呼啸而过，又有多少人能保持初心逆行而上？

害人者终究会害了自己。

一阵诡异的沉默之后，苏依姗才僵硬地挂了电话。是她不如人，不如对方有魄力。

正月初六是易然和初橙约定好上门拜访的日子。

初橙其实是不急的，两个人感情稳定最重要，这些形式或早或晚都可以，但是易然着急，铆足了劲儿想要在她父母这里得到认可，说是有个保障，生怕她跑了似的。

傅茜在厨房忙活了一上午，而初橙和初睿则去机场接易然。等三人回到家的时候，菜都已经做好了，满满当当地摆了一桌子，色香味俱全，初橙不得不怀疑她妈妈把毕生所学的厨艺都使出来了。

初励晔招呼道："小易来了啊。"

易然把手上的礼物递了过去，礼貌地问好："叔叔阿姨好。"

他带了一盒上好的茶叶，一套绝版的名家著作，一位大师的书法作品，还有一块翡翠，看这投其所好的劲儿，就知道是花了心思的。

"小易，你太客气了，赶了一路，饿了吧，来来来，赶紧坐下，尝尝阿姨的手艺。"

初睿咋咋呼呼道："易然哥，我妈做饭可好吃了。"

易然很捧场，道："那我一定要好好尝尝。"

许是心情好，平日里能不喝酒就不喝酒的初励晔拿出珍藏多年的好酒，想要和易然小酌两杯。

易然立马知趣地接过酒瓶，给岳父大人倒上，再给自己倒了一杯。

初橙和初睿之前没少在两人面前说易然的好话，两位家长在他们的潜移默化下，即便没见过本人，对易然的印象也是极好的。易然模样生得好看，今天又精心打扮过，让人一看就心生好感。

他年纪小，家里条件好，两位家长一开始担心他会心性不定，不够成熟，但一顿饭吃下来，初励晔和傅茜显然对他很满意。

尤其是傅茜，望向易然的眼神都透着怜爱。特别是易然说他当年离开家独自出来打拼的时候，她心疼得就差直接摸人家后脑勺了。

初橙努力憋着笑，想想自己一开始好像也是在易然的“卖惨”下动摇了，才对他放下警惕，多加照顾的，哪知道就落入人家设的圈套了呢。

不过她也很乐意。

吃完午饭，易然打算去酒店放行李箱。

初励晔使眼色让初睿接过行李箱，说：“来了哪有住酒店的道理啊，就和小睿凑合凑合住一间吧。”

他们家是三室两厅加一个书房，没有多余的客房。

易然自然是求之不得，嘴上还是客气了几句：“不给叔叔阿姨添麻烦了。”

初橙挽上他的手臂：“住下吧。”

初睿难掩兴奋：“易然哥和我睡呀！”

易然这才点点头应了下来。

傅茜担心他累：“小易要是困就先睡会儿午觉，橙橙记得带小易出去逛逛。我和你爸先去一趟你外婆家。”

“好，知道了。”

初励晔和傅茜出门没多久，初睿也走了，说是和同学约好了打篮球。

易然没有什么睡意，倒是对初橙的房间颇有兴趣。

初橙带着易然进了自己的房间。

易然转了一圈，卧室的风格简约大方，布置得整洁舒适，很贴合初橙的性子。

“现在一年半载在这里也住不了几天，你看这个书桌，我高中时每天都坐在这里做题背书，还有这个……”

初橙话还没说完，就被易然推倒在床上，易然俯下身，双手撑在她两边：“突然有点累了，一起睡个午觉吧。”

她无奈地看着他，应下了。脱了衣服，两个人老老实实地贴在一起躺了大半个小时。

“等会儿要不要去附近逛逛？”

“嗯，好。”

“想去哪里？”

“你带我去哪儿，我就去哪儿。”

“真乖。”

初橙微微仰起头，亲了亲他的下巴：“最近景区人太多了，要不然带你去看看我以前的学校？”

易然低下头，找到她的唇吻了一下又一下：“好。”

初橙高中就读的学校离她家并不远，路上车又多，两个人干脆步行过去。学校门口的传达室里还有值班的门卫大叔，初橙出示了她很久以前的学生证。

“小姑娘回来看母校啊。”

“是啊。”

“巧了，今天有几个高三班级已经开始上课了，校园里要比前几天热闹些。”

初橙笑笑，牵着易然往里走。

她曾经上课的教学楼空空的，门也关上了，初橙在窗边指了指一个座位：“我那时候就坐在那里。”

除了教室，初橙待的时间最久的就是学校的舞蹈房。从教学楼到音乐楼，要经过学校的广场，广场上有宣传栏，贴着历届优秀毕业生的照片。

易然就那么远远地望了一眼，似乎看到了什么，停了下来，牵着初橙往宣传栏走去。

“果然没看错。”他刚刚远远地望过来，其实看不太清，但他总觉得就是初橙。

她的照片就在杰出校友之列，照片上的她穿着白色的短袖校服，长发披肩，脸上还有点婴儿肥，挂着淡淡的笑，青春明媚。

“这张照片我怎么没见过？”

按理说，这么随随便便贴着的照片，应该会有人传到网上去。

“以前贴的不是这一张，可能是最近新换的，恰好学校放假，也没有人注意到吧。”

“这样啊。”易然凑近了些。

初橙伸手挡住玻璃窗内的照片：“不准看了。”

“为什么？”

“不好看。”

穿着有点土的校服，脸上肉肉的，她可不想易然见到她的那些“黑历史”。

易然拉下她的手，亲吻她的手心：“很好看，怎么看都看不厌。”说着，他还从兜里掏出手机，把照片拍了下来。

初橙看他认真欣赏的模样，侧头问道：“真的好看？”

“嗯。”

易然刚刚在想，如果换一个场景，在学生时代他就遇见初橙，会怎么样？

他想了想，还是会喜欢的。

不管是什么时候，在哪里，发生了什么事，只要是初橙这个人，无论过程如何，喜欢上她都是必然的。

易然这么想着，就如实告诉了初橙。

初橙搓了搓手臂，道：“好肉麻。”

易然笑笑，没说话。

“我上高三那会儿你才上初三呢，易然弟弟，撇开不是一个城市不说，在学校里你也没机会碰上我。”

易然望向她，依旧是笑着，没有说话。

“行了，带你去我以前练舞的教室看看。”

两个人穿过悠长的走廊，在尽头驻足。

舞蹈房没人的时候一般都是开着的，方便有需要的学生随时进来练习，即便是放假了也一样。

初橙拉着易然在窗边坐下，手肘抵着膝盖，双手撑着两颊，将以前练舞的趣事娓娓道来。听着她的描述，易然在脑海中勾勒出当时的场景。甚至不用多想，他也知道在那样温柔的青春岁月里，初橙一定很美好。

要来见初橙的父母，易然表面上淡定，心里却是紧张的，再加上舟车劳顿，这会儿靠着墙，阳光懒洋洋地洒下来，他倒是又有些困了。

看他微微合眼，初橙把他的头往自己身上拨弄："困了？那再睡一会儿吧。"

靠在初橙怀里，闻着她身上的清香，易然心安地进入浅睡状态。睡梦中的他穿着A市附中的校服，却站立在C市一中的门口。他拎着书包懒洋洋地靠在校门斜对着的那棵树上。

人来人往，走过的人免不了打量他几眼，笑嘻嘻的，似乎在讨论着什么，可他毫不在意，直直地盯着校门口。出来的学生越来越少，周围越来越冷清，他不知道为什么要这么做，可他没有挪动步子，仿佛在和谁较劲，直到校门口出现了一个女孩的身影，一颦一笑都敲打着他的心。

他还没来得及上前打声招呼，就被铃声吵醒了。

易然睁开眼，清醒过来，梦里的他还没来得及和十八岁的初橙说声"你好"。他直起身，看向初橙。

初橙不清楚他做的梦，伸手替他整了整外套："醒了？太阳快下山了，等下就冷了，我们回家吧。"

易然握着她的手，说："那你什么时候回我家？我爸妈很想见你。"

窗外的阳光温柔地投射进来，满室金黄。

初橙笑盈盈地说道："随时。"

梦是一触即破的泡沫，但幸好，真正的他们，还有一辈子。

番外一

退役

初橙从梦中惊醒，揉了揉眼，准备起身，不久前还在身旁躺着的人这会儿已经不在，她摸了摸被窝，只剩下冰冷的温度。她起身往外走去，从书房里透出丝丝光亮。

她放轻脚步，在书房门口停下。

易然背对着她，坐在电脑桌前。

今年是易然在役的最后一年。

这个圈子，有太多人经历过巅峰，最后却只能黯然收场。

易然是自信且骄傲的，他不允许自己如此。

为了备战最后一场 OGC 邀请赛，他约了朋友打练习赛，时常像今天这样凌晨起来训练。

几年过去，易然还如当初，是那个为了梦想义无反顾的少年，是她爱的那个大男孩啊。

她不得不感叹，两个人竟已经在一起这么多年了。

易然打完一局，这才发现站在门口的初橙。他起身过来："怎么站着？累不累？"

初橙摇摇头，靠在他肩上："比赛要加油啊。"

“那是当然。”

OGC 全球邀请赛每年的举办地都在改变，今年正好在中国举行，又正好在 A 市，似是冥冥中自有安排。决赛当天，奥体馆内座无虚席，除了电竞爱好者来支持自己喜欢的战队，还有不少人是为了易然。

虽然之前没有直接声明，但很多粉丝都知道他们的易神要退役了。偶像的最后一场比赛，他们不想错过。

赛事颁奖礼结束后，果不其然，主持人宣布了易然正式退役。

比易然更早退役的何科和陈靳现在是 KPV 的教练和指导员，他们坐在初橙旁边，三人互看了一眼，又把目光放到台上，背后的大屏幕开始播放一个十几分钟长的视频。

视频一开始的画面是十七岁的易然带着刚成立没多久的 KPV 的成员坐在候场席，当时并没有人认识他们这支新生队伍。

十七岁时崭露头角，被称为“最佳黑马”和“最强天才”的新人易然，在这个圈子里已经浮浮沉沉七八年，如今已经成为不可取代和难以超越的神话。

粉丝们热泪盈眶，那是他们的青春，也是他们的信仰。

易然接过主持人的话筒，洒脱一笑：“进入这一行，一开始的确很苦，也没有人理解，但我从来没有后悔过。因为它，我认识了一起并肩作战的好兄弟们，也因为它，我遇见了我最爱的人。”他看了一眼台下的 KPV 成员，视线在初橙的身上停留了一会儿，“今天，只是易然离开了这个赛场，但是 KPV 没有，所有热爱电竞的人都在这里，我的梦想和信仰也不会离开。”

也许人终有退场的那一天，可记忆永远把那段令人热血的时光镌刻了下来。

易然宣布正式退役后，很长一段时间内都没有他的消息。

说起来其实也正常，毕竟他在役时，除了出席大大小小的比赛和活动，几乎看不到他的身影。

他现在退役了，转居幕后，既是KPV俱乐部最大的股东，又是易氏的小老板，一定忙得昏天黑地。

易然的粉丝早已被他“逼”得善解人意，学会了苦中作乐，毕竟易然本人是靠不住的。

好在易然的直播还在继续，虽然频率不高，但也算解了他们的相思之苦。

不久后，某知名八卦论坛首页出现了一个飘红的热帖。

“我是某热播综艺的一个小员工，最近录制节目的是一个出道很多年的女团。之前听说这个女团人气虽然高，但是从来不耍大牌，又很亲和，接触下来，发现果然如此。这个组合有个成员C非单身早就是公开的事，她男朋友不是圈内人，但是在自己圈内是神级人物，家世厉害得吓人，自己本身条件也好，长得非常帅。重点是这个男朋友Y可黏人了，C因为工作要离家一段时间，而且重感冒，男朋友特别担心，赶快坐飞机跟过来了。这几期节目录制时长大约两个星期，除了拍摄时，Y几乎寸步不离……哎，之前还听什么营销号说像Y这样身份、地位的人不可能安定下来，我真想说，少造谣！”

帖子给出的答案已经很明显了，网友几乎不用动脑就知道是谁。

易然的粉丝这才恍然大悟，原来这人退役后忙着谈恋爱去了。

初橙接了某个选秀节目的工作，她作为导师，需要在C市待上几天。开录前，她收到了易然的短信，他问她：“录制什么时候结束？”

初橙估计了一下时间：“没有意外的话，十一点左右。如果不太顺利的话，可能要拖到半夜一两点。”

易然回了个“嗯”。

见到这么简简单单的一个字，初橙还觉得有些诧异。

易然本来就黏她，退役之后更加黏她，平日里一顿嘘寒问暖少不了，她出差在外，他偶尔还要替她订好外卖。现下这种情况，倒是少见。

节目录制顺利，不仅没有耽误进度，反而提前收工。

导演组准备了夜宵给大家，初橙也有些眼馋，正准备和大家坐下来一块儿吃点，小芦却在一旁使劲催她回去："橙橙，时间不早了，我们先走吧。"

初橙奇怪道："你今天怎么这么着急？"

以前小芦见到好吃的，压根儿就走不动道，恨不得拉着她大吃特吃一顿。

小芦看了一眼手表，说："这不是明天还要录制吗？你今天吃这些，明早起来保证会水肿，上镜效果不好，你能不能有点偶像包袱？"

初橙想了想，觉得是这个道理："那好吧。"

她和导演告辞，先行回了酒店。好在下榻的酒店离演播室很近，不过十几分钟的车程便到了。

小芦在停车场把车停好，护送初橙到她所住的楼层，快要走到门口时，她突然浮夸地"哎呀"一声。

初橙扭头看她，问："怎么了？"

小芦装模作样地摸了摸外套兜："我好像把手机落在车上了，我下去一趟，你先自己回房间吧。"她从包里掏出暂时替初橙保管的房卡，塞到她手上。

"哦，那你快点。"

见她匆匆跑到电梯口，初橙没有怀疑，转身往自己的房间走去。她刷了房卡，感应器"嘀"的一响，她推门而入，将房卡插好，屋子里瞬间亮起了灯。

节目组出手大方，给她订的是豪华套房，穿过小客厅才是卧室。

初橙右手揉着有些酸痛的脖子往客厅走，随意瞥了一眼，便停下了脚步。只见卧室里飘荡着捆绑在一起的十几个气球，小幅度地一上一下晃动着，气球下挂着长长的细线，上面绑着一张小卡片。

初橙的心怦怦直跳，在那一瞬似乎有了什么预感。她走近些，解下小卡片，将有字的那一面翻过来，上面是易然的字迹——“看107方向。”

107方向？

初橙笑了笑，这人怕是比赛打惯了，平时生活中报方位也是用这种方式。

好在手机里有指南针，否则怕是要难倒她这个没方向感的人。

手机里的指南针指向了客厅处的窗户，她一步步走过去，映入眼帘的是暗色系的窗帘，只是那窗帘中间有一块突了起来，明显后头放着什么东西。

初橙上前拉开窗帘，出现在眼前的是一大束娇艳欲滴的玫瑰，浓郁的香味瞬间袭来。

“搞什么浪漫啊？”

初橙嘀咕一句，正想给易然打电话，问问他在玩什么把戏，一抬头就瞥见对面写字楼的LED屏幕正播放着她的照片，还滚动着几句歌词。

那几句歌词全都来自月光少女的歌曲，都是几首诉说爱意的情歌。

似心有灵犀，她的手机铃声响了起来，是易然的来电。

初橙笑着问他：“你又在搞哪一出呀？”

易然问她：“喜欢吗？”

“有点老土。”初橙老实回答。

那头的易然顿时不说话了，大概是自信心受挫，一下子不知道说些什么是好。

初橙不逗他了：“但是我很喜欢。”

只要是易然为她准备的，她都喜欢。

“帮我开个门，我在门外。”

初橙不过愣怔了一瞬，很快脸上漾起笑意，这种突然“登门造访”的事的确是易然会做的，且做过的次数还不少。

她去开了门，俊朗帅气的男人单手插兜倚靠在门口，见到她，眼神明亮了几分，在走廊灯光的照映下，双眸像是发着光的星星。

时光好像总是很善待他。

这些年过去，易然既有了成熟男人的沉稳，又保留了身上的少年感。他的眼睛在望向初橙时，总是澄澈又明亮，蕴含着无限浓烈的感情。

易然不客气地迈进屋里，先初橙一步关上了房门，说道：“好想你。”

初橙被他黏人的本事所打败：“才三天不见。”

易然不满她的回答：“那也很久了。”

像所有暂时分隔异地又相见的恋人一样，他们拥抱、亲吻，将所有的思念和爱意都诉诸缠绵的吻。

擦枪走火间，战场从客厅转移到了浴室，最后回到卧室。

易然将人推倒在床上，不知从哪儿变出他早已准备好的长条丝巾，蒙住了初橙的双眼。

“嗯？”瞬间陷入黑暗的初橙只能透过丝巾捕捉到朦朦胧胧的身影，有些不安，她双手攀住易然的肩。

易然隔着丝巾亲吻初橙的眼睛，突然说道：“今天我挑了很久的玫瑰花。”

“嗯？”初橙不懂他为什么突然冒出来这句话。

“一看见花就想到你，可是它们都没有你漂亮。”细碎而温柔的吻落至她的双眼，一路向下，易然牵起她的手，轻轻地亲吻她的无名指。

初橙眨了眨眼，感觉指间微凉，出声喊他：“易然。”

易然将戒指戴在初橙手上，应了一声，低沉的嗓音在她耳边响起：“嫁给我，好不好？”

初橙觉得好笑，本以为今天的气球、玫瑰花和大屏幕就是易然所有的路数，没想到后面还憋着大招。

“你都把戒指给我戴上了，还问我好不好呀？哪有你这么先斩后奏的，分明就是耍赖。”

“不管，戴上了就当你答应了。”他扯下丝巾，深情地注视着初橙，“我爱你。”

从前的你，现在的你，将来的你，我都确信，我很爱你。想永远陪着你，用我所有的热爱和温柔。

初橙伸手搂着他的腰，将脸埋在他的胸膛：“我也爱你呀。”

从一开始，就认定是你。

番外二

恋爱综艺

这是时隔好几年后终于再次举办的初橙生日见面会，当天月光少女全体在场，还有一些圈内好友也特地录了生日祝福的视频。

挚友在，粉丝在，还有易然。

初橙望向台下，眼眶酸涩，那都是她的动力。她表演完自己的最新单曲，夏瑜她们三个人哼唱着歌推着蛋糕上台。紧接着灯光变暗，全场为她唱起了生日歌。等她许完生日愿望，灯光重新点亮，映得她的眼睛闪闪发亮。

初橙有些哽咽地说："时间真的过得好快啊。"

二十岁那年刚刚出道的场景还历历在目，似乎就在昨日。不知不觉间，月光少女从新人组合成为在乐坛占据一席之地、地位难以撼动的天团，成为一代人的记忆，她也从一个懵懂不知事的练习生成长为备受肯定的音乐人和演员。

"这一路走来，我想谢谢和我一起奋斗的成员们及支持我们的粉丝，不管我做什么决定，经历怎样的挫折，你们都一直在身后支持着我，让我觉得特别踏实，让我有勇气迈出每一步。"

夏瑜指了指台下："某人也来了，你不对他说几句？"

台上台下的人一阵起哄。

望着不远处坐着的易然，初橙的表情柔和了几分，笑意更深了："之前聊天的时候，易然告诉我，在我们真正认识之前，他买票参加过我的生日会，他说之前他像每一个普通粉丝那样，买专辑，买代言产品。原来在我不知道的情况下，他一直默默地用自己的方式喜欢着我。所以接下来的日子，我想用更多的爱去回报他的这份喜欢。"

初橙回头看了一眼大屏幕，屏幕上是她近三年的事业版图。每一个规划都预示着她的事业已经开启了新的征程。

易然也是如此，三个月前他刚刚退役，现在也开启了新的事业。她望着台下的粉丝，眼神真诚而坚定："不仅是事业，我的生活也即将有个新起点。"

在场的人，都听懂了言外之意。

不久之后，易然和初橙在某一天悄无声息地领证了。两个人选了一个特别的日子在微博上晒出了结婚证。

至于两人的婚礼，按易博铭和温毓对初橙的喜欢程度来说，自然是要风光大办，最好搞个世纪婚礼出来。初橙倒是无所谓，她觉得办婚礼是开心的事，如果因为仪式太烦琐而办得太辛苦，反倒容易成为负担。

两家人商量之后，在A市和C市都办了酒席，只邀请了亲朋好友，简简单单却也温馨十足。不久之后，两个人踏上了蜜月之旅，易然把宠老婆这事做到了极致。

初橙想吃什么，他立刻买；初橙在街上盯着哪个小玩意儿多看了一眼，他二话不说迅速刷卡买下；初橙要是走累了，他便弯下腰背着她先走上一段路。

路上有误以为他单身的外国小姑娘跟他搭讪，他立刻表示"我有老婆，我老婆很漂亮"。

从罗马到佛罗伦萨的第二天，初橙接到了杨子涵的电话。

"橙橙，旅行怎么样啊？开不开心？"

初橙趴在床上，有气无力：“累。”

杨子涵在那头道：“对哦，旅行嘛，每天都要走不少路，那肯定累。”

初橙瞥了一眼浴室的门，心想，她这几天根本没走多少路好吗？大半的时间都是在酒店床上度过的，被易然折腾得腰酸。

“今天是有事找你商量，我之前不是跟你说想尝试自己做个综艺节目吗？现在在筹备中，是个关于恋爱的真人秀节目，想找你和易然上。”

作为好友，她是会义无反顾地帮杨子涵的，但是现在还得加上个易然……

其实之前有不少娱乐圈的人接触过易然，认为他的形象和已有的人气完全适合转型当艺人，就连王璐都说他要是进演艺圈一定会红，但都被易然拒绝了，他显然对这些没兴趣。

她不知道易然愿不愿意，或者说她不知道易然是不是真心喜欢这么做。毕竟只要她或者杨子涵提起，易然一定会毫不犹豫地答应。

两个人聊到一半，易然从浴室推门而出，似乎捕捉到了几个关键词，他很警觉地问：“恋爱真人秀？找你？你们在聊什么呢？”

杨子涵在那头说：“橙橙，开免提，让我和易然弟弟聊一聊。”

初橙如她所愿，开了免提，把手机放到两个人中间。

杨子涵像是拿着棒棒糖引诱小朋友似的哄骗道：“易然，我最近在准备一个真人秀，邀请几对情侣上节目，你和橙橙要不要来？”

易然沉默，似乎在考虑：“上节目需要做什么？”

她接着道：“什么都不用做，只要负责秀恩爱就可以了。”

易然毫不犹豫地答应：“要要要！”

和初橙秀恩爱，他最喜欢了。

初橙无奈抚额，她看出来易然是真喜欢。

两个星期后，两人结束欧洲行，回归正常的工作和生活。

杨子涵之前说的节目就是《我们在恋爱》，她作为制片人，全程参与节目的录制。顾名思义，这个真人秀邀请了三对明星情侣，拍摄他们的日常生活。另外两对分别是结婚已经十年的演技派夫妇，刚刚公开恋情实际交往已经五个月的一对情侣主持人，最大的看点其实还是在初橙和易然身上。

两个人拿到台本的时候，初橙有些诧异："这么简单？我还以为要设置一些高难度的环节之类的呢。"

杨子涵点头道："真人秀嘛，最重要的是'真'，有剧本就没意思了。你们平时怎么相处的，到时候录制节目也就这么来，咱们拍日常生活就可以了，观众就想看最真实的你们。"

易然倒是把这句话记在了心上。初橙倒是有些担心，这么平淡会不会吸引不了观众？这毕竟是杨子涵制作的第一个综艺节目，她想要多帮些忙。

事实证明初橙的担心是多余的，因为她和易然简直就是节目最大的噱头。

第一期的主题是"乔迁新房"。

考虑到初橙的行程及易然的工作性质，为了方便，节目组就把拍摄地点定在了 A 市。

他们在 A 市的郊外选择了一幢两层楼的小排屋作为两人的"新房"，虽然地方偏远，但是周边风景极好，不远处还有一片湖。

画面一开始就是介绍这栋新房子，配上字幕——"为易橙夫妻准备的新房子，等待主人的入住"。

画面一转，是某个电视台的后台休息室。《我们在恋爱》不仅要拍摄主角们日常生活的场景，还要拍摄他们平时工作的点滴。

主持人带着摄像师拍摄了一圈，采访初橙："下午就要去节目组给你们准备的房子了，心情如何？"

初橙笑了笑："那还挺紧张的，不过也有点期待，你们给我们安排了什么样的住处呢？”

主持人又道：“节目录制的第一天，其实有个任务要给你们哟。”

“什么任务？”

主持人递上了任务卡，上面写着“为了庆祝乔迁之喜，邀请几位好友今晚来家里吃晚餐。注意：要自己亲自做哟”。

这个任务来得突然，初橙有些猝不及防，但好在不是太难，她觉得可以应对。

画面又转到了 KPV 的训练基地。易然如今是俱乐部最大的股东，虽然退役了，但只要一空下来，仍然会回到这里。

易然与其他受邀的嘉宾不同，属于电竞圈，还有不少观众对这样的职业是既陌生又好奇的。于是节目组花了更多的心思来介绍他电竞职业选手这个身份、基地的成员们，以及 KPV 拥有的无数荣耀。

另一位主持人采访 KPV 其他成员，第一位受访的是小菠萝。主持人问道：“易然平时在基地工作时是什么样的状态呢？”

工作？这个词放在队长身上怎么感觉怪怪的？他思索了几秒，颇给面子地回答：“很认真负责，还会指导新人技术。”

虽然有时候脾气不太好，不过这句话他没敢说出来。

主持人又采访陈靳：“易然闲暇时的爱好是什么呢？”

陈靳推了推眼镜，淡淡一笑：“看队嫂的视频，听队嫂的歌算吗？”

拍摄到一半，节目组为易然配备的手机响了，是初橙，她说：“节目组给了我们一个任务，今晚要邀请几位朋友来新房子里吃顿饭，我想了想，你就邀请科哥、陈靳和小菠萝他们吧，夏瑜她们都在外地呢，不方便来。他们今晚有空吗？”

易然瞥了一眼刚刚接受完采访的三个人，应道：“好，我这就告诉他们。他们随叫随到。”

初橙又道：“我今天收工要一点多，赶到那儿也得三点左右。你问问他们喜欢吃什么，我列张菜单，你去超市买好菜，可以吗？”

“随便做点菜就可以了，他们吃什么都行的。”

何科、陈靳、小菠萝：问过我们的意见了吗？

初橙笑道：“那不行，今天他们是客人。”

易然心疼她，说：“我只是不想你那么累，刚刚工作完还要回来接着忙。”他在下厨这方面是一点忙也帮不上，心有余而力不足。

“不累，你买好食材就已经帮我解决了一半的问题。”

“那我会好好买的。”

初橙其实还有点不放心，易然在下厨这方面技能值为零，也不知道能不能买到她要的食材。

《我们在恋爱》这段先导片一经播出，反响热烈。

“易神对待老婆和队友完全是两副面孔。”

“作为KPV的老粉，我记得很多年以前有个采访，易神提到自己讨厌的事情，就包括下厨和逛超市。”

初橙配合节目宣传，发了微博：“你们猜易然小朋友有没有完成我交给他的任务？这周五苹果卫视《我们在恋爱》记得收看哟。”

易然转发了初橙的微博：“这不重要，反正我老婆做饭超好吃。”

画面转到超市，易然一个人站在偌大的生鲜区，一脸迷茫。

橙橙说要挑选新鲜的肉，怎样的算新鲜的？牛肉怎么还分里脊和外脊？这又是什么菜？易然在原地犹豫了没多久，转身就去了水果区和零食区，往购物车里塞了不少水果和零食。

跟拍导演好心提醒：“菜单里没有这些东西啊，别买错了。”

“嗯，我知道，不过这些都是橙橙喜欢吃的。”

“你开心就好。”

买完水果和零食，他又去买了饮料，最后掏出菜单看了几眼，便朝站在一个货架旁的导购阿姨走去，问道：“阿姨，你好，能帮我一个忙吗？”

这个阿姨看见易然模样生得好看，说话又有礼貌，忍不住乐呵呵道：

“小伙子，啥忙呀？”

他把单子递给导购阿姨，说：“我想买这些东西。”

导购阿姨瞬间明白了什么意思，十分爽快：“来，跟着我，阿姨带你去找。”

“谢谢。”

易然这是钻了空子，毕竟节目组没有规定不能找陌生人场外援助啊。最后，购买食材这项任务在阿姨的帮助下，易然轻而易举地完成了。

易然到节目组准备的房子后，先把几大袋东西分门别类地整理好，把该冷冻的食材放进了冰箱，接着在房子内转了转，又去周边逛了逛。

这是一个小村庄，附近有片湖，有田野，路上还有热情好客的村民同他打招呼，很适合慢下来的生活。大抵是一个人逛着无聊，易然又回到房子里，坐在沙发上玩手游。初橙说是三点左右到，易然两点半就出门去村庄的大门那儿等着了。

“怎么在这儿等着？”初橙问他。

“想早点看见你。”

初橙笑了笑，挽着他的手臂，两个人慢悠悠地逛了过去，颇有闲庭信步的意味。初橙问道：“我们的房子好吗？”

易然点点头：“嗯，干净舒适，田园风。”

“那我还挺喜欢的。”

易然接着道：“门口还有个小院子，栅栏圈了一块地，里面种了蔬菜，院子里还有一只小黑狗。”

两个人到了目的地，打开大门，那只小黑狗就扑了上来，在初橙脚边转圈圈，表达它的热情。

黑狗小小的一只，眼睛湿漉漉的，初橙觉得可爱极了，蹲下身抱它，摸了摸它的头。小黑狗摇着尾巴，汪汪地叫了两声，看起来很是享受。

易然却不高兴了，初橙一见到小狗，他就被忽视了。哪怕被忽视一分钟，他也不乐意。

“走吧，还要准备烧菜呢。”他试图转移初橙的注意力。

“是的。”

易然非要跟着进厨房，他觉得自己在厨房打个下手洗个菜还是可以的，初橙便随他去了。她检查了一下食材，“啧”了一声：“竟然都买对了。”

易然毫不心虚地上前邀功：“我厉害吧。”

初橙敷衍道：“厉害厉害。”

他绕到初橙身后，替她系上围裙，又绾起她的长发，神情温柔至极。两个人一同站在水池边，拿着蔬菜在水龙头下冲洗。这两人的手指都白皙修长，接地气的洗菜画面显得赏心悦目。

后期组很有心地配上了音乐，竟给人一种在看偶像剧的错觉。

夫妻搭配，干活不累。和初橙在一块儿，易然做着这些琐碎事也不嫌烦，或者说是乐在其中。虽然他在厨房能干的事情不多，但他就想黏着初橙。

初橙探出头，看了一眼客厅的钟表：“五点半了，他们也快来了吧，你去大门口接他们吧。”

他们约好的时间是六点。

村子里的路七弯八拐的，虽然有门牌号，但并不好找。易然微微俯身，把头靠在初橙的肩上，摇了摇头：“他们自己找得到。”

他们三个人的方向感向来不错，不至于找不到，更何况三个大男人也丢不了。

初橙瞪了他一眼，易然怕她生气，嘟囔道：“我不是想和你多待一会儿吗。”

她无奈笑道：“那你也得去接客人呀，不差这一会儿。”

“那好吧。”

初橙望向窗外，太阳已经落山了。十二月份，傍晚的风很冷。她提醒道：“外面降温了，换件厚外套去。”

刚刚还有点恹恹的易然，听到这话又来了精神："那我穿哪一件外套？是你在 ×× 给我买的黑色那件，还是在 ××× 买的藏青色那件，或者是那件卡其色的？"

跟拍导演听了，总觉得他是在显摆老婆给自己买了很多衣服。

"随便你呀，你穿什么都好看。"

一听到夸奖，易然的心情又好了几分，在初橙的脸蛋上吧唧一口，立马转身出了厨房，上楼去房间换衣服了。

初橙揉了揉脸蛋，嘀咕："真是的，摄像机还在拍呢。"

嘴上是这么说，脸上的笑意却藏也藏不住。

第二天的节目录制相对而言就没有那么轻松了。节目组没收了经费，也不允许两个人用自己的钱。

主持人递给他们任务卡："在没有经费的情况下，请在村子里自力更生，以劳动来获取报酬或者食物，注意不可以直接向村民讨要。"

淳朴的村民虽然不一定认识他们，但是也知道他们是要上电视的明星，再加上本身热情好客，嘉宾们上前去讨要一些东西，村民大概是会欣然答应的。

他接着说："刚刚的任务是给易然的，你的任务是教导村里的孩子们跳舞。"

易然看了一眼初橙，两人没有说话，只是默契地对视了一下。

主持人看着表情变幻莫测的两人，又冷酷地宣布："如果今天你们赚不到报酬或者食材，那么非常抱歉，节目组也不会提供食物，两位只能饿肚子了。"

人生地不熟，还要去找活干。更何况易然就是个娇生惯养的少爷，干农活似乎有些为难他，这画面想想就很不可思议。

初橙安慰他："没事，咱们冰箱里还有昨天剩的食材，饿不着。"

主持人淡淡道："哦，忘记说了，节目组提前收走了，包括那些水果和零食。”

易然轻飘飘地扫了他一眼。

初橙的目的地是这个村的村委会，那里准备了让她教学的空房间。来上课的都是小姑娘，恰逢周末，这些孩子不用上课，年龄从六七岁到十二三岁不等。

孩子们虽然不知晓眼前这个大姐姐的身份其实是个大明星，却能清楚地认知到她长得好看、身材也好，翩翩起舞的模样格外动人，让她们心生向往。

初橙没有什么架子，耐心地从基本功一步一步教起，教她们压腿、下腰，还拿出手机给她们欣赏舞蹈视频，问她们喜欢什么风格。

她为人亲和，孩子们也好学听话，一上午相处下来，极其融洽。到了中午饭点，孩子们各回各家吃饭去了，节目组则送上了给初橙准备的盒饭。

初橙不解地看向他们。

工作人员解释道：“今天你的工作任务就是教这群孩子跳舞，节目组包中饭。”

初橙看了眼荤素搭配的盒饭，笑道：“待遇似乎还不错。”

工作人员客气道：“今天上午你辛苦了。”

初橙问：“那我家易然吃什么？”

“易然已经找到工作了，不用担心他。”

初橙点点头：“这么厉害呀。”

易然从家出发，在村庄里逛了许久，在这里找份工作不容易，他有些一筹莫展。逛了大半个村子后，他在一家小吃店门口徘徊了许久。犹豫再三后，他才走进店里，问老板娘能不能在这里做一天工，至于工资，让她看着给。

“小伙子，你这长相打扮不像我们这里的人啊？”

易然虽然穿了一件简单的厚卫衣，加一条牛仔裤，却难掩身上不俗的气质，看起来帅气又俊朗。

“嗯。”

老板娘似乎想到了什么，看着眼前唇红齿白的小伙子说：“听说有大明星来我们村子录节目呢，是不是你啊？”

易然想了想，道：“大明星？我不是，不过我老婆是。”

“呀，小伙子你看起来年纪轻轻的，都有老婆了。我还以为你们城里人结婚都会迟一点。”

老板娘很健谈，易然也配合道：“早点结婚就不用担心她会跑了。”

老板娘哈哈大笑，笑声爽朗又中气十足，问道：“那你们咋还来找工作了？”

“节目组说今天要自己挣钱才有饭吃。”

“哎哟喂，真是折磨人哟。”

易然就在这家小吃店找到了工作，工作内容是揉面团。

他对厨房的事一窍不通，好在聪明，在老板娘的指导下没过多久就学会了，揉出来的面团光滑又筋道。

节目组看着挤在小小的后厨中，与周围的环境格格不入但又一脸认真的易然，已经想好这一期的标题和噱头了，比如“电竞冠军化身拉面王子”“为了老婆，我要努力揉面团赚钱”。

中午正是小吃店最忙的时候，几名店员都忙得起劲，易然也不忘问工作人员：“橙橙吃饭了吗？”

工作人员没有回答，几分钟后，易然又问，依旧没有得到回应。如此反复几次，看易然的表情越来越臭，工作人员才开口：“放心，吃了。”

“吃的什么？”

“节目组准备的盒饭，菜色应该不错。”

听到这里，易然的表情才缓和了些。

小吃店的老板从镇上的厂里下班回到店里帮忙，易然的工作也到此结束。

跟拍导演在回去的路上采访易然：“今天揉了一天面团，累吗？”

一般人揉几个小时的面团，手臂就酸痛得受不了了，更何况没干过这种活的易然。

“还好。”易然语气淡淡的。

一是他平日里经常健身，不管是体力还是臂力、腕力，都不错；二是他在役期间训练、打比赛时，手必须动起来，灵活性得到了锻炼，从某种方面来说，打游戏和揉面团是一个道理。

他去了初橙那地找她。

初橙正在给孩子们示范一个动作，原本还安静又认真看着她的小朋友们突然吵闹起来。

“小初老师，那是你男朋友吗？”

初橙顺着她们的视线看过去，望见了站在窗外的易然。她点点头，笑道：“是啊。”准确地说，是先生。

“颜控”不分年龄，小朋友们嚷嚷道：“小初老师，他好帅啊，比我妈妈最近看的那部韩剧里的男主角还帅！”

初橙“威胁”道：“你们不把注意力放回我身上，我要生气咯。”

“小初老师别生气嘛，只是他太帅了，就想多看几眼。”

“是呀，我都没看过这么好看的男生。”

“小初老师好幸福呀。”

“我妈妈说愿意来接老婆下班的老公都是好男人。”

窗外的易然自然听得见她们叽叽喳喳的讨论，忍不住轻笑一声。

初橙无奈地看着他，他瞬间会意，打了个手势，示意自己去外边等她。他可不想影响她上课，也不想耽误下课的时间。

半个小时后，初橙顺利下课，两个人往住处走去。

初橙问他：“今天找到什么工作了？”

易然大概说了说今天的情况。她又道：“比我想象的要好一点，还以为要下田或者下河呢。不过揉面团也很累吧。”

刚刚还跟节目组说还好的易然立马改口：“嗯，有点。”

果不其然，初橙立马心疼了：“那我等会儿给你按摩。”

“好。”

初橙从口袋里掏出一张五十元的纸币：“节目组真抠，我教一天的课才给我五十块钱。”

要知道，作为当今最红女团月光少女的“主舞”，多少人奢望她教一教他们，哪怕只是稍微指导一下，其中有不乏出大价钱来聘请她做导师的。

跟在一旁的工作人员解释：“中午还提供盒饭了，要扣点钱。”

初橙撇撇嘴。

易然摸了摸她的头：“小吃店的老板娘人很好，给我了一百，还给了我小菜，我在后厨还学会了做烧面，等会儿做给你吃。”

初橙抬头看向身边的人，身子往他那靠了靠：“所以我一直说你很厉害的嘛，学什么都很快。”

夕阳西下，光影稀疏，映着两个人手牵手回家的身影。

番外三
小包子

“姐妹们，今天的更新看了吗？”

“天啊，怎么会有这么甜的夫妻存在！全程都在冒粉红泡泡。”

“别问我嘴角怎么又疯狂上扬了，我只是甜到牙疼。”

就在粉丝疯狂追更的时候，《我们在恋爱》的官微发了一条微博：“感谢‘易橙夫妇’这段时间的陪伴，也很感谢观众们对易橙夫妇的喜爱，但是很可惜，两位从今天起退出节目的录制，不过不用太遗憾，我们会以别样的方式再次见面。最后祝福两位永远幸福甜蜜，一切顺利。”

经历六期的录制之后，易然和初橙退出了节目录制，由另一对明星夫妇补上，一时间引起轩然大波，还有业内人士爆料，称初橙拒绝了某部大制作电影的邀请。

几年前，初橙凭借《岔路口》入围电影最佳新人奖，虽然最终没有获奖，但对演技经验为零的她来说，这已经是莫大的肯定。近年来，她的重心放在音乐上，现在有名导伸出橄榄枝，也算是个难得的机会，可她拒绝了。

没多久，又听说有某档真人秀邀请初橙当常驻嘉宾，同样被经纪人推了。

初橙露面的次数越来越少，网上众说纷纭。

有人说易家作为豪门，不允许儿媳妇整天抛头露面。不过这种说辞很快就被否决了，易博铭和温毓都是初橙的粉丝，完全支持她的事业，还为她保驾护航，所以这种可能性极低。

还有人说初橙准备退出娱乐圈，安心当豪门太太，不过这个猜测立刻被粉丝澄清。不久前的生日会，初橙还宣布了新的事业计划，而且她性格独立自主，不是这种人。

其中一条说法尤盛，说初橙怀孕了，结合各种小细节和证据来看，似乎有那么几分可信度。

初橙确实怀孕了，日子算起来应该是度蜜月那段时间有的。她一怀孕，便成了全家上下的重点保护对象。

初橙喜欢小孩，虽然宝宝来得早了些，但她也欣然接受，这是一个惊喜。

圈子里有种说法，怀孕前三个月不宜公布，初橙虽然不怎么迷信，但涉及宝宝，也不得不小心点，便没有急着公布消息，而是把能推的工作都推了，安心养胎。

得知老婆怀孕后，易然则更加黏人，说得夸张些，几乎寸步不离。

初橙哭笑不得地说："家里有妈妈在呢，还有阿姨照顾着，你别瞎担心。"

她怀孕之后，应温毓的要求，搬到了主宅，怀孕期间都会住在这儿，方便照顾。

易然蹲下身，摸摸她的小腹，眼神亮亮的，温柔道："我们的宝宝。"

初橙覆上他的手，应道："嗯，我们的宝宝。"

易然牵着初橙往沙发上坐下，低下头，耳朵凑近她的小腹，努力地想要听到些什么。

"这才多久啊，宝宝的生命体征还很弱，听不见。"

"不，我觉得我听见了我们女儿的声音。"

“刚刚还喊‘我们的宝宝’呢，现在变成女儿了？你喜欢女儿？”

易然点点头：“嗯，最好是长得像你的女儿，不过，只要是我们的孩子，是男是女，我都喜欢。”

初橙低下头，眼带笑意，又摸了摸小腹。这里孕育着一个新生命，是她和易然的宝宝。

尽管有一群人照顾，初橙怀孕期间并不轻松，甚至承受了很多痛苦。怀孕前期毫无食欲，哪怕吃的是最清淡的菜，也忍不住吐出来，还得逼着自己继续吃。

好在经过一段时间的调理之后，这些妊娠反应少了很多，她的胃口也好了不少，脸色也逐渐红润起来。

三月初，月光少女参加了某音乐颁奖典礼，许久没有露面的初橙也随之出席。

这时的她已经怀孕三个多月，身着蓬松蛋糕裙，恰好遮住了已经有些显形的小肚子。

她许久未出现，走红毯的时候，那些记者恨不得把镜头凑她脸上，快门声“咔嚓咔嚓”地响个不停。

月光少女其他三人格外小心，又是护着她不被闲杂人等撞到，又是帮忙提裙摆，生怕她踩到长裙。

她们四个人的身高差不多，今天又整齐地穿着鞋跟不是很高的鞋子，要知道在争奇斗艳的红毯上，每个女星都恨不得穿上“恨天高”来增长气势，只有她们例外。

这种种迹象都指向她怀孕的事实，这一晚，月光少女获得了内地最佳组合奖和金曲奖，收获颇丰。

小宝宝出生的那天，全家上下极其高兴，尤其是四位长辈，一有机会就想抱抱这个小肉包。

KPV 众人收到消息后，纷纷在自家俱乐部的群里恭喜易然，心情大好的易然在群里接连发了几个大红包。虽然他比较喜欢女儿，可看到孩子的时候，才发现是男是女压根儿不重要。重要的是，那是他和初橙的孩子，怎么样他都喜欢。但很快，易然就发现儿子是宝贝，也是个甜蜜的“小麻烦”。

孩子刚出生没多久，初橙就满心满眼都只有宝宝，每天都在关心儿子睡了没有、醒了没有、吃了没有、换尿布了没有……

他试图给自己找点存在感，最终都以失败告终。又过了几个月，宝宝开始认人了，天天缠着妈妈，要她抱。

易然本来准备和初橙偷溜出门约个会，宝宝机灵地察觉到什么，便开始闹。以他们的知名度，走在路上还得小心翼翼，更别说带着自家儿子了，约会的计划自然再次落空。到了晚上，易然锁上门，想和初橙过二人世界，结果宝宝又开始哭，非要初橙哄才肯消停。

宝宝是哄好了，易然却生气了。

好久没有在微博上秀恩爱的易然久违地发了一条微博，是自家儿子号啕大哭的照片，不过只露了小半张脸——“易拉罐太烦了，真想把他丢掉。”

“易拉罐”是他给宝宝取的小名。

评论噌噌噌地增加：“好可爱的宝宝，阿姨爱你。”

“呜呜呜，完全继承了两个人的优良基因啊。”

易然想：都没发正脸呢，这个网友是怎么看出来的？

小宝宝的大名叫易珂丞，家里四位长辈平日里都是“宝宝”“小丞丞”“小心肝”地叫，怎么肉麻怎么来。易珂丞现在还不知道从今天开始他又多了一个小名，叫“易拉罐”，这个不负责任的名字是他的亲爸取的。

易然放下手机，愤愤地走回房间，去老婆那儿诉苦。

初橙刚把孩子哄好，回了主卧，看见满脸不高兴的易然，亲了亲他的眼睛，道：“跟你儿子吃什么醋！”

易然把她拉进怀里，委屈地说：“你都好久没好好陪我了。”

初橙捏捏他的脸：“我和妈说好了，让小丞丞在主宅住几天。”

易然听到这话，眼神立刻亮了几分：“真的？”

“真的。”

“那我们……”

“嗯，那几天的时间都是你的。”

易然把初橙压在身下，低头亲了亲她的嘴角，说：“现在的时间也是我的。”

易珂丞学会走路后，整天在家里迈着两条小短腿瞎跑。好几个星期没直播的易然一上 FCTV，没过几分钟就立刻涌入一大批观众，热度不减当年。

他今天和陈靳双排，两个人比淘汰人数。

陈靳断言：“啧，我觉得今天我能赢。”

易然无情嘲讽：“你什么时候在我这儿赢过？”

陈靳甩了甩手腕：“反正我有这种预感。”

两个人选了“沙漠地图”，比赛进行到第三个安全区，陈靳淘汰了五个人，易然淘汰了六个人。

进入安全区后，两个人上了山顶，各自拿着两把狙击枪准备埋伏。

山下跑过来一队人，易然开了倍镜，做好准备。这时，易珂丞这个小包子蹦跶过来，扑进易然的怀里，易然被易珂丞一晃，手臂一抖，枪就走火了。

易珂丞带着小奶音喊他：“爸爸。”

“乖。”易然摸摸他的头，扳正他的身体，使他面朝自己，背对电脑。

易珂丞歪着头，想去看几眼屏幕。易然又把他的头转回来，说：“小孩子不准看这些。”

易珂丞撇了撇嘴，乖乖地往易然怀里钻。

陈靳在电脑那边喊了一声“小丞丞”。

易珂丞一听陈靳的声音，喊道：“干爸。”

“真乖，干爸下次给你买玩具。”

“丞丞要玩具车。”

“没问题。”

易然又摸了摸易珂丞毛茸茸的脑袋，把视线放到电脑屏幕上。刚刚因为他儿子捣乱，那两个人都被陈靳淘汰了，现在陈靳淘汰的人数比他多一个。

到了决赛圈，易然淘汰了十二个人，陈靳淘汰了十个人，全场生存七个人。

易然勾起嘴角，道：“剩下的人都是我的。”

“啧，话别说得那么早。”

在易然怀里的易珂丞不安分起来，扭动着身体想要下去，易然干脆松开手，任由他在书房里瞎跑。

这时，游戏里的安全区越来越小，敌人能躲藏的地方也越来越少。

易然自信地说：“我看见人了。”

陈靳毫不示弱：“我也看见了。”

易然换上步枪，准备往烟雾里扫射。还没来得及开枪，易然的屏幕突然黑了。守在直播间的观众似乎能听见易然咬牙切齿地喊了一声“易珂丞”。

易珂丞缩回摁在主机上的手，似乎意识到自己犯了错，眨巴着大眼睛，怯怯地叫他：“爸爸。”

易然叹了口气，说：“下次不准这样了。”

易然重新开了电脑，登上直播间，解释道：“刚刚易拉罐把电脑关了。”他看了几眼弹幕，又道，“嗯，今天陈靳赢了。我先下播了，带孩子去了。对了，陈靳，答应给我儿子买的玩具车别忘了。”

这晚，在外地不能赶回来的初橙与父子俩视频。初橙问道：“今天有没有乖乖的啊？”

易珂丞的脸一直往手机屏幕上凑，不停地喊“妈妈”，初橙一颗心都化了。

易然不由得感叹，在黏初橙这件事上，他儿子随他。易然把他拉回来，把摄像头正对着自己：“老婆，我想你了。”

“我也想你了，明天就回来了。”

“明天我来接你。”

“好。”

易珂丞眨巴着眼睛，看屏幕里的妈妈和身旁的爸爸聊着天，有好多话他也听不懂，渐渐地就睡着了。

易然挂了电话，看着身旁已经入睡的儿子，轻轻地给他盖上被子，在他肉肉的脸上落下一个吻。

第二天下午，易然去幼儿园接易珂丞回家。放了学的易珂丞背着小书包，直往他身上扑。

易然抱着他往车那边走，他搂着易然的脖子问道：“爸爸，我到底是叫‘一颗橙’还是‘易拉罐’呀？”

“都可以叫。”

“易拉罐不是要丢在垃圾桶里的吗？”

“嗯。”易然没有否认。

他看见自家儿子傻乎乎的表情，就想逗逗他。听到爸爸说自己是要丢在垃圾桶里的，易珂丞忍不住哭了起来，大眼睛里盈满泪水，又长又翘的睫毛上还挂着泪珠。

“那我也要丢在垃圾桶里吗？”声音满含委屈。

易然摸摸他柔软的头发，说：“放心，不会把你丢掉的。”他亲了亲易珂丞的脸，“你是我和你妈妈的宝贝。”

此时的易然完全忘了他曾经还想把这个“易拉罐”给“丢”了。

易珂丞破涕为笑，一直往易然怀里拱。

易然又说：“走吧，你妈妈还在车里等着我们呢。”

易珂丞在易然的侧脸上亲了一口，道：“我也爱爸爸和妈妈。”

坐在车里的初橙透过车窗，眼带笑意，望向走过来的父子俩。

微风拂动，吹起无限爱意。